21世纪文学之星丛书 2019年卷

评论集

小说的年轮

聂 梦⊙著

作家出版社

作者简介：

聂梦，女，1985年生，河北石家庄人。北京师范大学文艺学专业毕业，现为中国作家协会创作研究部副研究员，主要研究方向为文学理论与文学批评。

近年来，先后在《中国现代文学研究丛刊》《当代作家评论》《当代文坛》《南方文坛》《人民日报海外版》《新华文摘》等学术、批评阵地发表论文、评论近30万字。

目　录

在突破中建构

时间的刻度

总 序

袁 鹰

中国现代文学发轫于本世纪初叶，同我们多灾多难的民族共命运，在内忧外患，雷电风霜，刀兵血火中写下完全不同于过去的崭新篇章。现代文学继承了具有五千年文明的民族悠长丰厚的文学遗产，顺乎20世纪的历史潮流和时代需要，以全新的生命，全新的内涵和全新的文体（无论是小说、散文、诗歌、剧本以至评论）建立起全新的文学。将近一百年来，经由几代作家挥洒心血，胼手胝足，前赴后继，披荆斩棘，以艰难的实践辛勤浇灌、耕耘、开拓、奉献，文学的万里苍穹中繁星熠熠，云蒸霞蔚，名家辈出，佳作如潮，构成前所未有的世纪辉煌，并且跻身于世界文学之林。80年代以来，以改革开放为主要标志的历史新时期，推动文学又一次春潮汹涌，骏马奔腾。一大批中青年作家以自己色彩斑斓的新作，为20世纪的中国文学画廊最后增添了浓笔重彩的画卷。当此即将告别本世纪跨入新世纪之时，回首百年，不免五味杂陈，万感交集，却也从内心涌起一阵阵欣喜和自豪。我们的文学事业在历经风雨坎坷之后，终于进入呈露无限生机、无穷希望的天地，尽管它的前途未必全是铺满鲜花的康庄大道。

绿茵茵的新苗破土而出，带着满身朝露的新人崭露头角，自然是我们希冀而且高兴的景象。然而，我们也看到，由于种种未曾预料而且主要并非来自作者本身的因由，还有为数不少的年轻作者不一定都有顺利地脱颖而出的机缘。其中一个重要的原因，乃是为出书艰难所阻滞。出版渠道不顺，文化市场不善，使他们失去许多机遇。尽管他们发表过引人注目的作品，有的还获了奖，显示了自己的文学才能和创作潜力，却仍然无缘出第一本书。也许这是市场经济发展和体制转换期中不可避免的暂时缺陷，却也不能不对文学事业的健康发展产生一定程度的消极影响，因而也不能不使许多关怀文学的有志之士为之扼腕叹息，焦虑不安。固然，出第一本书时间的迟早，对一位青年作家的成长不会也不应该成为关键的或决定性的一步，大器晚成的现象也屡见不鲜，但是我们为什么不在力所能及的范围内尽力及早地跨过这一步呢？

于是，遂有这套“21世纪文学之星丛书”的设想和举措。

中华文学基金会有志于发展文学事业、为青年作者服务，已有多时。如今幸有热心人士赞助，得以圆了这个梦。瞻望21世纪，漫漫长途，上下求索，路还得一步一步地走。“21世纪文学之星丛书”，也许可以看作是文学上的“希望工程”。但它与教育方面的“希望工程”有所不同，它不是扶贫济困，也并非照顾“老少边穷”地区，而是着眼于为取得优异成绩的青年文学作者搭桥铺路，有助于他们顺利前行，在未来的岁月中写出更多的好作品，我们想起本世纪20年代和30年代期间，鲁迅先生先后编印《未名丛刊》和“奴隶丛书”，扶携一些青年小说家和翻译家登上文坛；巴金先生主持的《文学丛刊》，更是不间断地连续出了一百余本，其中相当一部分是当时青年作家的处女作，而他们在其后数十年中都成为文学大军中的中坚人物；茅盾、叶圣陶等先生，都曾为青年作者的出现和成长花费心血，不遗余力。前辈们关怀培育文坛新人为促进现代文学的繁荣所作出的业绩，是永远不能抹煞的。当年得到过他们雨露恩泽的后辈作家，直到鬓发苍苍，还深深铭记着难忘的隆情厚谊。六十年后，我们今天依然以他们为光辉的楷模，努力遵循他们的脚印往前走去。

开始为丛书定名的时候，我们再三斟酌过。我们明确地认识到这项文学事业的“希望工程”是属于未来世纪的。它也许还显稚嫩，却是前程无限。但是不是称之为“文学之星”，且是“21世纪文学之星”？不免有些踌躇。近些年来，明星太多太滥，影星、歌星、舞星、球星、棋星……无一不可称星。星光闪烁，五彩缤纷，变幻莫测，目不暇接。星空中自然不乏真星，任凭风翻云卷，光芒依旧；但也有为时不久，便黯然失色，一闪即逝，或许原本就不是星，硬是被捧起来、炒出来的。在人们心目中，明星渐渐跌价，以至成为嘲讽调侃的对象。我们这项严肃认真的事业是否还要挤进繁杂的星空去占一席之地？或者，这一批青年作家，他们真能成为名副其实的星吗？

当我们陆续读完一大批由各地作协及其他方面推荐的新人作品，反复阅读、酝酿、评议、争论，最后从中慎重遴选出丛书入选作品之后，忐忑的心终于为欣喜慰藉之情所取代，油然浮起轻快愉悦之感。“他们真能成为名副其实的星吗？”能的！我们可以肯定地、并不夸张地回答：这些作者，尽管有的目前还处在走向成熟的阶段，但他们完全可以接受文学之星的称号而无愧色。他们有的来自市井，有的来自乡村，有的来自边陲山野，有的来自城市底层。他们的笔下，荡漾着多姿多彩、云谲波诡的现实浪潮，涌动着新时期芸芸众生的喜怒哀伤，也流淌着作者自己的心灵悸动、幻梦、烦恼和憧憬。他们都不曾出过书，但是他们的生活底蕴、文学才华和写作功力，可以媲美当年"奴隶丛书"的年轻小说家和《文学丛刊》的不少青年作者，更未必在当今某些已经出书成名甚至出了不止一本两本的作者以下。

是的，他们是文学之星。这一批青年作家，同当代不少杰出的青年作家一样，都可能成为21世纪文学的启明星，升起在世纪之初。启明星，也就是金星，黎明之前在东方天空出现时，人们称它为启明星，黄昏时候在西方天空出现时，人们称它为长庚星。两者都是好名字。世人对遥远的天体赋予美好的传说，寄托绮思遐想，但对现实中的星，却是完全可以预期洞见的。本丛书将一年一套地出下去，十年二十年三十年五十年之后，一批又一批、一代又一代作家如长江潮涌，奔流不息。其中出现赶上并且超过前人的文学巨星，不也是必然的吗？

岁月悠悠，银河灿灿。仰望星空，心绪难平！

1994年初秋

序

向着“精湛的读者”努力的坚实步履

梁鸿鹰

聂梦的首部评论集就要出版了，很为她高兴，阅读收在集子里的这些评论，是一个很美好的过程，因为我看到了热爱文学的心灵，看到了向着“精湛的读者”努力的坚实步履。

最近重读夏志清《文学的前途》一文，有些感慨。这篇写于1974年的短文开宗明义地说：“我对文学的前途，不抱太大的乐观。”他说，二次大战后出生的孩子从小看电视，读书的时间减少，对文学作品的感受力也无形减弱。他认为，文学欣赏比较主动，看电影电视则比较被动，少有电影可以看三遍而不厌，而好的诗篇的确百读不厌。他提倡多阅读经典，注重当代文学教育，这样才可以同现实生活打成一片。像聂梦这样的青年，接受传统的文学教育之后，仍然在清贫的岗位上执守于文学阅读与文学研究评论，助益文学的使命与精神薪火相传。她的重要工作基础是阅读，是坐在当代文学的冷板凳上，以微弱之力，守护评论家园，点燃文学之灯。

聂梦将自己这部典雅的集子命名为《小说的年轮》，虽非刻意，却能见出蕴涵。年轮意味着时光不停歇地推移，意味着时代的冲刷时间的考验。从收在这个集子里的关于青年作家及创作的专论、关于年度中篇小说盘点，以及对王安忆、范稳、孙惠芬、汤素兰等作家作品的赏析，我们不难看到，她善于从一个个作家的具体文本出发，在时代的潮流中筛选、提炼作品及现象，既以评论体现写作者自身的审美意趣，也对当前一个时期文学界的价值评判标准进行综合考量，展现总体性文学观念，让人看到整体态势，也看到当代文学的无尽生长之生机。

聂梦研究生毕业之后身处当代文学教学和研究岗位，不间断地经历着当代文学第一现场的洗礼，在时代文学的发展中进一步锤炼着自己的眼光。作为一个80后，她对青年人的成长，青年作家在时间中的奔跑，对时代施与自己的、要求于自己的一切，是最为敏感的。在她看来，青年的创作，青年所面临困境的生成与弥散，以及囿于其中的一代又一代人的形貌、心智、行止和去留，可以展现许多有意思的面向，对其创作的剖析可以提供不少有益的经验。在这个集子里，聂梦对张悦然、彭扬、范晓波、张洁、陈蔚文、黑鹤、陈谦，以及90后群体作家等的创作进行的评点，很具启发性。她的评论对那些有想法有新意有冲劲的小说进行的深入剖析，对作家们如何将一场场文学想象从观念层面落实到技术层面的过程加以抽丝剥茧的揭示，给人留下深刻印象。

聂梦的可贵在于她能够将青年作家的创作放在时代之维中考察。她说："必须承认，在卷帙浩繁的优秀乃至伟大的文学文本中，每位文学‘新人’的呼吸，吞吐的都是时代的空气。无论举起长剑刺向风车，还是由一口蛋糕展开大段回忆，他们的举手投足，终究要收纳到时代巨大的身影里。而今，属于中国的时代正上演着巨变。奔走于其中的人们所携带的面貌、分量、色彩、范围与日俱新，与之相匹配的中国文学，也在不断地自我展开，日渐丰盛、开阔。”这个说法有着洞若观火的力量。我们正在经历着百年未有之大变局，全球化、高科技、新媒体，伴随着文化的多样，思想观念的多样，无论是多义、复杂、混沌，还是单纯、热望和一往直前，都是时代的表征，都不可能不在青年作家的创作中反映出来。聂梦在评论彭扬的《故事星球》时，更多地关注到现时代的青年精神追求，她从小说人物的现实精神、成长动力和行动的勇气入手，体察故事中传递出的节奏，感悟到青年人所特有的，奔跑与急停所带来的速度感，体会她细读的不易。青年作家无形中参与着当代中国上演着的巨变，奔走于其中的任何一个人都不可能不携带应有的分量，不可能不具备不可丢弃的心灵，在她看来，“新质的形象”的核心是肯定自我价值、实现现实人生愿景的价值观。

集子里收入了两篇关于陈谦的评论。在这两篇评论里，聂梦关注更多的是作家对人类生存困境进行的思考和追问。她与作家一样，探索人们肉体的精神的困难处境，看人们的行止如何在文学语境中被言说。作家的任务是让极富弹性的概念、突如其来的真相、被命运捉弄的时刻如何自洽，如何自圆其说。而评论者则需要在文本中倾听，与人物与作者与外部世界对话。好的评论家是一个精湛的读者，经历的是消解孤独和增强自我的过程。她深入到陈谦搭建的文本里，发现源于个人内心的所有困境，揭示出世界五彩缤纷投射于人心灵的千差万别的结果，探寻出故事发生的缘由。

而聂梦在《从“写”开始——论张洁》中评论上海作家张洁时，同样没有脱离其与时间、与成长的紧密关系。她指出：“从写开始，她走进文学，伸出手与稚嫩的年轻的掌心相印合，将对童年、对成长、对整个生命的光影与色泽的全部体悟藏进文字里。在明净的小世界中，看万物生长，看星星透亮。”由这段富于才气的文字，聂梦开始了对一位年轻作家心灵和创作的秘密探察，指出她与现在的年月不相符合的安静，指出她的创作总有一股新鲜向上的力量，尽管在冲决中伤痕累累，终将带领我们走向开阔，走向诗意，走向阳光。一个好作家摒弃抽象，才能走向更切实的人文观照，一个好的评论者，则需要更多的体察，需要把启迪交给别人，在此处，启迪来自细读，因而不是灌输。而在评论研究90后作家的创作时，聂梦倒是认为这个群体不急于被定义，因为他们一时难以被定义，他们所秉持的开放的写作姿态，容易让观察者一时摸不准抓手，要以更为审慎的理解力量去体会，才能不拘泥于更新换代或是文学进化论层面上的新奇，这些分析是有道理的。

聂梦在评论方面引人注目的另外一个方面是年度文学中篇小说盘点，从2015年到2018年，她不间断地做了数年的中篇小说创作回顾，至今仍在继续，我以为，这些回顾不是单纯的文本分析，而是放在时代大氛围之中对人生的体悟。“经验是生命的支撑，是个体生活中现实感的来源，是一切灵感与想象的飓风之眼”，她以《勘探文学中的经验之维》为题点评2015年的中篇小说，抓住当代作家以中篇小说创作实践把握现实，与现实进行论辩方面做出的积极尝试，发现在他们笔下，现实又重新恢复了弹性，让纷乱现实中的驳杂与生长，在时间的推移中展现出应有的面目。盘点2016年的中篇小说时，她由尹学芸的小说，谈到无论是历史关联性还是小说的诗学传统，本雅明的重点都不在于故事本身，而在于重申“讲述”的意义与价值，很有见地。她由华兹华斯所说的观察和描绘的能力，强烈的感受能力，沉思的能力，想象和幻想的能力，判断的能力，谈到2018年中篇小说创作在“共情的能力”“沉思的能力”和“想象的能力”三个方面的作为，显现了她开阔的视野，由此也可以看到她细读能力的提高。做精湛的读者，不是为读而读，而是倾听，是感奋，是丰富人生，这也是文学之为文学的应有之义吧。

是为序。

2020年7月2—7日，团结湖

在小说中成长

历史，现实与主体性焦虑

——论张悦然《茧》

近年来，青年作家的成长，作为一个突出的文学现象，引起了业界的广泛关注。所谓成长，主要指的是年轻的写作者们日益凸显的自觉意识和反思精神。越来越多的青年作家摒弃了以往的青春写作路数，不再想当然地认为自己就是文学的起点。许多人开始自觉地回到伟大的文学传统中去寻找位置，汲取养分。他们逐渐意识到，自己同前辈作家一样，同样面对着深广的历史与现实，只有在这个面对的过程中，沉下心来处理好文学与传统、与历史、与现实的关系，写作的生命力才能够得到有效的延伸。

时下，刻有明显“成长烙印”的优秀作品不断增多。从青年写作与历史视野的角度看，张悦然的长篇新作《茧》，就是这样一部有分量且值得深入探讨的作品。这部小说最初发表在 2016 年第 2 期《收获》杂志上，2016 年 7 月人民文学出版社推出单行本。作品一经问世便获得多方好评。《收获》微信公众号连续十二期推出作品选读，并以“微信专稿”的形式刊发了创作谈以及多篇评论文章，在随后的见面会、沙龙、访谈、直播中，不少作家、文学评论家、媒体人和普通读者都对《茧》给予了很高的评价。

由于溢出了贴在作者身上的惯用“标签”，《茧》的出现不但重要，而且令人惊喜。在张悦然的小说创作序列里，《茧》是破坏了“整体性”的那一个。它将作者飘浮在半空中的文字重新拉回到地面，改写了以往写作虚构大于经验的美学特质。因为《茧》，张悦然的写作再次出现了一个新的，可能也是最为重要的分野。与此同时，人们对于80后作家[①]的整体印象也随之在一定程度上发生了改变。2016年9月21日，张悦然获得由《南方人物周刊》颁发的“2016年中国青年领袖奖”，授奖词称张悦然的最新创作使得“一代人的文学视野变得开阔。当代历史深思的坐席上，有了新的发言人和书写者”。

一

毫无疑问，历史是这部小说的首要关键词。作者用二十五万字的篇幅，在历史的维度中，精心描绘了一个巨大困境的生成与弥散，以及囿于其中的一代又一代人的形貌、心智、行止和去留。小说的故事架构并不复杂，围绕“文革”时期一桩罪案，主人公李佳栖和程恭各自的讲述，牵连出两个家庭几辈人之间的恩怨。从1967年一枚两寸长的铁钉揳进程守义的太阳穴，到2012年李佳栖、程恭彻夜长谈（文中某些情节甚至还推到了1943年），在大约半个世纪的时间跨度里，张悦然首先处理的是想象与真实的关系。

通常认为，一位并不具备资源优势的写作者在面对历史时，将虚构的重要性排在历史钩沉之前，是明智且十分必要的叙事策略。《茧》也是如此。为了接近故事的真相，张悦然曾

① 依照代际划分，80后作家是一个来源十分丰富的群体，本文使用到的“80后作家”概念，有一些指的是1980年以后出生的青年作家群体，有一些则特指从新概念走出，曾经在出版/畅销书领域有过辉煌成绩的写作者们，为便于叙述，不再一一区分阐释。

回到自己出生的医院，想方设法收集和那位带有历史伤口的植物人有关的点滴。当有机会见到甚至采访受害者的女儿时，她却主动终止了调查，把自己掌握的第一手材料限制在了一页病例档案的范围内。对此，张悦然给出的解释是，不希望因为调查而迷失在真相里，她更看重的，是留给想象的那一部分。[①]关于"视角"问题，她曾反复提到："回到历史的价值，不在于你挖掘出什么新的东西或是你给那些事情赋予一个新的意义，我们怎么看才是最重要的。"[②]这一类表述，与她实地调查时的"后撤"举动结合在一起，既是辩白，同时又在宣告，其最根本意图在于，在历史真实与历史想象的博弈关系中，确立历史想象的合法性乃至权威性，捍卫自身——历史经验相对匮乏的历史叙事主体——不容置疑的发言的权利。于是，在历史的偏颇疏漏处，《茧》打开了一个新的空间，作者在其中与我们探讨的话题，不再拘泥于历史事实，而是指向了爱的虚无和罪的流传。

我们试图归纳历史，历史却一再地辜负我们。它从来不曾在理论层面上运行，而是运行在最细小的生活罅隙中，运行在不同时空、不同代际、不同个体之间各式各样的关系里。《茧》写历史，实质上是在历史想象的层面上写关系。发生在多年前那个雨夜的"钉子事件"，在小说中扮演着类似"原罪"的角色，它是小说关系网中最重要的枢纽，是后续所有情节的生长点。围绕着"钉子事件"，形成了一个原罪的场，一个巨大的旋涡状的困境，它裹挟着意志与欲望、罪与罚、迫害与救赎，日夜不停地飞速运转。它具象化为病床上那具上了锁的爷爷的身体，不断释放出神秘莫测的能量，对周围一切

① 参见丁杨《张悦然：写〈茧〉如换笔，艰难而必要》,《中华读书报》2016年7月20日。
② 范宁：《八零后的文学价值在视角》,《长江文艺》2014年第2期。

人事施以压力和诱惑，直至人们主动上前点燃秘密的导火索，将世界炸开一个窟窿，“然后发现自己站在一片轰炸后的废墟上”[①]。小说中设置了许多耐人寻味的关系组合，其中包括形态各异的父子、父女、祖孙、夫妻、情人等等，这些两个一组或三个一组的关系，以原罪为中心彼此勾连，交织成《茧》特有的历史样貌。

值得注意的是，在《茧》的文本语境中，想象与真实并未因先在的预设而陷入非此即彼、互相妨害的境地，而是通过博弈，最终达成了一种依存、互文和共生的默契。这主要得益于《茧》进入历史的方式。当想象逐渐成为青年作家历史书写的普遍性策略时，以何种方式展开叙事，往往决定着一部小说的辨识度。《茧》的选择是，回到个体经验，让历史隐微地在一贯的痛点里延伸，让一贯的痛点扩张出时空的纵深感。这令整部小说的历史想象严严整整地包裹在真实性当中。它与作者已有的写作经验密切相连，巧妙避开了搭建空中楼阁的力不从心；它结实地扎根在地面之上，帮助小说从一种真实（历史真实）进入到另外一种真实（个体经验的真实），从一种想象落实为另外一种想象——规避了想象的历史想象反而更写实；它如同一枚飓风之眼，同时具备两股完全反向的力量，一面是无限的延伸与扩张，勾连起数十年时间尺度上的始与止，另一面则剧烈收缩，将宏大叙事和个人成长，巨大的他者和微小的“我”，遥远与当下，彼在与此在，记忆与现实等统统拖曳到面前，将风雨大作过滤为中心场域一场低沉甚至伴随了大量沉默的对谈。这无疑是《茧》与张悦然之前的创作（如《誓鸟》等）在想象和虚构方面的最本质区别，也是在直面历史、探究历史已不再构成青年作家写作新鲜话题的背景之下，我们再来

① 张悦然：《茧》，北京：人民文学出版社 2016 年 7 月第 1 版，第 316 页。

讨论《茧》的历史叙事时应当格外留意的部分。

聪明的小说家永远知道自己想要什么和能要什么。在处理历史想象与个体经验对接的过程中，张悦然表现出了不俗的写作智慧。关于80后作家与前代人的写作区别，张悦然曾有过很形象的描述。她认为，上一代作家的创作类似于google earth（谷歌地图）——从大到小，先有宏观视野，然后聚焦到某一个体在地球上的具体坐标。80后的写作则是相反的，他们通常以自我为圆心，从自身的感受出发，慢慢拉开视野，再扩散至外部世界。[①] 这样的思路在《茧》的写作中体现得尤为明显。小说以男女主人公各自讲述中的“我”为中心，从童年起笔，孩童视角的选取和成长模式的设定，使得整部作品生发出无限丰富的蕴含和极强的包容性。童年，作为一个默默运转着的平行的世界被重新发现。关于成长的各种可能被收纳到两枚小小的取景器当中，通往故事的路径也一并藏于这里。一切既成的、确信的、坚不可摧的人和事忽然间变得犹疑、待定、旁逸斜出起来，小说也因此获得了更加鲜活的真实感和生长性。此外，由于叙述主体天然带有认知和叙述的不足乃至盲区，一些写作中不好把握的东西借机得到了回避，从这个角度看，童年也可视为《茧》小说艺术的权宜之计。张悦然在与智利诗人桑布拉对谈时曾说起，要进入更远的历史，童年是个非常好的入口，世界上可能有一半的作家都不约而同做出了类似的选择。[②] 青年评论家项静表示，《茧》的路径选择，很可能“已经堵死了一部分人再次涉猎这个主题的方式”[③]。

---

① 参见范宁《八零后的文学价值在视角》，《长江文艺》2014年第2期。

② 参见罗皓菱《桑布拉对话张悦然：童年是进入历史很好的入口》，《北京青年报》2016年9月6日。

③ 项静：《秘密先于感情而存在　张悦然〈茧〉》，《上海文化》2016年第5期。

小说中对话的设计尤其见心思。对话是《茧》唯一的叙事结构和叙事动力。多年之后两位主人公重逢，雪夜的对谈将整个故事和盘托出。两人轮流的第一人称回溯，构成了小说多主体的回忆叙述模式。

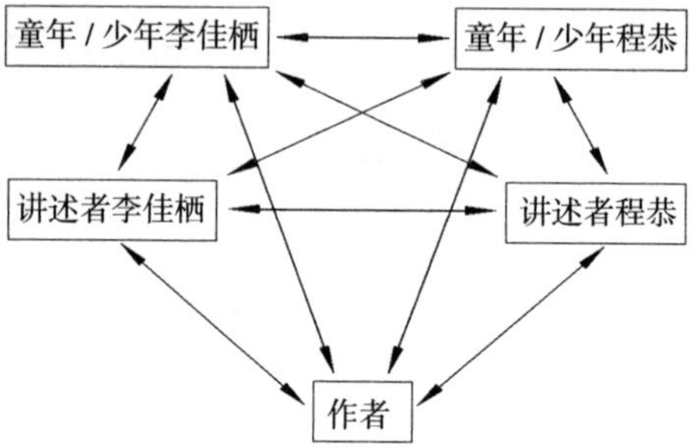

在上图呈现的叙事关系网中，限制性的自叙视角（童年 / 少年李、童年 / 少年程、讲述者李、讲述者程）是小说的第一个叙事层次，全知全能的叙事视角（讲述者李、讲述者程、作者）是小说的第二个叙事层次，两个层次共容纳有十组对话关系。这样的结构和模式，让叙述者能够在现实 / 虚构、过去 / 未来、限制 / 全知之间自由切换，并根据叙事需要随时插入抒情、议论等其他话语类型。对谈间，时间完成了双向流动，故事在可控的范围内有序行进，从而避免了单纯的全知全能视角可能带来的文本铺张，并在此基础上形成了独属于《茧》的叙事逻辑，小说也因此赢得了更多腾挪转身、自圆其说的空间和余地。两位主人公时而互动，时而自言自语，叙述中有窥探也有疏离，既丰富了文本节奏，又对整部作品的审美风貌和隐喻结构产生了重要的影响。

由于历史叙事与个人成长因童年视角而实现了同构，作者多年来反复书写的痛点便自然而然地拥有了纵深。许多在张悦然以往创作中被着力描画的主题，到了《茧》这里都重新获得了更加充裕的生长空间。这些痛点在张悦然早期主编的丛书《鲤》中可以很清晰地被指认出来，“孤独”“嫉妒”“逃避”“上瘾”“来不及”“因爱之名”等等。亲缘关系大概是《茧》除历史叙事之外被讨论最多的话题。一直以来，张悦然都在依靠写作来实现与父辈的对话。她主编的《鲤·因爱之名》，几乎整期放在代际差异的角度下，探讨80后与父母一辈理解交流的可能性。张悦然在其中的《父亲》一文里写到，父亲在自己的童年和少女时代留下太多空白，这些空白变成罪证，被她紧紧抓在手里，等待一个合适的时间在他面前一一抖搂。《茧》的创作同样延续了“与父亲的那场战争”：“钉子”的故事本属于父亲，最后却兜兜转转来到张悦然笔下，她甚至在后记里假想父亲翻开小说第一页时的样子。《茧》的绝大多数代际关系，都以张悦然式的父子/父女关系为原型——父亲永远缺席，同时意味着爱和真理的缺席。但与以往不同的是，这一次作者将这一原型在纵向和横向上做了延展，由“我”至父辈再至祖辈，由“我”至至亲再至整个家族，小说对于亲缘关系的描摹和想象，几乎和历史叙事分享了同样深远的边界，并对当代文学中的相关主题构成了回应。梦魇，一些具有隐喻特征的梦魇不断在小说中闪现，不禁让人联想起《葵花走失在1890》后记里张悦然对自己的评价——“我是呓人，卖梦为生”。只是时至今日，李佳栖关于套娃的梦和程恭“浓汤似的梦”，掺杂了更多历史和现实的驳杂因素在其中，他们和梦魇的搏斗，本身就是和命运的搏斗。还有性。张悦然曾在《鲤·荷尔蒙》的一篇小说里写到“我会算命，用身体”。在李佳栖身上，这种与身体紧密相连的性别体验再次成为人物精神世界与外部世界沟通联络的唯一途径。因为性，在李佳栖、程恭、李牧原、汪露寒四人之间，除亲缘和情感关联外，还滋生出许多复杂的、难以言明的隐秘关系。其中，李佳栖对父亲类似殉道者之于圣人的依赖，以及程恭对汪露寒卑微且无能为力的着迷，都因为性的介入而显得更加多义和含混。

整体而言，《茧》最终呈现给我们的是一段被想象“软化”“日常化”了的历史。小说摆脱了对宏大叙事和史实规范的高度依赖，将历史还原为生命存在本身，具象在复杂的关系网络和对爱与罪的深刻思索里，并在此过程中，完成了历史想象与个体经验的相互包容，延伸出一贯写作痛点的时空纵深之感。

二

如果说，历史想象是《茧》的显性基因和外在光圈，那么现实则是隐而不宣的部分，是幽暗潮湿的泥土之下，一切疑难和困境的要害所在。如何确认现实，面对现实，是继想象与真实的关系之后，张悦然面临的第二个考验。问题在于，作者在《茧》中，究竟呈现了怎样的现实？从分析“最重要的时刻”入手，或许可以找到一些答案。

小说中散落着许多意味深长的时间点。比如李佳栖爷爷去世的时刻——作为整部小说意志与欲望失衡的起点，这位老人的去世天然带有某种终结的味道，被害人的后代程恭“以一种总结性的目光端详着他的脸，好像在丈量他的一生”[①]，自己的孙女也在等待着假想中的“弑父”时刻的降临，等待一个不存在的声音向她宣布，一切都结束了；[②] 比如两位主人公开始探讨灵魂的时刻——一时间，“地球戛然停转了几秒，我们望着彼此，在一种不可言说的悲伤里”[③]，“一些熟悉的东西忽

① 张悦然：《茧》，北京：人民文学出版社 2016 年 7 月第 1 版，第 7 页。
② 参见张悦然《茧》，北京：人民文学出版社 2016 年 7 月第 1 版，第 8 页。
③ 张悦然：《茧》，北京：人民文学出版社 2016 年 7 月第 1 版，第 145 页。

然变成别的样子”[1]，令人不认识了，困境和命运从此正式在两人的生活中显形；比如童年结束的时刻——表姐沛萱对佳栖说：我们都该走了，南院的美好时光结束了；[2] 再比如原罪发生的时刻，对话结束的时刻，等等。然而，对于主人公和作者来说，这些都还不是最重要的。

在《茧》涉及的众多历史时段里，关于 90 年代的描述最立体，最感性，也最能给人以切肤之痛。这或许是因为在绝大多数 80 后看来，90 年代几乎已成为最具现实感的历史记忆：90 年代，意味着历史概念的开始，意味着历史记忆最浓墨重彩的源头，而源头，往往又包含了这一路径之上所有亟待展开的可能性。诸多可能性交汇拼插，最终汇总为今天，堆叠出此时此刻我们的样子。在《茧》的写作过程中，张悦然展示出重建 90 年代的雄心和能力。她说：“1990 年代在上一代作家的笔下并不少见，但是对于我们这一代的作家来说，它的样貌还没有被重新组建过。在写这本小说的时候，我会发觉 90 年代是我不断会回到的一个时间点，那段时间里中国在发生着非常大的变化，包括苏联解体、北京有了去莫斯科做生意的第一代商人，这些都是属于我的鲜活的记忆。所以我相信这个历史点在被上一代人开启后，会慢慢地被更多地建构起来，这种建构也是对之前那一代作家所建立的 1990 年代样貌的一种回忆或者对话。这就是属于我们的对历史的一种崭新的开启方式。”[3] 于是，在小说里，我们看到了 90 年代流行的服饰；看到了中俄铁路沿线梦幻般的美景；看到了蒸蒸日上的五福药业帝国，

① 张悦然：《茧》，北京：人民文学出版社 2016 年 7 月第 1 版，第 146 页。

② 参见张悦然《茧》，北京：人民文学出版社 2016 年 7 月第 1 版，第 162 页。

③ 罗皓菱：《许知远谈〈茧〉：最去历史化的一代人也会被历史追杀》，凤凰文化 2016 年 8 月 5 日。

以及在这些充满了时代感的形式之下，人们具体而微的语调、情绪和生活。这就是和80后童年经验贴合得最紧密的时代记忆。理所当然地，《茧》最重要的时刻，也被安放在了这样一个具有特殊意义的时间段里。

1993年，大约是全书的历史叙述中，笔力最为集中的年份。这一年，两位主人公接近十二岁，作为物质的身体，正萌生出无穷无尽的意味，而与之同步的精神裂变，又在跃跃欲试地将他们拖离相对安全的领地。这一年，小说中发生了两件大事，一件是李佳栖追随父亲到了北京，在李牧原和汪露寒居住的地方——一座有人走动的坟墓里，亲历了父亲车祸去世的全过程，另外一件是程恭从神父处无意得知了爷爷遭遇的真相，从此陷入到深不见底的孤独中，独自一人消化仇恨，与整个世界渐渐疏远。这两件事在物理时间上前后相继，但就《茧》的小说时间和阅读者的心理时间而言，却是一个密不可分的整体。两者合二为一，构成了整部小说最重要的时刻。

这一时刻，是历史与现实、进入与逃离的分界点。时间暂停了，一切好奇和探究有预谋、有预兆地戛然而止了。一种巨大的破坏性力量闯进来，将两位主人公的人生拦腰斩断，将全书一分为二。在此之前，是探寻秘密，认领废墟。原罪的场一面对他们施以伤害，一面构成无可抵御的召唤，仿佛在足够中心的位置有一块可供栖息的区域，值得他们冒着被损毁的风险，走进废墟，躲进宿命里，在距离现实最远也最危险的地带找寻安全感，救赎他人，同时救赎自己。而在此之后，来自历史、来自父辈祖辈的裹挟和碾压渐渐后撤，假想中的栖息、庇护与救赎彻底消亡，他们不得不变身为劫后余生的幸存者，拖着残体转身向外走去。此时，命运退居到次要位置，个人的意志和抉择凸显出来。失去了依凭和支柱，该如何继续生活下去，成为摆在李佳栖和程恭面前的最大难题。如果说，钉子楔进大脑是小说中物质世界的第一次崩塌，那么这一次，崩塌的不仅仅是物质，还有精神。

张悦然在采访中表示，记下这个故事，对于自己，对于后代的人来说，最大的意义就在于，在坍塌的废墟上如何重建我们的精神世界。[①] 最初，《茧》的讲述者只有李佳栖一人，后来随着程恭的加入，才有了如今对话的格局。在两人最好的时光里，当小伙伴们坐在死人塔的房檐上，荡着脚，诉说对未来的构想时，李佳栖和程恭几乎就是同一个人，敏感，叛逆，渴望爱，渴望被关注，厌恶竞争，靠捕获秘密为生。而当最重要的时刻过后，这种同一性被打破了，取而代之的是互补，是作为迫害者和被害者的后代，于幽暗隧道中各自孤独地前行。李佳栖是典型的张悦然式人物，过着吉卜赛人一般的生活，她身上的茧很单纯，只需依靠内心对父亲的执念就能支撑起自己全部的生活。程恭则是外指的，他的捆绑和束缚来自方方面面，仇恨、家族、他人的认可、责任感、伟大的使命以及勃勃的野心，等等。在同一个时间节点上，李佳栖关于套娃的噩梦随着父亲的去世而结束，欲望上升为主角，在性的宣泄中，她渴望拼凑出一个完整的父亲形象来安放精神性的痛苦。程恭的梦魇却刚刚开始，在家族先人炽烈目光的注视下，仇恨渐渐“散发出鲜血的气味，露出尖利的牙齿”[②]，他向四面八方伸出拳头，重重砸在沛萱、流浪的小狗、大斌和陈莎莎身上，直到最后，才侥幸找回了“危机四伏的生活中最宁静的部分”[③]。如果将两人横向比较的话，作者明显在李佳栖身上倾注了更多的感情，但客观来看，不管是得知真相时的轻描淡写，还是随着时

① 参见王姝蕲《张悦然：完成与父辈的对话，我们才能真正地长大》，腾讯文化 2016 年 7 月 30 日。

② 张悦然：《茧》，北京：人民文学出版社 2016 年 7 月第 1 版，第 210 页。

③ 张悦然：《茧》，北京：人民文学出版社 2016 年 7 月第 1 版，第 405 页。

间的推移，充满鲜血的恶的内核的渐次破裂，在人物的层次性和模糊性上，程恭都比李佳栖要走得更远。

茧、雾和俄罗斯套娃，是小说中关于人物精神困境的重要隐喻。可惜作者在这方面着力有限，并未充分展现出这三个意象的层次和延展。茧，既可以是作茧自缚，又有可能破茧重生，虽然作者在书中少有诠释，但茧的多重含义仍可以从与雾与套娃的相互关联中略知一二。茧和雾相伴相生："我们走在秘密织成的大雾里，驱着双脚茫然前行，完全看不清前面的路，也不知道要去哪里。多年以后我们长大了，好像终于走出了那场大雾，看清了眼前的世界。其实没有。我们不过是把雾穿在了身上，结成了一个个茧。"① 这样的茧看似轻薄，实则重若千钧。即便在故事停止之处，大雪将雾霾暂时驱散，却仍旧难以改变命运依托茧而附着在人物身上的悲剧性两难。作为孪生意象，俄罗斯套娃同样可以看作是解读茧的一个方式。套娃层层打开，有抽丝剥茧接近真相的意味；排成一排的话，从大到小，像是三代人或者几代人，后面一代人永远活在前面一代人的内部。当揭开最中心的一层，发觉所看到的不过是最初外部形态的复刻迷你版本时，两位主人公挣脱历史与父辈祖辈束缚的行程也将就此开启。在这一过程中，茧和迷雾或许还会持续，但套娃的噩梦终究要停止。

遗憾的是，碍于逃离和重建的内在性难局，小说里始终未能出现一个相对理想的出口。仿佛真相一经揭开，选择的自由又重新回到手中，一切反倒陷入一种无所适从的状态里。不同代际、不同个体延伸出各自平行的历史，在历史的平行时空里，交流往往是无效的。每一轮，悲剧都要换个面貌重新再来，将人们的挣扎、抗争和体悟统统归于麾下。李佳栖最终选

① 张悦然：《茧》，北京：人民文学出版社2016年7月第1版，第211页。

择的是义无反顾地回溯、追踪和性，程恭则选择随遇而安，以及社会达尔文主义的生命逻辑，但无论走到哪里，做些什么，迎接他们的终究是大片的意义空白和无可遁逃。两位主人公各自拥有各自路上的拯救者。唐晖动用语言的力量，希望能够把李佳栖从她父亲的时代拉回来，停止她在历史废墟之上幽灵一般的游荡。陈莎莎心智混沌无名却拥有超乎想象的身体力量，她的死而复生甚至一度中止了程恭与恶龙的缠斗。然而，唐晖终究要因溃败而离开，那么，如果陈莎莎没有活过来，而是顺从了程恭的意愿就此死亡呢？这种寄希望于偶然的拯救，与原罪附着在两位主人公身上的强大惯性相比，显得格外地微不足道。小说的最后，作者安排了一个开放式的结局，一切恩怨似乎在一碗想象中的热气腾腾的炸酱面跟前止步了。而在我看来，这样的设计与其说是张悦然刻意留了些温暖的调子与历史和解，倒不如说是在逃离和重建的重要关口，作者本人也无法预知她的人物究竟下一步能做些什么，要去往何方。在炸酱面徐徐升腾的水雾中，我们隐约可以看到，历经最重要的时刻所触发的人生拐点，本该占据主导地位的意志和抉择，几经周折后仍有可能败给命运，接下来紧紧抓住两位主人公的，仍有可能是一种下落不明的生活。

主体性意识的强劲与主体性能力的残缺，是李佳栖和程恭永远囿于其中的深切现实。

三

事实上，关于主体性的困境和难局，不仅仅是主人公的，是小说文本的，同时也是张悦然本人的。

《茧》最初问世宣传时，经常会用到“睽违十年”（《茧》与《誓鸟》相隔十年）、“睽违七年”（《茧》先后写作了七年）

之类的字眼，意在烘托一种横空出世的效果。但实际上，对于作者在此之前的一些创作和思考，与新作《茧》之间的深刻关联，人们关注得还不够多。张悦然坦言，所谓十年磨一剑并没有什么意思，真实情况是写作遇到了困难。

仅依照外部形式特征粗略分隔，张悦然的创作大致可以以《誓鸟》和《茧》为节点，分为三个时期。第一时期是张悦然“标签”形成和固化的时期，以新概念写作为起点，长篇小说《誓鸟》为终点，代表作包括《葵花走失在1890》《樱桃之远》《十爱》《水仙已乘鲤鱼去》等。轻逸、锐利、生冷孤傲、想象力的蓬勃以及对审美和文字技巧的执念等，是这一阶段张悦然的写作留给人们的最深刻印象。这些特征在《誓鸟》中汇聚成高潮，“青春的一些特别本能的、自我的表达都已经比较完尽地展现了”[①]。2006年冬，《誓鸟》出版之后，张悦然的写作速度明显放慢，进入创作的第二个时期——蛰伏期，即下文将要拿出一定篇幅讨论的一个时期。第三时期以《茧》为开端，尽管尚未展开，但已然显示出作者强劲的创作实力和异于以往的写作路向。

在外界看来，从《誓鸟》到《茧》长达十年的相对沉寂中，我们并不能准确预知日后张悦然的写作将以何种方式苏醒，而当《茧》浮出地表后回过头再看，这一段蛰伏就如同暴风雨来临前的宁静。这是一段被主体性焦虑占据的时期，也是作者自觉自为的自我调控期，它记录了张悦然由青春写作向职业写作转变的漫长、艰辛的过程[②]，同时，也为接下来的创作

① 罗皓菱：《张悦然：曾经青春沧桑十年破〈茧〉而出》，《北京青年报》2016年7月31日。

② “以前我写过三个长篇小说，但我的写作并不职业化，我是通过《茧》的写作完成到职业作家的转变过程。”丁杨：《张悦然：写〈茧〉如换笔，艰难而必要》，《中华读书报》2016年7月20日。

奠定了更加沉稳、厚实的基调。可以说，如果没有这一时期的酝酿，今天我们看到的《茧》绝不会有如此体量。

对于自身的写作，张悦然一直有着充分的自省，一种自信和自我质疑相结合的、理智清醒的认知与判断。她的坦诚、没有偶像包袱、不惧怕暴露弱点和困惑，与她写作性格当中骄傲、自恃的一面结合在一起，显得格外生动有趣。《誓鸟》问世时，张悦然正处于创作的"旺盛期"，出版有三部长篇、多部中短篇，获得"新概念作文大赛"一等奖、"华语文学传媒大奖"最具潜力新人奖等多个奖项，其时张悦然三个字所拥有的文学资本与市场号召力已颇具规模，她被看作是80后作家的代表性人物，甚至在一定程度上扮演了"青春文学偶像"的角色。但很快，她对外界，也对自己明确抛出了调整步调的信号。在各类访谈中，张悦然多次提到，畅销书、商业化与快节奏的写作并非她理想中的写作样态。2002年到2006年，是新概念作文大赛获奖者所谓的"成名"阶段，也是她密集出版的一段时间，"也许那是个对于年轻原创作家最好的时代，但不可否认这种繁荣里有商业的推动，也有消费年轻作者的倾向"，她更希望接下来能够按照自己的节奏去写作，尽可能不受到市场和体制的影响和牵制。除此之外，对自身创作的反思和对"新变"的向往，也是促使张悦然慢下来的一个重要因素。张悦然清楚地意识到，之前的青春文学写作和类型文学有相近之处，"热情和表达欲支撑的东西意义不是很大"，更多时候是一种"我很痛苦，你们要看着我啊"的自怜和自恋。[①] 随着时间的推移，个人风格强烈的抒情化模式势必要对写作格局的进一步打开形成束缚，当过度的表达让青春面临透支，甚至让写作者心灵深感疲惫时，如何跨越藩篱，寻找持续扩充描述

① 参见吴越《张悦然，以及陪伴她七年的长篇新作》，《文汇报》2016年7月29日。

世界能力的新的写作生长点，在写作层面上达成独立的中性的人格，成为张悦然即将面对的新的试炼。

这种自我更新的焦虑和难题首先是个体性的，同时又融汇在了80后作家近年来持续分化和转型的大语境之中。后者是一个复杂的命题，无法三言两语描述清楚，但需要强调的是，相比较顿悟、觉醒或者所谓的“可喜的归回”，我更愿意将这些年轻写作者试图转变的自知和实践，理解为一个自然而然的过程。从普遍意义上看，由小我到大我、由自我到世界的艰难的漫长的跋涉，本身就是写作为每一位小说家预先设定的关卡，无论是谁，迟早都要面对。在如此重大的考验面前，仅凭真诚和个人经验是远远不够的。如何通过文字与世界保持对话，大家各自有着各自的衡量与难度。张悦然曾将同代人的创作概括为“形容词文学”，“我们的动词萎缩得很厉害，我们的小说缺少了行动，更多的是一种特别空虚的描述”。[①] 事实也的确如此。对于以张悦然等人为代表的，从新概念走出、曾经在出版/畅销书领域有过辉煌成绩的这部分80后作家来说，自我更新的难度主要体现在，需要在一个关口同时应对来自写作形态和精神成长两个层面的冲击和拔节。他们若想寻求突破，不断扩大写作半径，就必须尽快从“形容词”的、“房间里”的写作状态中走出，一方面更新写作形态，认可外部经验的有效性，努力探索外部经验的内化，并寻找与之相适应的文本表现形式；另一方面从精神上离开原有领地，在更深广的传统和更宏大的坐标系中开疆扩土，处理自我与他者、与世界的关系。

这样的转换无疑是困难的。它如同一场悄无声息的迁徙，大家三三两两从栖居已久舒适安乐的营地出发，去向不知何时

① 张悦然：《我们能够带着理想走多远》，《文艺报》2013年11月25日。

才能抵达的某个方位。迁徙过程中萌生出的孤独感，是可能遭遇的最大的敌人。作为一个有着特定含义称谓的群体，80后作家最初进入公众视野时，往往选择竭力展示个性以区别于他人，但不可否认，围绕着他们，始终存在一个巨大的共性。这共性既是束缚，又是依凭，它令各种据理力争和挣脱逃逸都发生在一个相对有限、具体可感甚至十分安全的范围之内。而如今，共性渐渐褪去，接下来的行走完全交回给个人，个体性的迁徙注定要伴随冷清和沉默，甚至在不够明确的方向前无所适从。张悦然的好友周嘉宁曾在2015年出版过一部长篇小说，名为《密林中》。“行走在密林之中”，可以看作是对如今80后作家写作状态的一个精准熨帖的描述。周嘉宁表示，和伙伴们肩并肩手拉手在“平原”上行走，彼此能够看到彼此、知道彼此的路向，这样的日子贯穿了整个21世纪最初的十年，差不多也是整个二十岁的青春期。随后大家一起走进一片密林，“你知道你的朋友还在，也可以听到脚步声，但由于树木很多，遮蔽了视线，你完全看不到他们”，“可能看到的只是眼前的道路，或许连道路都已看不清了。你不知道是否还能够走出去，也不知道走出这片密林后面临的新地貌是什么”。[①] 对于不少青年作家来说，他们的写作或许都是在这样一个迷茫和焦灼的状态下进行的。写作与批评的一个不同之处在于，出口在哪儿，作家能且只能“在一系列的探索过程中不停地写，写了再写”[②]，而无法寄希望于经验判断、类比归纳或是逻辑推演。但无论如何，在巨大的热闹和惯性面前停住脚步，允许并要求自己慢下来，转而寻求新的道路，这种选择本身就包含着

① 宋宇晟：《80后作家周嘉宁：文艺青年的问题就是80后面对的问题》，中国新闻网2015年11月4日。

② ［美］尤多拉·韦尔蒂：《我怎样写作？》，见［美］布鲁克斯、沃伦编著《小说鉴赏》，世界图书出版公司北京公司2006年12月版。

勇气，并预示了强大的自控、自律以及自我展开的能力。对于年轻的小说家们来说，无疑是其思想和创作走向成熟的至关重要的一步。

蛰伏期间，张悦然拿出了为数不多的几个短篇和随笔，除《嫁衣》（2008 年《收获》第 5 期）、《动物形状的烟火》（2014 年《收获》第5期）和《天气预报今晚有雪》（2016年《收获》第 1 期）之外，其他作品主要发表在她担任主编的《鲤》书系中，如《好事近》《怪阿姨》《家》《沼泽》《湖》等。上述这些与她前一时期大密度的写作、发表、出版活动形成了鲜明对比，她将这种状态形容为“成长滞缓的状态”。在这一阶段的作品中，张悦然的写作质地悄然发生着变化，一以贯之的自我呵护和自我沉溺，以及对词语和物象的迷恋大大减少了，对人物内心深处困境的关注日益明晰，作品重心逐渐由自我阐释向自我探讨过渡，行文时也不再一味地追求文字的浓郁效果，而是尝试用简单朴素的形式去承载更多思考的重量。就好像是一个新陈代谢的过程，越来越多新的因素不断加入进来，蝴蝶振翅般地对接下来的创作产生了重要的影响。

“钉子事件”就是在这样的背景之下进入张悦然视野的。她在访谈中反复提到，自己如何从父亲那里“借”来一个故事，又如何让“钉子事件”与自己的童年紧密生长在一起。表面看来，“钉子事件”类似于一个契机，从它留下的孔洞中透出光亮，预示着张悦然写作道路的新的可能性，但实际上，也恰恰是这枚钉子，将更多疑难同作者的主体性焦虑钉在了一起。张悦然不止一次提起“换笔”的艰难，但都没有深入下去。在我看来，对她而言，所谓“换笔”，指的不仅仅是用词、语调、视角和审美风貌的变化，更重要的，是如何在囊括了巨大命题的写作当中，处理个人叙事与“集体捆绑”的关系，以及“我”与“我们”的关系。

一直以来，张悦然都对集体的“正确性”保有警惕。“我们的国家、我们的文化和一个集体捆绑在一起的时间太久了，而所谓的宏大叙事就是向集体的价值观、趋向、道德标准看齐——我并不同意这些。”在她看来，所谓的底层叙事以及描述乡村的文学都可以归类为集体式的捆绑。她认为，写作应当重新回到个人身上，充分尊重个人化的表达，而不是被集体的价值取向以及预先的设想所限制。只有从集体中解脱，才能考虑故事的复兴开始。[①] 顺着这样的思路看去，张悦然的“去集体化宣言”（本身有值得商榷的地方）虽然可以和她早期超现实的抒情写作无缝对接，但面对《茧》即将揭开的庞大世界，似乎还有待进一步的调整和阐释。于是，钉子的出现令张悦然陷入了两难的境地：一方面是打开自身限度，重新建立新的坐标系，让根系连接大地，让历史、现实和人情世故进入写作；另一方面又要保持独立，避免完全的社会化，避免《茧》变成一种矫正和规训的结果，避免自己成为一个追求与大的时代文本相契合的机会主义写作者。这种两难伴随了《茧》创作的全过程，直到今天仍在继续。在《茧》的宣传阶段，当媒体就历史写作而大加褒赞时，张悦然的态度始终有一种微妙的模棱两可。相比较那些大而沉重的话题，她显然更愿意谈的是身处其中的我们如何看、如何做以及如何在这一过程中探究自我。从某种程度上说，张悦然以童年和成长来结构历史，既称得上是“不得不如此”的选择，同时又是现有条件下的最优选择。因为只有这样，才能在两难之间开辟出一条“中间的道路”，才能将历史“软化”，并沿着自己的写作路线生长出新的枝芽。

因此，在《茧》中，在容易“沾染”集体意味的历史叙事之下，还埋藏了一条自我辨认、自我探究的线。就外在形式而言，《茧》的历史书写承续了新历史主义的一些特征，如

① 参见张悦然《雅格的角力》，《小说评论》2013 年第 6 期。

将历史还原为生活、强调作为个人经验的历史等。但在写作意图上，两者却存在着本质性差异。不管新历史主义如何脱离权力规范与事实制约，其根本诉求仍在于对历史本身的重述，而《茧》的着眼点却最终落脚在自我探究之上。小说中，历史与爱的索取和虚无、罪的流传及永存密切相关，除去一些重要的节点，绝大部分时间都隐微地延伸在作者对代际关系、死亡、孤独、性、梦魇等问题的追问和阐释中。这种关联与追问一方面指向外部世界，指向历史与现实，更重要的，是它同时还指向自身，指向对个体存在、意义及价值的探寻和辨认。张悦然曾表示，对父辈历史的研究，是探寻自己在这个世界上的位置的一种方式。也就是说，困扰新历史主义的哲学追问在她这里并不构成障碍，她所关注的并非历史存在与历史叙述之间对等或不对等的关系，而是在直接确认关于历史的修辞想象的基础之上，将自我探究作为行程的逻辑终点。作者试图描绘的，是如何在对过往的想象中看清自我，如何将对自我的挖掘推进到自我诞生之前，如何在一个更高的维度上俯身探讨我之为我的原因，以及在既定事实之下，自我于精神世界中演进、冲决和突变的各种可能性。于是，在小说中我们可以看到这样一个循环，从自我出发，逐渐延伸，历经漫长、艰难的跋涉之后，最终又回到对自我的思考。其中，两个自我的区别在于，位于终点的那个，包含了起点和跋涉途中所有自我形象的总和。不得不说，这一尝试是富有成效的。《茧》最初在《收获》上发表时，责编走走曾这样描述张悦然："她很有勇气，也许她在世人面前呈现的是她的短板，而放弃了她原本最擅长的东西；她可能会失去一部分读者，也可能得到更多读者，谁都不知道。"①

① 参见吴越《张悦然，以及陪伴她七年的长篇新作》，《文汇报》2016年7月29日。

现在看来，历史资源的匮乏与开辟“中间的道路”的艰难，非但没有成为张悦然写作的桎梏，反而成就了一场跑马圈地。正是这样一个从自我到自我的循环，帮助作者在历史想象的层面上完成了最纯粹意义上的写实，与此同时，还完成了历史书写与自我探究的相互阐发和相互扩展——前者因后者而血脉丰沛，反过来又为后者推开了新的大门。

但张悦然想要的不仅仅是规避风险。她更希望能够在“中间的道路”上将自我扩张为“我们”，重建一代人的主体性。这种意愿和努力在许多方面得到了展现。首先是对80后群体从“逃离”到“认同”的态度转变。张悦然也曾同大多数80后作家一样，格外重视“这一个”的身份，希望尽快从一种模糊的整体性认知与概括中逃离出来。直到2010年，她仍然在为解压80后作家文件包、取消80后作家称谓的合法性而奔走呼号。[①] 但就在一年之后，在谈及80后办刊的话题时，她的态度却发生了微妙的变化，主动谈起了对一代人身份认同问题的思考。[②] 前不久在《茧》的新书发布会上，张悦然选择了“80后的精神成长”作为题目。她坦言从前很介意被归档，现在则着力于发掘80后如何为历史遗产所塑造。在她看来，“80后不是被谈得太多了，而是太少了”，要去除标签所形成的固有印象，还需要更多深入有效的言说与探讨。[③] 主题书《鲤》的筹办与改版，同样是张悦然从“我”走向“我们”的重要注脚。2007年，张悦然在鲁迅文学院读高研班时，萌发了“小

① 参见蔡骏、张悦然等《新世纪十年文学：现状与未来》，《上海文学》2010年第9期。

② 参见盛韵、石剑峰《张悦然谈八零后作家办刊》，《东方早报》2011年2月13日。

③ 参见武靖雅《张悦然：承载在个体身上的历史，并不比集体国家的历史要微小》，界面新闻2016年8月9日。

伙伴们要一起做一些事情的念头”[①]。第二年，主题书《鲤》正式问世。作为主编的张悦然声称，希望《鲤》能够成为“我们这代人——年轻的作家——沟通和交流的平台”[②]。《鲤》每期设定一个主题，并配以相应的卷首（张悦然执笔），除观点、沙龙、态度等文艺范儿十足的栏目外，还专门辟出一个名为“声纳”的版块，用来容纳尚“在文学路上徘徊的人”的声音。《鲤》早期的主题设定私密特征明显，如“孤独”“嫉妒”“谎言”“偶像”“荷尔蒙”等，2014年改版之后，增加了对社会以及年轻人思想生活状态的关注。张悦然表示，随着个人的成长，文学标准势必也将发生一些变化，“一间不属于自己的房间”等主题就是力求在社会性的大视野中，让年轻一代的思考有所呈现。这样的设想与坚持在80后作家执掌的刊物中并不多见，评论家谢有顺在论及80后及其话语限度时曾谈到，阅读《鲤》，能够感受到张悦然试图看穿一代人内心深处的隐秘、试图为一代人代言的野心。从执着于个体的写作，转而追求文字对别人的影响并渴望获得别人的呼应，这既是一种自我的扩大，也是一种文学志向。[③] 除此之外，在中国人民大学担任教职、教授小说鉴赏课程等一系列社会性事务，也促使张悦然更加深入地融进了“我们”当中。

“我时常会想，在这个剧烈变革的时代，整个世界都在被摇撼，我们能够主导自己吗？我们能够在自己的领域带来改变吗？我们需要一场彻底而毫无顾忌的表达，然而我们还能等来吗？”[④]

---

① 霍艳：《请不要远离文学》，《文艺报》2014年10月17日。

② 范宁：《八零后的文学价值在视角》，《长江文艺》2014年第2期。

③ 参见谢有顺《那些坚固的东西都烟消云散了——新世纪文学、〈鲤〉、“80后”及其话语限度》，《文艺争鸣》2010年第3期。

④ 盛韵、石剑峰：《张悦然谈八零后作家办刊》，《东方早报》2011年2月13日。

种种类似的表述和行动，无一不是对主体性、对“我们的时代”的雄心勃勃的呼唤。从这个意义上讲，《茧》的通篇对话同样可以看作是张悦然的一种独白，一种关于主体性确认的滔滔不绝——两个孩童，经由叙述而获得成长，并在这一过程中尝试了具有纵深感的个体跋涉、自省、知觉和试图完善。只是，目前看来，这种意愿和努力还存在着较为明显的局限，对于张悦然来说，从“我”到“我们”、从“我的世界”到“我们的时代”还有一段较长的路要走。就《茧》的文本表现而言，虽然作者尽可能地描绘了各式各样的“我们”，但仍然难以避免认知偏狭和审美偏好所带来的人物形象的单一与失衡。张悦然曾说，她确实喜欢写那些有精神、心智优越感的人，那些有觉醒意识，想摆脱日常生活的苦闷的人。[①] 李佳栖和程恭就是这样的典型，叛逆，偏执，流离失所，缺少爱又极度渴望爱，对世界充满警惕和不信任，甚至偶尔会失去理智、歇斯底里。由于作者的偏爱，在小说中，他们具有其他任何人物无法比拟的优先级，沛萱、唐晖、陈莎莎等同龄人各自在不同侧面不同程度上为他们提供正衬和反衬。除去精神上的优越感，两人还拥有无比丰富的情感资源——随时能够获得他人的谅解和关爱，甚至总有一个人任其折腾践踏而始终不离不弃。[②] 这种主角的先天优势无形中将小说里其他几位人物悬置了起来，在他们身上，功能性远远超出了复杂性，沛萱偏执固执的好学生样，以及唐晖、陈莎莎不计代价地殉难，都难以让各自的形象走向丰富和立体。在如此失衡的格局之下，《茧》之于“我们”的局限性是显而易见的，而以这种局限为基础的主体性探

① 参见张悦然、走走《我的小说，这副眼镜，灰度就那么深》，《野草》2015 年第 4 期。

② 参见项静《〈鲤〉：历史后遗症的病史追溯和重新想象》，《收获》微信公众号 2016 年 3 月 18 日。

讨，恐怕多少也会有失偏颇。

以上就是张悦然关于主体性思考和实践的演进发展历程。从易到难，从封闭到开阔，从单一到混杂，从确信到待定，从轻松到焦虑……我们可以清晰地看到，时间和成长带给一位持有郑重写作态度的小说家的必然收获和必经磨炼。与此同时，这也是《茧》浮出地表的纵向语境。在诸多纵横交错甚至略显矛盾的复杂关联之间，我们同样可以清晰地看到,《茧》不是作者平地而起的创造，而是基于对过去的努力把握，是对人物和自身写作困境和难局的又一次推进;《茧》不是所谓的阶段性成果，它就是过程本身，是作者主体性建构的过程中，各种疑难、反思和尝试角力的广场。因此，相比较张悦然以前作品的光滑、游刃有余,《茧》呈现出的是一种滞涩的面貌。它相当于一次审慎诚恳的自白，在滔滔不绝的背后，隐藏的是沉重和待定，喑哑和缄默，主动隐去的光泽，以及跋涉的意志。

事实上，从一开始,《茧》就面临着这样的险境：小说中的祖辈和父辈都是完成时，而“我们”则是进行时，一切都未来得及展开，更多时候是反应、应对而不是发展或创造。一旦物质的链条霍然断裂、精神却无法即刻续接，尚未成型的质疑和反思的能力将瞬间被损毁，如此，再重新回溯确立自身的意义，其间所能找到的答案，难免令人失望。此外，叙述者的天然缺陷也容易造成一种文本的断层——轰塌过后，百废待兴，在祖辈父辈身上流传的苦难的丰富性和悲剧性美学到了下一代该如何安置？对苦难的认知一旦失序崩解，如何避免单向度的下坠？当悲剧性美学无力延续且没有义务延续时，接下来又将何去何从？在一串巨大的问号之下，在一系列无能、无为和放纵之后，历史很有可能迅速塌陷，急剧萎缩，直至缩减为一个借口，一个主人公不堪甚至可怜可憎的生存状态的小小诱因，历史与现实的意义和价值也必然在这简单的因果律之间被消解。这也是为什么程恭姑姑之类的形象可以一气呵成（因为他们完全活在历史想象里），而李佳栖和程恭的后半程却略显枯萎。

总之一切都暂时无解。《茧》的滞涩面貌也由此蒙上了一层虚无的色彩——不论人物还是作者，都被指向个体的意义问题所深深困扰，“什么是有意义的？这个问题折磨着他们。所以他们更难以得到幸福，也更容易坠入虚无”[①]。因而当有读者问起秉持什么样的信念可以继续往光明的地方走去时，张悦然的回答是除了等待和坚持没有更好的方法，一切只能拜托给时间和机缘。[②] 小说家路内曾这样评价《茧》的无解问题：《茧》在讲一个传统文学逻辑的故事，使用了现代主义的手法，指向一个古老的秩序核心，凡此种种，无论是困境还是路径，都象征着中国文学和中国社会当下仍未解决的问题。也许还需要一代作家才能终结掉这个束缚。[③] 如果说，《茧》这部小说真的存在短板，那么短板其实应当在这里，在于一种主体性建构的无解的虚无。并且，这短板不仅仅是张悦然的，更是一代人的，是整个社会和时代的。

但好在还有待续。尽管从出发前就知道难局无解，张悦然仍要同两位主人公一道逆流而上，进入痛苦和焦虑的旋涡中以身犯险。这种以身犯险，一方面提醒了我们不问缘由索求答案的轻率、武断和急于求成，另一方面也成全了整部小说轻与重的辩证法。由于主体性难局的存在，整个故事的前半部分即便描绘动荡的历史，即便远远超出了作者的经验范围，但仍旧给

---

① 张悦然、走走：《我的小说，这副眼镜，灰度就那么深》，《野草》2015年第4期。

② 参见《走向成熟的张悦然——一场关于〈茧〉的文学讨论会》，凤凰读书2016年9月5日。

③ 参见路内《孤绝的80后形象》，《三联生活周刊》2016年7月28日。

人以稳健扎实之感，而进入到后半部分，重新回到作者最熟稔的现实中时，反而显得气息游走、精神羸弱起来。《茧》的后半部分是轻飘的，却又是沉重的，甚至可以说整部小说真正的重量就在这里。选择走什么样的路，意味着将看到和书写什么样的历史与现实。《茧》的主体性难局所带来的彷徨和无助，将小说与之前许多80后写作“简化内心强化行为”（张清华语）的文化时髦明显地区分开来。这种彷徨和无助是个体的，同时又拥有了时代的重量。

最后，再次回到青年写作与历史视野的话题之上。眼下，在不少80后作家的创作中，都不同程度地体现出历史意识的自觉，如颜歌笔下地域特征鲜明的平乐镇系列，双雪涛以疑案和信仰为主调的东北老工业基地系列，郑小驴融乡野、历史、神话于一体的湘西寓言系列，等等。但是，当我们谈论《茧》历史书写的特出性时，谈论张悦然与颜歌、双雪涛等人在历史叙事方面的区别时，最重要的并不是张悦然在怎样的语境下啃了某段历史的硬骨头，而是作者通过《茧》，通过主人公充满错谬情境中的精神历程，明知无解而仍要追问——在遍布创伤和痛苦的历史围困下，在为时代所烙印的虚无、犹疑和不安中，我们如何继续我们的生活，我们的出路究竟在哪里。这种坦诚的、深具勇气和时代重量的主体性追问，以及作者倔强执着的以身犯险，恐怕才是《茧》真正的意义所在，才是《茧》最大的贡献所在。

（《当代文坛》2019年第2期）

现时代的青年精神

——论彭扬《故事星球》

一

小说，自其诞生之日起，就天然拥有一张时代的面孔。如果没有现代世界的兴起，没有探险、发明、工业化、征服和暴力，我们就不会结识堂吉诃德，如果人类未能飞行、画面无法活动、声音不曾在空气中遥遥传递，作家们就不必因时代的节奏而调整步调，文学史册中就只需辑录下狄更斯和艾略特——那些属于马车代步时代的人和事，而错失 K 先生或吃着著名小玛德莱娜蛋糕的马赛尔。必须承认，在卷帙浩繁的优秀乃至伟大的文学文本中，每位文学“新人”的呼吸，吞吐的都是时代的空气。无论举起长剑刺向风车，还是由一口蛋糕展开大段回忆，他们的举手投足，终究要收纳到时代巨大的身影里。而今，属于中国的时代正上演着巨变。奔走于其中的人们所携带的面貌、分量、色彩、范围与日俱新，与之相匹配的中国文学，也在不断地自我展开，日渐丰盛、开阔。有论者称，20 世纪是中国小说现代化的世纪，中国的小说家自那时起便开始学习如何在全球化的背景下思想、体验和表达。然而，就在今天，置身于声势如此浩大的时代声息中，我们却迟迟未能收到来自文学“新人”的消息。换句话说，在当下文学已然贡献出的青年形象里，“新人”常常缺席。

其原因必然是多方面的。其中，很重要的一点是，长久以来，或者说近二十年以来，中国当代文学的青年形象摹写（甚至是当代文学本身），始终为一种成见所支配——我们对于多义、复杂乃至混沌，从不吝惜自己的溢美之词，而在单纯、热望和一往无前面前，却留下了大片的沉默。这种选择性的无视或退避，与小说家们美学的哲学的社会学的人类学的焦虑有关，与将个体从宏大叙事、从作为压迫对象出现的现实当中打捞出来的冲动和责任感有关……它看起来与一切高级的进步的事项都相关，却最终将自己卷入了一个并不高级进步的悖论里：它所衍生出的对失败的偏好，本意是为了丰富文学的面相，最后却众口铄金地达成了单调。于是，具体到青年身上，各种“无力青年”“无为青年”甚至“失败青年”的形象如约而至。小说家们对于青年群体的外部考察与观照，缺乏细致辨认的耐心，缺乏切实的理解和同情，一不小心就滑落到大众文化、消费文化或青年亚文化的框框里。而从青年内部生发出的自我审视，又往往过于耐心，过于自我理解和同情了，很大程度上削弱了人物的现实精神、成长动力和行动的勇气，有些甚至直接演变为碎片青春的自我哀怜。如此往复，人们对于时下文学作品中青年形象的认知，不得不简化为一系列形容词：无序的，或然的，迷惘的，怀疑的，不知方向的，不明所终的。

事实上，迷惘和怀疑不是不能谈。它们本身也是时代的面孔之一，自带其天然的合理性，自有其意义与价值。冯至先生说，青年人的愁苦和生长，就如同阴云黯淡的风里、雨里、寒里演变着的春。鲁迅先生也说，青年何能一概而论，醒着的、睡着的、昏着的、躺着的、玩着的，皆是青年。但我们必不能忽略的是，冯至先生还劝诫道，“人人都要自己料理”，要“独立成为一个生存者”，鲁迅先生哂笑背后的重点在于，青年“自然也有要前进的”。当然，尤其在今天的文学语境下，并没有哪一条文学律法规定说，行进的一定比踟蹰的要进步，热血一定比忧郁要高级，况且进步与高级在文学的范畴里本身也不是值得信赖的概念。但眼下的疑问是，我们的青年除了愁苦嗫嚅、自怨自艾之外，是否还有其他的表情和声音？答案是肯定的，但却几无事实。所以眼下的情况是，在小说里，在最应当展示人类无穷可能性的文学里，一百张生动的年轻面容正在合唱着同一段旋律。想法、风格迥异的小说家们为了重建主体性而付出的苦心孤诣的创造，非但没有让笔下人物的表情清晰独特起来，反而越变越模糊，直至褪融到色调单一的背景板里。

我们早已过了用一个人物命名一个群体、用几个人物俘获所有想象的时代。倘若在文学中，为了破解旧的俗套而形成新的俗套，并任凭这新俗套一直延续下去，那么恐怕就真的是“一百个青年有一百个失望了”。它引发的不仅仅是文学形象的同质化，更会将小说家们的写作带入到一种无所建树的精神的虚无里。一种无目的、无将来的、为否定而否定的虚无。这首先是写作本身的问题，但与此同时，它也提醒着我们，或许我们的青年，或者我们的时代，在这一方面也出现了问题。

二

所幸还是有人愿意把窃窃私语转化为热切的行动——这是我阅读彭扬的《故事星球》(《人民文学》2017 年第 4 期）时最大的感受。为了证明刚才的牢骚并非全无道理，话题必须回到这牢骚的源头，谈一谈我对这篇小说的一点看法。

其实无论从哪个角度出发，我们都容易达成这样一种共识，谈论梦想是危险的，在小说中谈论梦想尤其危险——骨感的现实常常会将丰满的理想刺穿，而小说家也有可能因此而失去阅读者的信任。《故事星球》就是一个关于梦想的故事，一个关于如何兜售故事的故事，而作者本人也正恰恰经历着类似的故事。从某种程度上说，彭扬写阿信，就是在写自己。创新者还是螺丝钉，这是个问题。在我看来，彭扬是一位不折不扣的目的论者。整个时代都如此激动人心了，我们又岂能疲乏无力？因此，他甘愿冒着风险，做一个无限大又大得刚好可以实现的梦，然后再用文字安排一切，一步步化解风险，最终让风险成为好故事力量的一部分。

《故事星球》的外壳有种“酷酷的萌”（或者说这已经是现时代许多年轻人的日常）。科幻，团队创业，孵化器，故事发布会……主人公阿信在千帆竞技的资本大航海时代组队打怪，为的是让正在长高的中国抬头看一看星空。天真而不幼稚，这既是彭扬追求的调子，同时又支撑起了整部小说的骨架，让“根本停不下来”的阿信和小伙伴们站得更直，走得更稳。

但这并不是我对这部小说的真正兴趣所在。我所关心的，或者说目光停留更久的部分，是故事中传递出的节奏，一种青年人所特有的，奔跑与急停所带来的速度感。阿信和他的团队仆街很快，爬起来也很快，我甚至怀疑，同样作为创业者的彭扬并没有按照他所熟知的真实情况来写。但就是这样一种“奔跑—急停—再奔跑”的速度感，把我们的心也搅动得不再安分起来。我以为，彭扬所着意的，并不是在哪里起跑，在何处跌倒。真正寓于跑停之间的，是一种现时代青年的心理节奏。小说中一共写到六次仆街，我们仿佛看到一个在自己人生道路上飞速奔驰的年轻人，被现实一次又一次绊倒，但他并不肯在泥淖中过久停留，因为那样会造成 bug，影响读条。小说中一再出现的跌倒，有同意重复，也有递进成长。从某种意义上说，阿信的奔跑，不单单是消耗热量的机械运动，还是一种心境，一种创造，一种时代的具象和表征。阿信奔跑的背影，甚至让我想起了阿甘。

客观说，阿信还不能称得上是一个独立的“新人”。他的步子还不够结实，他必须像创业过程中那样紧紧依靠着他的小集体，他的样貌和行动，声音和表情，都是身后那群“疯子”一样的姑娘小伙儿相互积累叠加的结果。但是，从他身上，我们依然辨认出了一种可能，一种处于成形过程中的“新人”的可能，以及一种新的姿态。这姿态同时也属于彭扬，属于更多的青年作家，这姿态中，蕴藏着青年写作的新路向——现实里属于文学的不仅仅是“多余人”的摔打，还一定有“新人”的奋斗史和自主成长经验，以及那些“不可破碎的形态，不可轻慢的抵达，不可丢弃的心灵”(《人民文学》卷首语)。

但问题仍在继续。支持阿信一再奔跑的驱动力究竟是什么？单单是属于青年人的认可的焦虑吗？我不由得想起了另外一个新质的形象，他来自于孙惠芬的长篇小说《寻找张展》(《人民文学》2016 年第 7 期)。自父亲空难去世后，“官二代”张展同学便人间蒸发了，在一条叛逆不羁、呼朋唤友、自我放逐的路上人间蒸发了。待他重新回到人们的视野时，形象已然变得低调谦和、富有爱心、才华横溢。作者大海捞针，最终找回了完整的张展，而阅读者则收获了一些富有意味的对照项：叛逆对应权力和物质的异化，谦和对应对过去和真相的体察、对父辈苦衷的理解、对自我价值的肯定以及对现实人生的愿景。我猜想，当张展千辛万苦终于被孙惠芬找到，并被印刷到《人民文学》的书页里时，他一定不会料到，数月之后，还将有一个阿信成为他的援军，与他在某一层面上遥遥相对。张展和阿信像吗？也许并不相像。他们的姿态也是不一致的。张展想要的是自我辨认和自我寻找，阿信的任务则是自我实现、自我发展；张展是回溯的，阿信却一往无前。但就是这样两股完全异向的力量，却在两人之间形成了奇妙的呼应和续接。在这呼应和续接之下，他们分享着同一种精神。

我以为，这就是青年的精神。

三

事实上，精神和梦想的属性一致，都是危险物，都让谈论它们的人故步自封、自设陷阱。但既然已经从阿信聊到了张展，这陷阱确也是不得不跳了。并且在我看来，如果不触及精神问题，就永远无法抵达两位人物的内核所在，就只能在创业怪咖和官二代的层面上不断绕圈圈。

不过，我们不妨先来聊一聊青年选择的问题。从某种程度上说，精神与选择或许可以同义替换——如果说姿态映照精神，那么任何姿态的呈现，都必然是选择的结果。更何况，在阿信和张展身上，选择始终都是他们的人生关键词。略萨曾在《给青年小说家的信》里将选择分为自由选择和自我选择（自主选择）。放在今天的语境下，它们两者的待遇又各不相同。我们此刻所处的时代，是一个青年友好的时代，一个青年被认真爱护甚至过分爱护的时代。选择的自由被严密保护着，选择的自主则有赖于年轻人自己去解决。时代微笑着提示青年：要么干脆做一个挂着青年招牌的利己主义者，要么让更多的反思和自觉融进你的选择。

顺着张展的目光向回看，阐述现时代青年的自我选择、青年的自主精神，首先出现的一条重要原则是，要有所“疑”，有所“不为”。这条原则几乎可以溯源到世界上任何一个国家的伟大青年传统，或者说它本来就是青年人应有的常态。前段时间，有学者论及青年作家的未来问题，引发了热议。大家一致认为，一张写满了理想的脸被现实狠狠揍过后，怎么能再主动伸出另外一半让人继续揍呢。“疯子”和“洁癖症患者”才是青年正确的打开方式，也是阿信和张展格局渐开的重要基础。但问题是，实现了“疑”和“不为”，接下来的“信”和“为”方向又在哪里？与前一关相比，这显然更加令人无的放矢，难以作答。阿信的发问“未来怎么不能现在就来”，与第二关的方向性疑难在本质上是相同的，它们一同指向了青年往何处去的内在困局。阿信肯定是听过鲁迅先生的教导的，要“大胆地说话，勇敢地进行”，但阿信的时代，已经是呐喊和不破不立的需求及其必要性正在减弱的时代。这样的时代对年轻人提出了新的考验：路在脚下了，大胆说话的人也多了，你们自己决定该怎样勇敢地进行吧。

“选择一条让自己尊敬自己的路”，这是阿信给出的回答，在他和张展翻越了无数高峰低谷之后，在经历了反抗、抱怨、宣泄而对历史、传统和现实有所理解有所认可有所责任之后。事实上，这样的表述并非阿信和张展独创，也并非现时代的发明，我们早已在年轻的马克思那里就曾经听到过。热情有可能须臾而生，又须臾而逝，我们受到的鼓舞究竟是不是一种迷误？选择一种能使我们有尊严的职业，“在从事这种职业时我们不是作为奴隶般的工具，而是在自己的领域内独立地进行创造；这种职业不需要有不体面的行动（哪怕只是表面上不体面的行动），甚至最优秀的人物也会怀着崇高的自豪感去从事它”。尊严意味着什么？意味着拿出建构一个属于自己的完整世界的勇气，向着自身最大的潜能处探寻。

的确，这是一个青年友好的时代，但与此同时，还是一个可以定义自身伟大的时代。“每个人都应该有属于自己的伟大生活”（阿信语），只有这样，未来才能现在就来。

（《人民日报海外版》2017 年 5 月 10 日第 7 版）

一个悲观主义者的积极思考
——论范晓波

范晓波表示，接下来要写出人生的三本书，一部可以冒充灵魂的散文集，一本收藏了许多语言和情感闪电的诗集，一部配得上所经历过的时代的长篇小说。如此郑重的愿景一落地，便即刻宣判了这篇文字作为作家论的不合理性。它坦诚地，甚至眉头微皱地告诫你，此时此刻，你所做出的任何判断都是短视的，都是有可能被推翻的，都是有损于整体性所释放出的光韵的。那么好，就暂且称之为阶段性评论好了。可是难度却并不因为你的妥协而后撤。

面对一位在写作上高度自律，并且能够将这种自律无所遗漏地付诸实践的写作者，你的发言从一开始就显得困难重重。绝大多数可能的路径和范围已被圈定，优长和有限性也已经被清晰地指认并不时地自我更新、自我反省，而感性的经验呢，从对象丰富的人生履历和从未停止的行走的脚步来看，可供发挥的空间也所剩无几——同一个金牛座争夺领地的话语权，这意味着主动将自己抛入被动的局面里。

是否还有另起炉灶的可能？不，摆在你面前的，并非关涉历史风俗文化的花招儿，即便是那些描述音乐的文字，也服膺于写作者彼时呼吸的起伏和思想的锐叫。它们冷静地居于一隅，拒绝公共化的修辞，拒绝套路和演绎。于是只能老老实实地随物赋形罢了，所说所想仅限于旁批，或者札记。

一手经验

什么是好的散文？一旦被提问的对象为了维护文体的崇高而不愿称自己为“散文家”时，这样的问题多少会显得有些唐突和鲁莽。或许，也可以先从散文写作的动力和快乐谈起。

谈论快乐总是容易的。范晓波说，这种有别于其他体裁的写作，能让他不断地将生活和写作混为一谈。他说，作者永远无法撇开自己的现实生活，自足地在文本里存活。生活和文本，必须且只能相互补充，相互阐释，相互负责。

是的，生活。这样一个背后携带着庞大话语体系的惯性词汇，被一个自称对语言无比敏感甚至充满洁癖的写作者一再提及，足以见得它的珍贵。

但这毕竟不是新鲜的话题。恐怕每一位文学的信徒，都在用自己的言行，践行着两者之间的必然联系。那么，要害究竟在哪里？我以为，以何种方式、在什么层面上让两者发生关联，这才是区分优秀写作者与平庸写作者的试金石。

范晓波的方式是，遵从生活的引领，然后等待。遵从引领，意味着摒弃策划和炮制，只在一手生活经验里淬火炼金。而等待的结果则是，在二十年漫长的时间段里，历经少年、青年直至中年，如此往复地掏空自己，淬炼出屈指可数的几部文集（《正版的春天》《内地以内》《带你去故乡》《田野的深度》），再继续耗费几个节气，甚至几个世纪，等待接下来那些不可预知的“娇贵的恩赐”。

范晓波将这样的散文写作，称为高能耗低产出的散文写作，并将能耗集中在了三个在旁人看来也许很普通的地方：

江岭，作者心目中江南最纯正春色的所在地。乳白色的炊烟，雪白硕大密集的梨花，喜庆的桃树，与从山顶到山坳到山脚，如同“蓄着千万吨金黄色颜料的水库在夜间决堤”的油菜花梯田，共同组成了一支只为一人演奏的交响乐——既热烈妖冶，又有令人痴迷的悲情章节。这是范晓波的春天。为此他曾在不同场合不遗余力地反复描绘着同一个主题：“我有意把春天过得像吉祥而虔诚的庆典。就像许多人对本命年有着特殊的敬畏和期许，我把春天当作本命季来尊崇。”(《本命季》)

从江岭出发，一百二十分钟车程可以到达祥环——作者的出生地，一个盛放其童年美妙时光的村落。尽管下次再来，这里可能已被风雨夷为平地，但作者还是愿意从现实中，从文字里，一次次奔波辗转至此，给外公的照片去尘，凝视外婆墓碑上端矜持的笑意。在《一个时代的背影》里，作者倾注了全部关于外公外婆的记忆。我想，它对于范晓波来说，也许是唯一一篇不忍重读的作品。他不得不将失去至亲、失去一个时代的近乎绝望的悲伤，一点一点分散到《黑暗中抓住你的手》《带你去故乡》等其他篇章里。

在柘港生活的时候，范晓波还是个十来岁的小学生，却极其早慧地拥有了80年代初青年的敏感和激情。窗户光可鉴人的供销社，以人民大会堂为主体的年画，被四个现代化蓝图刺激得眼睛发绿的学生，当然，还有一边学习，一边唱歌，一边劳动，一边恋爱的青年人群。“这样的浪漫，至今还牢牢地抓着我的心”，“导致我快四十岁了还乐于谈论理想”。

上述三个地点，被小心翼翼地收纳在了《还乡》当中。春天，外婆家，和1980年代，这三个极具分量的描述，分别从不同的层面上施力，为写作者搭建起可供灵魂安置的故乡。在我的理解里，这就是范晓波散文写作的核心质素所在。故乡，既是其散文世界的入口，也是那个为灯塔所照亮，最终将要抵达的彼岸。

形而上的傲慢

此时，关于被提问者心目中的好散文，已大致显现出了轮廓：好的散文，需要大量消耗生活积累，消耗荷尔蒙和思想资源；需要从素朴的生活中汲取最具肌理的质感，以充当灵魂的构件。但这还不是全部。

《正版的春天》出版时，编委表示，如果把本集中的关键词连缀在一起，就会发现作者忠实地抒写了他的青春史、心灵史。对于类似的评价，范晓波既满足，又不满足。当然，碍于谦逊的本性，直到第三本散文集《带你去故乡》的前言中，他才含蓄但正面地表达了不满的缘由：取材于自身的生命经验，难免会给人以记录青春史的印象，但这不应当成为遮蔽“更内在的动机”的理由。所谓更内在的动机，是要让“写作和现实相互修正，构建自己的生命哲学和美学”。因为唯有在哲学和美学的层面上，个人才会衍生为众人，一生才可能折射一个时代。

在我看来，上述说法也可以换一种方式去理解，那就是，春天、村庄、童年、性爱、死亡、风景、孤独、梦想、远方，这些看起来囿于青春心灵写作范畴的人、事、物，终将携带着它们的一切圣洁和庸常，在哲学和美学的高度上，成为作者散文书写的永恒母题。一天是什么，田野是什么，故乡又是什么，许多由此衍生出的再平常不过的发问，其本质是将事物的直接性隐去、创造出新的寓言，并让它与心灵的最高规律相适应的开始。这不禁让人联想起爱默生的忠告，智慧的永恒标志就是从平常中看到神奇。

形而上的建构雄心，必将催生形而上的傲慢。这是任凭谁都无法改变的事实。于是，分别心、明晰的界限等纷纷加入进来，它们借作者之口对外宣告起“散文变革的难度”：我偏爱对常识的持守，厌弃边界的无限扩大；我偏爱抒情和审美，厌弃仿真性细节的罗列；我偏爱精神性的救赎，厌弃审丑以示颠覆……（《散文变革的难度》）

好在这样的傲慢是及物的——它从田野深处生长起来（《田野的深度》），从生存的角度理解存在。它在面对理想的同时，也面对现实世界的难题。因此我们才有机会在相应的文字中体会还乡之难，而不是在某种意志的引领下，参观一个比花岗岩还要坚固的精神乌托邦。这是傲慢的资本所在。

是不叨扰的——它区别于横扫一切的暴力，而更靠近朴素的、本真的、安静的、清洁的夜间低吟。它对于声音和味道异常敏感，时而思想者一般冥想崇高（《木村的月光》《运送灵魂的那支乐曲》），时而回味孤独和幽暗（《初伏》《像石头一样飞》《天上的门》），时而投入梦境（《白昼的睡眠》《虚构一张床》《魔幻人生》），时而又陷落到深深的自省当中（《冷冷的照耀》《诗心与世俗心》）。这是傲慢的形式特征。

是内指的——它有时更像是一种精神的光照，无意于高高在上笼罩万物，而是从外部发出，最终指向自我。它与对个体自由的维护相联系，与确信迷失和变动不居相联系，与《瓦尔登湖》般的诗意和《忏悔录》里自我剖析的锐利相联系。这是傲慢的出发点和归宿。

范晓波称，他所有的散文都在为虚无的愿望服务。这样的傲慢，为他标记了一种叙事的风度，一种近乎守旧的美学理想。我猜想，也正是基于这样的傲慢，范晓波才会在选择散文的时候，也同时选择了诗。毕竟，那些贴近场景瞬间的诗性的喷发，同样有可能是排他的，傲慢的，深具野性和雄心的。

虚构的边界与可能

还有一本人生的大书横亘在面前——一部配得上所经历过的时代的长篇小说，由此虚构便成为了一个绕不过去的话题。

范晓波选择当一名作家，而不是散文家，或者别的什么，这从某种程度上意味着，经验、诗心和虚构同时对他构成了强烈的吸引。就目前的情形来看，虚构所释放出的引力显然更为特别。

在谈到散文写作时，范晓波一再强调对虚构的抵制。在他看来，虚构或许可以呈现更真的真实，并在一定程度上缓解写作者生活的平庸和写作资源的匮乏。但散文作为一种文体，其真正的魅力，恰恰就在于从局限中迸发魅力的快感。散文，究其根本，是一门人生的艺术，而非排列汉字的艺术（《带你去故乡》前言）。

值得注意的是，抵制虚构并不等同于抵制想象。事实上，在《终结者》这类文章里，我们已经可以窥探到写作者想象力的蓬勃。这种乐趣，最终在他的小说创作中得以实现。

范晓波小说创作的历史并不比散文短，但小说发表的速度远比散文要缓慢。面对《阿尔卑斯》《过故人庄》《甜蜜的事业》《像幸子有什么了不起》等作品，作者本人的评价是，数量比散文少很多，引起的关注也比散文少很多。就我的阅读体会来说，这样的评价是中肯的。这就好比一个讲故事的人，始终以缓慢的语调讲述同一个人的故事，他所能吸引的听众必然有限。在上述文本中，叙述者为我们提供了危险的青春冲动以及朦胧的爱情，提供了中年危机甚至官场世相，但他所动用的语调和想象，似乎并没有逃离那个写散文的范晓波所辐射的范围。换句话说，目前我们所看到的虚构，都还是携带有鲜明散文基因的虚构，是作者关于自我的各种可能性的虚构，而真正的他者，正若隐若现地徘徊在不远处，等待着接下来更加热切的呼唤和拥抱。当然，这只是一面之词，更何况挑刺儿的人已经在《我的永远没你远》等处获得了足够的乐趣，并且，在既有的文学律法中，也不止一处地记录着一个人折射一个时代的成功案例。

一个悲观主义者的积极思考，这句话盗用自叔本华。我认为这是对范晓波写作人格最恰切的评价。在悲观还是乐观的问题上，范晓波给出了十分肯定的回答，我基本认同他的判断，但同时也保留自己的想法。的确，从这样一位写作者身上，我们可以看到典型的悲观主义者的诸多特征，恐惧与失落，生命的脆弱和虚幻，对崇高和悲剧的偏好，等等。但这样的悲观，终究还是选择了申诉和表达，而非放任自流，直至消融在默然里。这种选择本身所指向的，是对终极真理的坚定信仰，借由申诉和表达，以及不间断的行走，来无限度地接近那个真理——生命必须有尊严才有美感；相信爱的人生才值得忍受；笃信灵魂的永恒性才不惶恐。这很难说就不是一种乐观的表现。因此，范晓波也愿意承认：我是个悲观主义者，但一直试图用理想主义照亮自己。从这个意义上讲，摆在未来的这三本书，大概也可以看作是理想主义在今天的一种呈现。

（《文艺报》2017 年 9 月 8 日第 5 版）

标签与阐释

——论黑鹤

从各种角度看，黑鹤都是一个便捷的对象。他的画像上天然带有许多被虚线框起的区域，供人们粘贴标签：自然、动物、边地、游牧……大家羡慕地称呼他为自然之子，羡慕他较之于其他写作者与生俱来的优势——只写自己足矣。头巾，长发，左耳的两枚耳环，驯鹿鄂温克部族长辈亲手缝制的狍皮坎肩，身旁永远跟随的巨犬。关于黑鹤的一切，放在今天的语境中，总是令人惊讶的、时髦的，容易被簇拥、标榜和崇尚的，包括那些趋附行为本身，也随之更加易于理解——在他身上，呼应和满足着各类幻想。但黑鹤却并没有因此而傲慢。或者说，他的傲慢并不源于上述标签和趋附。画面中，他与他野兽一般的大狗们并排坐在地上，所眺望的那个远方，与标签上的词语因惯性而附加的内涵，不在同一个方向。

媚俗或其他

米兰·昆德拉曾透过 19 世纪德国浪漫主义，看到人类的两滴“媚俗”（kitsch）的眼泪。第一滴眼泪说：瞧这草坪上奔跑的孩子们，真美啊！第二滴眼泪说：看到孩子们在草坪上奔跑，跟全人类一起被感动，真美丽！只有第二滴眼泪才使媚俗成其为媚俗（《生命中不能承受之轻》)。随后，这个现代美学中最令人困惑、最难于把握的范畴在我们身边蔓延开来。受“坏趣味”感染的人们仿佛患上了消渴症，不加区分地痛饮各式各样的水，期待在虚幻的替代经验和对“净化的戏仿”（阿多诺）中，寻得片刻的滋润和安宁。

动物与边地的主题同样在劫难逃。它们是水中的盐跟糖。饮者怀着前所未有的热望飞奔而来，在杯子和水组成的镜像里，与野兽亲昵无间，热闹并郑重地反观、重构人性，同时用取景框记录下别有一番味道的风俗和传统，让自己一并进入一种陈列展示的状态当中。

黑鹤的动物小说本可以轻而易举地满足这样的需求。与两头乳白色蒙古牧羊犬相伴，在草原与乡村的接合部度过童年，这位蒙古族作家习惯这样描述自己的来处。如今他尽管仍然保留着大庆油田员工的身份，但更多的时间生活在呼伦贝尔草原的营地中，在那里饲养大型猛犬，并将优化繁育的蒙古牧羊犬的幼犬无偿赠送给草原牧民。间或进入大兴安岭的丛林，去那里探访饲养驯鹿的鄂温克朋友。

然而，凡事总有个然而。这位固执的作家固执地选了一条不那么有吸引力，但自认是正确的道路。他用科学的求真精神打断了许多人与野生动物共眠的梦呓，提醒人们面对自然时，最应当遵从的理想秩序绝不是和动物相互拥有，而是顺其自然，彼此尊重。他对杜撰和风情展览时刻保有警觉，试图通过具体的生活方式和具体的人，来复述一个正在消逝的荒野，向最后的古代致敬。

真的就是真的

从对峙、搏斗主题凸显人类强力，到友好、珍视与再发掘，文学作品中，人与自然、与动物之间的关系演变，透露着人们通过对象物来确认自身位置的行进轨迹。不过，当我们开始幻想与动物超乎常规地亲密相处、动物大规模地成为小说中被赞颂的主人公时，人类是否就真的做到了准确的关系把握与自我定位？

在这一点上，黑鹤的写作伦理鲜明且不容置疑。他反复在各种自述性文字中引用法国作家让·凯罗尔的话："假如我向你说谎，那是因为我要向你证明假的就是真的。在动物小说的创作上，我无意说谎，因为真的就是真的。"黑鹤自诩是一个优秀的阅读者，几乎读遍了所有在中国出版的动物小说，以及相关的散文和观察笔记，他认为目前很多动物小说的素材基本源于固有的认识和传说，缺乏应有的理性判断和对自然环境的切身观察，以至于悄然为孩子们灌输了一种更愿意相信传奇故事而不是自然科学的思想。对他而言，写作动物小说，科学的精神尤为重要。拥有理论基础和基本的科学依据，不背离自然界本然的生命秩序，不扭曲动物的基本属性，绕开传奇、寓言、童话、神话或探险故事，只描述自己所了解的——真正优秀的动物小说必须以细节真实为基础，"不能再误导本来自然知识就已经十分匮乏的人们了"。

童年的亲身经历，与游历草原森林的考察笔记，是黑鹤永不枯竭的创作源泉。在他的生活和小说中，许多并行的生灵与人类一同在分享着这个世界。狗、羊、马、驯鹿、獾、跳鼠、雁、隼、大鸨、野鸭、野兔……除了幼小的狼和狐，他甚至还尝试过饲养麻雀和野兔，以及刚刚出壳的鹌鹑。

关于野生动物，作者告诫我们，不要相信有人在野地里捡到奄奄一息的小狼，把它们带回家抚养长大（《狮童》），也不要相信能够从圈养的野生动物眼中看到快乐的日光（《黑焰》）。从被捕捉的一刻开始，伴随它们的就不再是自由，而是无尽的恐惧。所以，请将野生动物留在荒野中。同样地，人类的道德与情感也不应当随意附加在动物身上。让不会说话的生物使用人类的语言是童话，而带着动物的面具探寻人性迷失则很可能沦为闹剧。人与动物相亲相爱，并非自然界最本然、最真实的存在关系，那不过是我们善意无知的想象跟自以为是。

面对那些可能与人亲近的生灵，平等这个词总是不断被提到，尊重对方的尊严，则是黑鹤对平等这一抽象概念做出的进一步阐释。比如与狗之间，尊重意味着谦逊、敬畏，也意味着各有各的骄傲，和无与伦比的溺爱：被外祖母家黑色长毛牧羊犬跟在身后，曾经幼小的自尊心经历了前所未有的挑战，“那阴影巨大到让我这个人类显得如此微不足道”；与一头黑得不可思议的獒犬对视时，会被它对一切毫不畏惧并且无所谓的高贵至极的傲慢所震撼，“我甚至无法成为它注目的对象”；和自己心爱的罗杰、阿雅在一起，它们俨然是可以抱在怀里的小小童年，是北风带不走的黄昏和冬日里最后的篝火，“他们不牧羊，而我，就是他们的羊”。

黑鹤像个动物行为学家一样，在作品里不厌其烦地为人们做着讲解，当中对科学精神的崇尚却丝毫没有妨害小说的文学性。“尽管我不断地进入野地对野生动物进行观察，但我从不希望自己仅仅是一个野生动物观察者。”他的每一部小说，都不是简单的画面临摹、场景描述。那个作为叙述者的“我”几乎动用了所有的器官，跟随动物一起去知觉。他们走过静静的山谷，面向地平线坐下，听风掠过金草地，观望亘古不变的落日。

致敬最后的古代

很多年了
我努力掌握穿越回忆

而不受伤的技艺

那只是理想
我真正学会的只是
以梦境修复

伤痕
倒影中
浮现

多年前
打碎的杯子
我等待

夜的到来
在梦中拾取
那失落的一片

黑鹤希望，他的小说不只讲述动物，表现勇敢、自由、信任和忠诚，更要构筑一个正在消逝的荒野，留住曾经辉煌于万顷草场之上的游牧文化——一个想要恢复时可供参照的标本。

“永远地消失了”，是作者反复提及的一个心理意象，与它相关联的，是满眼焦渴的枯黄，牧羊人溃散沙层般瘫下马来，牧羊犬卧在草坡顶上，再也不会奔跑回来的背影。它属于逝去的时光，只能通过回忆去复述，寻找。黑鹤竭力避开遗忘中最可怕的一种——杜撰与想象，不迷恋古老刀剑的光亮如初，而是试图恢复刀刃上因岁月磨蚀沉积下来的斑驳锈迹。

通常意义上，人们更喜欢描述空间，空间让人联想到流动性，许诺了空空荡荡充满希望的风景，而事实上，地点才是我们身份的布料，记忆和身份都扎实地缝在上面。亚里士多德曾说，地点优先于其他一切，因为它赋予了秩序。黑鹤回忆中的“陶杯”就有着确切的生长地点——草原。它南起与蒙古国毗邻的贝尔湖，其中蜿蜒流淌着乌尔逊河，北到大兴安岭原始森林腹地，以额尔古纳河为界与俄罗斯接壤。这片广袤的大地上，生活着蒙古、鄂温克、鄂伦春、达斡尔等少数民族。它既不像人们描述的那样夏天美丽如天堂，也不是冬天酷烈如极地的炼狱。草地，仅仅是一种关乎古典和传统，简单坚忍、离天很近的生活方式。在这里，可以获得物理意义上的安静，听到万物细微的声息。

当“这地方上”几个字出现时，后面接续的既可能是沈从文、汪曾祺先生笔下施展人性、承接永恒美学思想的风俗画卷，也可能是为了特意酿造所谓的地方情调而进行的烦琐累赘的知识堆积。显然，后者愈发远离敬仰。边地题材同样面临这样的问题。对于身处不同寻常的地点、占有丰富资源的写作者来说，有太多不为人熟知的段落、细节想要倾诉，很容易跌入陈列、汇览的庸常境地中，用习俗风情附会古老民族深厚的文化传统。对于这一点，黑鹤有着清醒的认识。

乌托邦是一个关于回忆的隐喻，它的热情，依赖，爱和忠诚都依附于具体的人和他们最寻常的生活。黑鹤的小说中有着令人印象深刻的（外）祖父和（外）祖母的形象。前者是沉默不语的扎布、青格勒，他们一遍遍擦拭着镶有银饰的古老马鞍，用巨大的弯形针为牧羊犬缝合撕裂的伤口，将琴弦拨动得如同骏马抬起头颅一般悠长。后者是乌兰托娅和芭拉杰依，是拥有无限威严的光芒和神，用最温暖的手，在以阴燃的马粪熏制的皮袍上，为“我”留下关于草原的永恒气息。没有具体的样貌、姿态甚至性格，他们可以被想象成任意的样子，其形象融化在奶茶、细声慢语的交谈和那些流传已久的故事当中。

以动物为生的牧民们有着独特的信仰和复杂的情感：他们愿意彻夜不眠地为抛弃小羊的母羊吟唱劝奶歌，也会在宰杀时默念“我生不为挨饿，你生不为受罪”；沉醉于捕猎中对勇气、耐心和力量的极限挑战，最后一刀却尽可能利落，不让失败的死亡，比死亡本身更为可怕；隐晦地称呼狼为野狗或天狗，憎恨它们对家畜的残害，对于山谷中不再有狼嚎犬吠的寂静夜晚，却始终难以释怀。黑鹤说，如果所有的道路都被尝试，所有的禁忌都被破坏，那么就会失去最重要的东西。人，无法割掉身后的影子一个人走。他的小说就像一曲蒙古长调，淹没了外界所有迟钝的话语和嘈杂的静默，胸怀天地，雄浑悲怆。

任何一种以普泛认知为目的的概括都需要付出代价，很可能会掩盖或忽略蕴藏其中的独特的写作个性。新书《鬼狗》问世时，黑鹤曾表示，这次希望在书店里它出现在小说架上，而不是流行架上。不过这丝毫无损于他对自身写作的自信。这些年在黄昏中驰过草场的骏马剽悍而斑斓的影子一直在他的身体之中，从未离弃。

前不久，黑鹤获得了2013年度青年作家奖，授奖词里这样写道：“黑鹤的小说写作涉及当下中国和世界的重大主题：人与自然的关系，同时，他还将一种边缘生存的族群经验带入到中文的表达中，并在成人世界与儿童文学之间搭建了一座沟通的桥梁。”授奖词很短，只容得下标签。但可以肯定的是，他的作品之所以能够担得起这一个以及其他的各项殊荣，毫无疑问，更是源自标签背后丰富阐释的不可通约、韵味深长。

（《文艺报》2014年6月11日第5版）

从“写”开始

——论张洁

二十多年来，张洁不止一次地提到，“写”对她而言的重要意义。

就像有些人离不开旅行、散步、喝茶一样，写是张洁生活的一部分。这种特殊的表达方式，帮助习惯于沉默的她把心中的话传递出来，与周围的人与事、叶子与木桥密谈。

从写开始，她走进文学，伸出手与稚嫩的年轻的掌心相印合，将对童年、对成长、对整个生命的光影与色泽的全部体悟藏进文字里。在明净的小世界中，看万物生长，看星星透亮。

少女·成长

“我仿佛身不由己。走在路上，坐在车上，眼前翻腾的都是笔下的女孩们。那是一些我永远无法忘怀的时光。每道光的折射与影的辉映下，闪动的都是女孩们看似细若游丝却张力无穷的气息。”张洁这样形容自己的写作对象。在她身上，在她的小说、散文里，随处可见难以割舍的少女情怀。年少时，张洁曾深深沉浸在秦文君和陈丹燕的作品中。当其他大学生热衷于创作只有自己看得懂的诗歌和爱情故事的时候，张洁开始了为少女阅读而进行的写作，并选择当时并不热门的陈丹燕的少女小说作为毕业论文的研究方向。

张洁笔下的少女各式各样——有的骑在“镇边村”的老银杏上嘻嘻哈哈地唱着歌（《秘密领地》紫燕），有的怯怯地问好友“如果我是一只狐狸，或者兔子，或者小鬼，你会跟我一起玩吗？”（《我的同学格丽》小缦），有的厌倦了平淡的生活，想象自己出车祸或者爸爸妈妈离婚（《做回坏小孩》乖小人），有的被后座的男生在衣服上画了粉笔印子正泪眼汪汪（《乘着歌声的翅膀》凌宛儿），有的在心里默默期待兄长一般的实习老师对自己说一声“嗨，小女孩！”（《幽秘花期》杨晓阳）——但她们大多分享着同一个特征：走不进轰轰烈烈的喧嚷里。

如同作者在《秋日最明亮的一缕光芒》中的自我形容那样，不能做发光的路灯，便沉默地享有安宁的夜景。这些女孩话不多，总是笑眯眯的，不习惯也不善于表达感情。她们独立地安静地做着该做的事情，不惊扰任何一个人，有时也会陷入感情与理智的旋涡，但更看重的是埋藏在心底的隽永回味和怜惜。夏天到了，她们将对花裙子的渴望化成眼底含笑的秘密，彼此等待；读到《海的女儿》时，悄悄用硬纸板裁成“刀”，尝试人鱼公主在利刃上行走的滋味；不确定自己长大后能否像偶像老师那般秀美明朗，心灵被烦躁、惆怅和无边的空洞所占领；莫名患病后，面对周围的女同学的热情钦佩到疏远再到冷嘲热讽，始终不卑不亢，保有微笑。作者在熟知并热爱的女生世界里充分伸展着个体生命的感触，每一个枝蔓都指向安静、真实、细微和完好，丰盈其中的人性的善与美奠定了作品洁净恬淡的基调。

成长，对于绝大多数人而言，是一个神秘，无可解释，又充满期待与痛苦的过程。作为物质的身体，在这一阶段有着无穷无尽的意味，与之同步的心理裂变，蛮横地将我们拖离绝对安全的领地。一场春雨过后，原本平静的心田变得生机勃勃且杂乱无章，生长出的各式各样叫不上名来的东西互相排斥、扭打、争夺着。其间，总有一股新鲜向上的力量，尽管在冲决中伤痕累累，但终将带领我们走向开阔，走向诗意，走向阳光。

张洁曾在创作谈中表示，通过写，她得以流连在感动与顿悟编织的梦的世界里，翻阅自己的成长痕迹。作者视野中的成长，借助纸张上少女们的际遇具象起来，成长的语境因此变得更加可感可触。首先是身体的微妙变化。《神秘园之歌》里，女孩水草无法直视身体的异样，她渴望洗澡，渴望割去不小心被友伴触碰过的皮肉。在镜子中打量自己，像打量一个陌生人一样。体内有什么在生根发芽，她想大声喊出来，但同时又被这“可耻”的念头拨弄得愈发混乱烦躁：“我害怕，我要自己沉默。”

除去身体，外部世界对心灵的冲击，及其所带来的困惑与伤痛，是张洁在作品中着意表现的。作者对于片段化甚至碎片式的情感体验有着高度的敏感，她将许许多多特殊的情境不加铺垫、没有预告地放置在人物面前，怀着极大的同情，平静而温和地描绘出成长历程中人生轨迹被改写之痛。父母离异，家人横祸，在与老师、同伴、异性的交往中被误解、被嫉妒、被伤害……女孩们幼年时丢失玩偶的伤心泪水逐渐被怀疑、孤独、迷茫、无助乃至绝望所取代，这些心事和情绪蔓延在灵魂深处，没有头绪，无从驱逐。然而，伤痛的源头不只是家庭和学校。她们当中的一些人跟随夏莲子（《夏莲子的世界》）、久天和紫燕（《秘密领地》），离开从小生活的乡村，来到魔宫般的城市，成为异乡人。挥手告别爷爷奶奶和伙伴，女孩用老房子里亲切得发黑的碗橱、风一吹“咯吱咯吱”作响的门板窗棂，换来了满是蜈蚣、飞蛾和蜘蛛网的地下室，以及城里人颇有深意的眼神。在种种际遇中，死亡带来的阵痛最为刺眼。一个人的出行突然从天而降，欣欣被获许独自搭乘火车去看望外公，一路上的喜悦期待，心里不停翻腾的快乐的泡泡，都没能改变这次旅途的终点——小卫兵无法守护上将，没有告别，永远都不能再见（《旅途》）。陪爸爸在医院加班，亲眼目睹对面楼上一个轻飘如衣服般的人纵身一跃，自此，“我”的房间、“我”的脑海里，轻飘飘的“衣服”如影随形。珠珠表妹、好友丹和“我”爱的阿沐，他们的死亡都与“我”有关吗？“我”是死亡的制造者吗？

张洁的好在于，她不允许伤痛无限放大，不接受心灵磨损后的无奈与握手言和。风暴终究会过去。在她看来，成长是一个寻找自己，确认自己的过程，不是抛弃，流逝，而是累积，沉淀。无数珍贵的、完好的、华美的、丑陋的、稚气的、细微的、耻辱的影子，都堆积在时间之河里，任由自然界处置。生病是她作品中一个最经常的意象，几乎所有的女孩都不同程度地经历着呕吐，高烧，晕厥，幻觉，失忆，失语……从文本角度来看，这是人物心灵遭受巨大冲击后，在身体上的疼痛映射。与此同时，肉体的逃离也暗中帮助女孩们获得了精神上的疏离与安全感。她们躲入病中思考，直到有勇气面对难题，病症才会消失。这不禁让人联想起原始仪式中“死亡—再生”的原型，少年们通过仪式象征性地死去，重新降生到成年人的世界中，仪式过后，一种具有更大权力并承担更多责任的生活正式开启。

在张洁这里，女孩们骨骼拔节，病愈意味着新生。

散文步调与节制的美

2007 年，长篇小说《敲门的女孩子》再版，张洁大学时代的导师梅子涵先生在书后文章中称这是一部“散文小说”。

2011年，明天出版社将张洁多年来创作的部分作品结集出版（包括《月光之舞》《爸爸的灯塔》《美丽的约定》《穿越童年的影子》等），丛书定名为“张洁美文”，其中“美文”二字显然也是经过考量的——不是小说，又不同于散文。这些命名与判断，无一不指向着作者在文体形式上不曾间断的探索与实践。

张洁参加鲁院高研班学习期间，曾在研讨会上谈到文体试验的问题。她很欣赏上海作家张秋生创作的“小巴掌”童话，作者结合诗歌和幼儿文学写作的体验，将诗歌、童话、散文熔为一炉，深受读者的喜爱。张洁坦言，从1997年开始，她便尝试把小说、诗歌、舞台剧等一些手法分别融入少女散文的写作中。她认为，原始的内驱力与经验世界是切入文学本质的基石，充分调动自身的爱好与内源特质，有助于丰富体裁的表现力和深厚度。

在众多文体中，散文是张洁文学写作的入口，也是她文学经验最丰饶、情感凝结最浓郁的地带。这种安静、温柔的表现形式，无比贴合作者的心性与才情，纵容她长久地浸淫在执着得近乎执拗的审美追求里，只写自己的心情，记忆和眼中的风景。纵观作者所有作品，纯粹意义上的散文在数量上并不占优势，反倒是长长短短的类似于《敲门的女孩子》那样的“散文小说”得到了作者和读者更多的青睐。如何对这类作品在体裁上进行明确定位，我们姑且放在一边。可以肯定的是，在它们身上，集中体现着作者在文体融合方面所做的尝试与努力——从散文出发，到散文为止，同时也凸显了张洁文学写作区别于其他作家的特出的美学风格。

用散文的步调讲述故事，描绘成长，容易使作品根茎文络清晰，获得一种节制的美感。成长的病痛与狰狞的、满是鲜血的绝境隔绝开来，过分的行动让位于含蓄的、极富分寸感的心理活动。没有奔跑或呐喊，没有激烈的冲突，有的只是挣扎过后的沉静与内敛，温和与流畅。包裹着爱与痛惜的心事和情绪，在平淡舒缓的语调中静静地开放于生命深处，随后默默消解。讲述中，作者舍弃明晰的含义所指和情感蕴含，将判断解释的权利交给读者，其中模糊的韵味与内在的张力，更为整个作品涂上充满诗意的釉彩。

《星星居住的地方》即是很好的例子。从记事开始，小西跟随妈妈一次又一次地搬家，紧紧跟随小西从一个地方到另一个地方的，是一些古怪的声音：你妈妈是不是真正结过婚？她不是你的亲生妈妈？你是领养的小孩吧？你妈妈嫁不出去啊？……小西完全不明白这些大人，她只相信妈妈的话，再搬下去，就能到达星星居住的地方。终于，在生日那天，妈妈拿出一份特别的礼物——真正爸爸妈妈的照片。他们在地震中为了保护女儿离开了这个世界。妈妈作为照片妈妈的大学好友，坚持把小西留在身边，刚刚领过结婚证书的丈夫也因此离开了她。收下礼物，小西的心散落了一地。生活仍旧按照原有的轨迹滑行，只是房间里多了一个上锁的抽屉。整个故事并不复杂，作者也没有过分地设置悬念，一切就那样自然而然地发生了。关于结局，她这样写道：

> 有时，我有在梦里的感觉。妈妈说，她也有，也有这样的时候。我仔细地听头顶上方的那一声声呼吸。我很想对那个看着我们的人说话，请他跟我们一起住在星星居住的地方。他和妈妈可以有自己的孩子。我会带弟弟妹妹。我们还有松鼠伙伴。“妈妈！”陡然一声大叫从我的嘴巴里冲出来。我吓了一跳。我和她们，微微惊愕地看着对方。我发出小搞怪后的大笑。紧张的神情悄然从妈妈和吴英子脸上褪去，她们

> 也笑起来。松鼠的大尾巴随着身体的动作左摇右摆。我的身体也舞动起来。

小西内心涌动的暗流最终藏在了湖面之下。通过大叫大笑，向妈妈表明心意与爱意，委婉羞涩中透出无尽的可爱。阴霾也许还在，但阳光已经毫不吝惜地洒了进来。

自画像及其背后

> 我相信我们每个人都在心里绘着一幅“自我”肖像，画画停停，有意识无意识、不间断地画下去，努力地希望有一天非常圆满地画好它。这一定是每个人一生中最精心、最倾注的作品。

那些少女身上不惊波澜的脾气秉性，那些对成长中困惑伤痛的克制抚慰，那些行文时疏落有致的节奏和美感，彼此间似乎有着内在的一致性。作者笔下的人物和她们的人生选择，不断游走于真实与想象之间，理想主义的色彩浓重。那么，具有一致性的因素何以自如地连缀在一起，理想如何与现实衔接而不流于虚妄，这些答案，或许都可以从作者的自画像中找到。

形容起张洁，所有人都会用到安静这个词——与现在的年月不相符合的安静。梅子涵先生说，她是属于那种一见着就会被别人喜欢，接触多了仍旧会喜欢的人。她的心中永远住着一位少女，透明，纯净，一尘不染，让她与成年保持着几乎不可逾越的距离。一切关于她的快乐和哀伤都是温和的、淡淡的，她看待世界的眼光也总是和煦的，通透的。在这样的状态下，环视少女，实质就是在勾勒一幅自我的肖像。这种描摹抒写完全摒弃了模仿、扮演与屈就，不必因为对年少时光的眷恋而刻意在记忆里行走，只在顾盼跃动间，便轻轻带出各式各样的心灵感觉和千姿百态的成长事实。值得注意的是，张洁性情的纯净并不意味着拒绝长大或者无视世界的复杂深厚。多年来折返于梦境与现实之间的人生经历，让她的笔触充满了砥砺之后的平和与体恤。隔着长长短短的时光栅栏深情凝望，其间的指引与疗救显得愈发珍贵。

除此之外，这幅自画像，还折射出了关于儿童文学一系列的美学思考（这里的“儿童文学”选取的是大一些的概念，面向少年的成长故事也包含其中）。张洁的写作实践，始终以探究、发现、了解和热爱儿童（少年）为前提。她在作品中展示出的对成长的思索，对艺术形式的追求，对美学风格的坚守，充分满足了“儿童反儿童化”的审美需求。在人物塑造以及通过文字与读者对话交流的过程中，她并未对儿童做出单纯幼稚的判断与处理，而是充分重视他们的审美主体地位，挖掘儿童和儿童读者积极模仿成人与成人世界的种种表现，在不同层面满足他们“向上”的心理视角，以及体验社会总态的心理需要。这种将儿童放在整个生命进程里考量，让儿童文学在时间长河中接受洗礼的姿态，对于矫正儿童文学领域片面追求一切从儿童出发的偏狭的儿童本位观（文学性即儿童化，美学追求即儿童情趣），打破儿童文学的美学思考的封闭状态，有着积极的意义。

（《文艺报》2013 年 8 月 23 日第 5 版）

“感伤”的尺度

——论陈蔚文

我有个不知道是坏是好的习惯，看电影喜欢提前知道结局，问来问去，有时候反而扫了人家的兴致，白白手舞足蹈地吐血力荐。我当然有我的理由，并且堂而皇之——影片的物理时间被拉长，就能不时地甩开情节，专心去欣赏导演那些费尽心思的弯弯绕绕，比如指缝中的泥巴，裙摆的脱线，以及身后坏掉的钟表究竟停在了哪一刻。

读陈蔚文的小说也是一样。读几篇返回去看序言，再翻翻同一时期的博文，有点考据成瘾的意思。并且，作者也用她充裕的时间和缓慢的节奏成全了我这个癖好。这本名为《雨水正白》的集子收录了作者从 2001 年到 2012 年发表的中短篇小说，共十三篇，其时散见于《人民文学》《十月》《上海文学》《天涯》等刊物，并被《小说选刊》《中篇小说选刊》《小说月报》等转载。陈蔚文的长项本是散文，陆续推出的专集合集大多以散文为主，作品不时进入各大选本的视野，获得各种各样的奖项，给人的感觉是做足了准备一心在赶路，而小说，则写得不紧不慢、溜溜达达，二十五万字放在十多年的时间里，格外从容舒展。她的作品情节相对简单，有着慢镜头般的特质，不用暂停，就能清晰地看到，日子如何被碾成单薄、经不起拉扯的棉料生宣，一寸寸揭起，那些破损、粘连以及透射出的光影放大着杵在眼前，让人无处躲藏。

土耳其作家奥尔罕·帕慕克在回顾自己的小说创作旅程时，将小说家分为“天真”的与“感伤”的两类。天真的小说家像孩童一样，毫不怀疑自己的语词和句行是否能够描绘普遍的景观，不顾及文字理智的或伦理的后果，也不理睬别人的评论，因为他们本身就是自然造化的一部分，恰当、彻底地描述并解释世界的意义对于他们来说轻而易举，比如但丁、莎士比亚和歌德。感伤的小说家则以席勒为代表，感伤在这里指向的是多情与反思，审慎与理智，当然，也包含随之而来的纠结与痛苦，他们在写作中不断质疑感知到的一切事物，质疑文字是否涵盖了真实、到达了意义，质疑精心配制的文学方法的可靠性，甚至质疑感觉本身。

我猜想，陈蔚文大致应当属于后者。

《雨水正白》的代序《此处、彼处》，几乎是由一连串的追问与探讨组合而成，像巴赫金偏爱的复调，作者陈蔚文的声音仅是其中一个声部，她努力参与、积极争取并且想赢得论争的最终胜利，另一方面，这些诘问与辩驳，又仿佛是孤独症患者在自言自语、自我拉扯，两个陈蔚文从“我写出过我想要的小说吗”“我是否背离了创作初衷”聊起，她们试图在时代性与文学性、世界与自我之间寻找小说最适宜的生长点，反复论证自身的写作地标与精神获得。在这儿，作品本身呈现出的充裕、缓慢之类的先在印象成为了表象，掩藏在背后的一些商讨、试探站了出来，开始声情并茂地讲述陈蔚文小说的张力——一种内在性的紧张，促成了形式上的延展。“感伤”勒令关于小说的一切都慢下来，背负起沉重的兽，每一次呼吸起伏都逃不开思索。

在这本文集当中，“感伤”的核心，集中表现为尺度感。它关乎人物，关乎叙事策略，也关乎作者的写作向度。

陈蔚文笔下走动着一群被晾晒过的人。丈夫唐大年的突然失踪，令马韵梅一下子跌入深不见底的生活，原本如同影子一般模糊斑驳的日子，在回忆里逐渐具象、清晰起来，因为找寻，麻木的神经挣扎着四处攀爬。当晒香菇蒂的味道再次撑满屋子时，那人却再也回不来了。《悬念》中有一段这样形容唐大年的人生：赤手空拳，不得要领，枯澹地、孤零零地晾着。这既是唐大年、马韵梅，也是其余多部小说主人公的普遍状态。他们在人生节点，走进大雨深处，再暴露于过分强烈的光线下，终被消耗成一具具活动标本。失去了肌肉和血液，就取消了想象、行动力与歇斯底里，就只能在散乱标注着敏感、孤独、疑惑、无力、忍耐、平静、等待的词条之间，依照尺度，有分寸地彼此解释、补充和延伸。

随之而来的，策略技巧在尺度的规约下也显得单纯严正：男人与女人，缓慢的时间，有限的空间，被命运一次又一次否定。

事实上，关于小说中的时间，与其说缓慢，倒不如用迟缓、迟滞、静止更为精确。作者动用散文的格调，放慢节奏，压抑着行进，让时间凝固在某一刻，让生活的黏稠感，充分渗透在身体与心灵的沟壑间。那些长久的，因为放不下，没有任何改变，未曾见到所谓的似水流年、沧海桑田，一如熊艳玉多年后再见深爱的陶小平，还是同样洒脱，挺拔，嘴角挂着满不在乎但又正经的笑意（《流年》），那些发生在某个夜晚几个小时之内的，却很可能将人卷入白茫茫的旋涡中，轻易终止她的一生，大雨倾盆，溅起雾气，模糊了通往地狱的道路，走起来格外漫长（《雨水正白》）。

陈蔚文的小说场景设置通常很简单——家庭和单位，并且绝大部分都是符号化的。作者没有给它们留出更细致的影像，仿佛那只是两个悬置的、代表着某种关系的概念，又或者是盛放干枯灵魂的无关紧要的容器。主人公们囚徒一般，蹲坐在昏暗容器的一隅，任凭生命的光泽在其中消磨殆尽。这不禁让我联想起拉斯·冯·提尔的影片《狗镇》，这位丹麦最杰出的导演迷恋一台摄影机、几个演员和一块灰色背景幕的拍摄方式，他将一个拥有少量道具和粉笔印的舞台，变成了人性的试验场。

静止、有限的时与空，对于人物来说，意味着双重的否定。它无时无刻不从所有的方向上拒绝着生存于其间的人——过不去，也逃不开。它释放出无数个声音描述“不可得”（《说话》《租房》《征婚》《惊蛰》），“不可爱”（《流年》《烟红如许》）与“不可念”（《悬念》《葵花开》）。这些声音混杂在一起，进入被晾晒过的人们的心里，构不成狂欢，反而凸显了沉默。因此，终于在丈夫黑呢大衣里翻出预示着死亡的化验单时，马韵梅仅“从深处涌上股疲倦”，“探身把大衣晾在竹竿上”（《悬念》）；明知道经历了那样一个尴尬的黄昏，与老蔡不会再有结果之后，她还是听见自己说：“嗯……要买咖喱吗，上回的好像用完了。”（《租房》）

有人把陈蔚文的写作归入女性主义行列，我并不是很赞同，至少这几篇小说不能说是很好的佐证。女性视角、女性表达的独特性，在《雨水正白》中确有体现，但无论是作者的“感伤”，还是她笔下女性的思索，其对象，或者说是根本对立面，都并非男性，更不指向某些权利。生活、生命和世界本身，是陈蔚文一以贯之的写作中心。相比之下，我更倾向于把她的创作路向看作是新写实传统的延续——不含异质性的和特别富有想象力的生活之流，纯粹的语言状态与纯粹的生活状态的统一，不追求理想化的转变力量（陈晓明语），等等。不过，作者本人似乎从未表现出明显的路径依附的愿望。关于写作向度，她践行着执拗的尺度。

陈蔚文自称是无药可救的悲观主义者，在开始写小说的那几年，感兴趣的旨趣包括不可确知的宿命，人生的孤独与虚无，爱的愿景与悖论……后来却常常担忧，会在叙事中偏离初衷，去向另一条似是而非的路途，越写越“现世”。实际上，这些旨趣，至今仍然完整地存在于她创作的潜意识里。她所展示的不是一地鸡毛，而是密集中透出的虚妄，更是偶然背后的必然。命运在她的视域中，没有余地和不确定性，终究是个缠乱的线团，再怎么抽，都会遇上死结。《雨水正白》，正是这样一部有关生存境遇的感伤寓言。生活在其中的人们被巨大的离心力甩得支离破碎，他们只能将情感、记忆和身体相互割裂开来，以平衡惊恐和焦虑。作者希望依赖于琐碎、夯实的日常，“纵向地凿拓（而非横向地盲目扩张）经验之井，使之在某个点与共性经验汇合，涌出井水”。

通常意义上，如果把长篇小说比作巨兽，短篇小说则更像是轻盈华丽的飞鸟，它们天生难以具备对方的姿质。陈蔚文的“感伤”所带出的沉重与拙，恰恰构成了她作品最难得之处。

当然，“表象”也有它的弱点，它给了我可乘之机，滋长了我对“意志”的不满足。因为有了先在的尺度，个别时候，人物不可避免地成为作者意味深长的棋子。他们的人生之瓶——作者制造瓶子时，很可能已经事先在内部做好了分割——即使破碎，也缺乏鲜活的、支棱着的毛茬和碎屑。假如，作者原本希望通过文字，消解所谓的意义，释放体内年深日久的不安、惶惑和无可挽回的挫败感，实现某些无法实现的东西，那么，这种坚实、整饬的建构，又会不会成为对消解态度本身的消解呢？是否会收获了丰盛的所指，能指却走向贫瘠？必须承认，这不仅是感伤的小说家需要面对的问题，更是所有以文字为生的人的潜在软肋。

这样想想我那个傻乎乎的习惯不也如此吗，非得先要来一个预设，腾出身心把自己投射到对象之中。我相信，如果陈蔚文有这样的问题，她的原因也远比我的理由更有意义。

（《文艺报》2014 年 2 月 28 日第 8 版）

自在自为的“90后”写作

从代际研究的角度看，目前关于70后、80后的创作，评论界已经达成了相当程度的共识，但在90后这里，局面似乎还不那么明朗。

一个显在的面向，是对文学创作中的新因素充满热情——刊物、出版社、媒体等持续推介“新声”，研究者也时常将目光聚集在这一代表文学新力量的创作群体身上。近段时间，《人民文学》“90后”栏目继续推出新人新作，《收获》青年作家小说专辑收录大半90后作品，中国作家协会首次举办90后作家研讨座谈，90后作家作品的高密度亮相再次引起人们的关注。除此之外，选本的出现，也被看作是90后创作群体自信力的一种展现，从小说集《近似无止境的徒步》、诗集《我听见了时间：崛起的中国90后诗人》等选本中，既可以一览90后文学创作的风貌，也可以看到写作者及策划者希望进入史册的雄心。整体而言，90后作为一个并不算很“新”的文学群体，正承载着各方越来越多的期待，以及多个向度上关于“代际更迭”的文学想象。

另一方面，在巨大的推进式的热情当中，却也包含着一些迟疑的脚步——针对90后的写作生态和创作实绩，研究者们目前尚未形成较为清晰的判断，大家大多仍处于等待和观望阶段，很少有人一针见血地指出，在这一创作群体中，最重要的那些作家在哪里，标志性作品是否已经酝酿成熟，何时才能破茧而出。这种力介的热情与指认的困难，构成了颇具深意的反差和对比，也为人们进一步探讨这一话题设下了不小的障碍。由此，90后的创作难免给人留下这样的印象：持续升温，却迟迟没有达到沸点。

那么，这是不是就意味着，90后的文学表达缺乏内部推进力，同其他代际的写作者相比，他们的成长相对“慢热”或“晚熟”？答案同样是否定的，且情况远比推断要来得复杂。

正如代际研究的批判者们所强调的那样，不同代际的写作者所面对的时代与现实生活，未必存在着本质上的不同，如今90后正在经历的，在70后、80后那里同样也刻下了或深或浅的烙印。但与此同时，我们又不得不承认，即便是身处同一段历史时期中，哪些核心要素将对哪些写作群体构成更为深刻的影响，不同代际的作家最终选择以怎样的文学方式对现实世界做出应对、理解、内化和表达，既有的文学经验和文学常识恐怕很难给出统一的回答。因此，当我们试图用“新力量”来希冀甚至描述90后的创作时，还是应当先对这一群体所关联的“新情况”有所体认。

从写作背景来看，90后作家生长的时代，是中国经济起飞、急剧发展的时代，是互联网、新媒体占据主导性地位的时代，是多元文化激撞共生的时代。年轻的写作者们所依存的生长环境、持有的资讯信息以及眼界视野等，都和前代作家有了很大的不同。在文学生产和传播媒介近乎革命性巨变的语境下，文学与社交、与日常生活的联系日益紧密，许多新的、驳杂的因素进入到文学场域当中，开始对写作本身尤其是90后的创作形态产生了很大程度的影响。

在学历及个人经历方面，90后作家的受教育程度普遍较好，且呈现出明显的跨学科、跨专业特征。以近年《作品》杂志90后相关专栏的作者为例，这些年轻人大都有着本科以上学历，其中近半数有硕士、博士教育背景，还有不少人拥有海外留学经历。在他们当中，几乎没有中文专业的毕业生，而是来自物理、金融、国际关系、市场营销、临床医学、性学及垃圾处理学等多个行业。良好的教育背景与多元的专业支撑，构成了90后创作的一大优势，同时也为年轻的写作者提供了更为丰富的观察世界的角度和途径，进一步拓展了文学书写的半径与空间。

较之于70后、80后作家对80年代以来文学谱系的承袭，90后在文学资源方面体现出较强的包容性和驳杂性。评论家贺绍俊指出，在90后的眼里，无论是现实主义、现代主义还是后现代主义，都是需要认真对待的文学传统，而不是像前代作家那样，将后两者作为反叛传统，尤其是反叛现实主义传统的武器。在近期70后与90后的代际对话中，谈及文学阅读谱系问题时，有90后作家表示，他们的阅读偏好并不在虚构甚至文学这里，而是对社科类书籍更感兴趣。另外，在一些90后写作者的文本中，我们既可以看到世界经典文学及中国古典文学的深刻影响，也能够捕捉到动漫、电影、音乐等一系列流行文化的因子在文学场域中的施力和运行。

文学生产方式的多样化同样是90后文学活动的特征之一。90后作家当中的许多人，都是先通过豆瓣、微信公众号以及各类付费阅读平台等自媒体“跑马圈地”，而后再转战文学期刊和图书市场，进而为主流渠道所认知。这与通常意义上文学生产过程中发表、选载、获奖、出版的传统路数截然不同。如果将以屏幕阅读而不是纸质阅读为目标的新媒体叙事定义为轻叙事，那么，不少90后写作者的文学创作都在与这类叙事特征发生着密切且复杂的关联。

简言之，整个社会的现代性变革，从方方面面塑形着90

后作家的主体意识和写作面貌，90后作家并非时代巨变的外在描摹者，他们和他们的作品本身，构成了正在行进着的巨大变化的一部分。以往文学观念中的代际言说，即在对象、途径相对固定的范围内，从一批具有代表性的作家的创作中总结归纳特征的思路和方式，已经无法含纳90后写作所呈现出的多元的、发散性的开放形态。

上文所述的诸种情况，虽各“新”其异，但都为90后兼收并蓄的写作特质奠定了基础。如“街道英雄”的创造者王占黑所言，“我不觉得有一个什么样的框架，或者是一个领域在我的外面”，90后创作群体由此所形成的写作姿态和美学趣味，也因此显得愈发自在自为、不受拘束起来。从他们的表述里，很少看到一切从我开始的“创世”情结，这些写作者总是能够既遵从自我，又努力正视个体与世界之间的相互关系。他们的笔触大多畅快轻盈，包袱感较轻，在丰厚的文学财产面前，表现出的不是影响的焦虑，也不是机械乖巧的应答模式，不轻易被字面意义上的创新牵着鼻子走，也拒绝为某种写作范式禁足而变得畏首畏尾，没有哪一方占据绝对性优势，没有一定之规，没有绝对的起点和终点，一切都向着无限的可能性开放。这种自在自为的姿态，使得90后写作的艺术触觉延伸得更远、更广，极大地丰富了这一创作群体的文学面相。

以小说创作为例。作为城市“原住民”的那部分90后作家，在城市书写方面已经有了不俗的表现。他们的城市经验里天然带有一种内在的视角，立场方面也摒弃了先在的道德预判而更具原生性。这些作家提供的城市表达，时有寓言特征闪现，但又能够与现代社会的呼吸脉搏紧密缠绕，从而避免了无端的漂浮，而显得格外生机勃勃。其中，王占黑的《小花旦的故事》、王苏辛的《白夜照相馆》、李唐的《降落》、周恺的《不可饶恕的查沃狮》等即是这方面的适例。以他者眼光审视乡土，是近期90后写作另外一个值得关注的向度，《炽风》（崔君）、《去的时候父拉子，回来的时候子拉父》（小托夫）、《我从未见过麻雀》（范墩子）等作品所呈现出的醇熟、熨帖均给人留下了较为深刻的印象。和前代作家相比，90后作家并非乡土资源的优势持有者，但其身份的杂糅，却为不同文化形态间的相互打量和映照开拓了空间，也在一定程度上为现当代文学的乡土叙事传统衍生出新的思考。个体成长依然是90后写作最擅长的领域之一。国生的《呼吸》肌理匀畅，充满质感与哲思的力量；庞羽在《我不是尹丽川》里，从自身、自情感发散而出关于主体性的追问；蒋在的《举起灵魂伸向你》将信仰与人性、歧视与隔膜、理性与对抗融汇在富有意味的经验体认之中……除此之外，类型文学、网络写作等领域，同样成为了包括90后在内的青年写作者的集散地与练兵场。

90后叙事的开放特质，为当下文学创作添注了活力，也对评论者和研究者提出了更高的要求。它要求我们摒弃抽象的代际想象，更新现有的观察视角和研究路径，更加耐心、细致、深入地进入到对90后写作的发生学以及文本和态势的追踪和考察中。要求我们审慎地理解力量之“新”的内涵，不拘泥于更新换代或是文学进化论层面上的新奇或新异，不强求质的变化甚至颠覆性的审美样态，而是在充分考量不同代际间文学经验内在蕴含和相互嵌套的基础上，对90后写作者的创作节奏和有益尝试给予充分的尊重。与此同时，它也提示我们，没有哪个代际的写作主体能够像90后这样，与“生于××年代的人”如此贴合（霍俊明），文学边界的扩大、文学样貌的扩充和丰富等，在他们身上体现得尤为明显。研究者只有时刻保持开放的眼光和态度，才有可能针对各种新情况、新问题做出更加有效的研判和言说。

整体而言，90后作家的创作不急于被定义，也一时难以被定义。他们所秉持的开放的写作姿态，容易让观察者一时摸不准抓手，却也从某种程度上更加符合代际研究的初衷，也最能代表一代人良性的写作状态。它敦促关于90后的代际研究两边敞口，保持动态，而不是只关注某些代表性作家，令整体性的论述简化为重要作家论的合集，它也让我们有理由相信，在90后写作自在自为的自由生长中，总会出现论者们在最初商讨70后创作时所期待的那种景象，即用作品说话，用作品完成对“在群体中被指称”的超越（宗仁发）。

（《人民日报海外版》2018年9月5日第7版）

心有蛟龙的人

——《大家》先锋专栏读记

三十年后的今天，谈论先锋是容易的，实践先锋却很难。它需要行动的力量，需要强力意志和理想主义，需要偏激、固执和豁出去赌一把的不管不顾。说起来，这些因素本身其实并不复杂（难），但当它们置身在日趋调和混沌的背景之下时，清晰轮廓与锋利边角的珍贵性与困难度便凸显出来。

前段时间做去年的中篇盘点，一位警察大叔的台词给我留下很深的印象："我们都是心有蛟龙的人。"（张欣《狐步杀》）这种硬汉气质的、决绝的甚至略显悲情的形容极易打动人。陈鹏就是这样的人，心有蛟龙的人。在鲁院读高研班时，他在房间里一边喝酒一边跟王震海争论，奶牛为何不可以上高楼（陈鹏写过一篇小说，题目叫作《奶牛住进我们家》），后来，他又辞去多年的稳定的新华社工作，挑起《大家》的担子。至少换作我，可能不会如此激情澎湃、大刀阔斧地去说，去做。刚接手《大家》的时候，陈鹏就动过做一个先锋栏目的念头，对此，我的想法是：好，但是难。

这相当于将一场文学想象从观念层面落实到技术层面。首先，先锋本身就是个问题。如果把目光集中在那个相对紧密的、在小说艺术上更趋向于形式（强调叙述和语言）的群体及其写作身上，如今，时代语境发生了变化，先锋作为一种文学资源已部分地纳入主流叙事和文学史之中，当年的叙事策略再度启用，未必能收到预期的效果；倘若同时考量先锋派的流变，考量其隐匿、转化与更新，将先锋提炼为勇气和新意，泛化为一种精神，那么，离开了理论冲动与变革、抗衡的诉求，写作本身的内驱力很可能会遭到削弱；绕过这些争论集中的地带退一步说，即便先锋可以被简化为秩序的他者，为了描画旗帜再设计出一套条条框框，按图索骥，难免会令自己陷入新的悖论当中；而时下，又有多少作家愿意被贴上先锋的标签，有多少文本经得起先锋的质询和考验？

这些陈鹏不是没有意识到。

问题永远层出不穷，事情还是得一点一点做。

最后，他索性将落脚点放在了先锋的开放和动态上，给作者、作品和自己都预留了回旋的余地。独创性、理性、探索、创新、不合时宜、不流俗等圈出一个足够大的空间："小说家的任务是警惕虚假的文化地理，对人类生存的真实和真理作出独立而自由的思考和判断。"回过头看，如果不是有股一往无前大不了重新来过的劲头，"先锋新浪潮"恐怕维持一年，应个景，也就差不多了。眼下的境况是，栏目不仅坚持了下来，并且坚持得有模有样，陆陆续续推出了何凯旋、学群、曹寇、何小竹等一批人的创作。依照陈鹏的想法，坚持三到五年，多发掘些极具才华的优秀作家。这样的意愿最终能否达成还未可知，但起码有个盼头，有种期待感在里面。毕竟，当年余华、苏童等人从华东师范大学招待所深夜翻墙出去找吃的时，也不确定接下来就一定会有《收获》的先锋文学专号以及其他的种种。

不得不说，先锋新浪潮已经刊发出的作品，有许多是很不错的。"有想法有新意有冲劲的小说"，基本实现了这样的预期。这次收到的李昕的《废墟》和水鬼的《五食记》也是如此。两位作者都是80后，履历单纯，在期刊发表这个领域称不上是熟面孔，但他们写作的诚意、智慧与文本掌控力却是一目了然。编辑将这样两篇稿子安排在一起也颇费了些心思。城市村落，现代古代，个体人群，铺张俭省，诘问笃信，在文本层面上，它们从各个角度彼此呼应、填补，共同之处在于，都指向死亡。

《废墟》有一个略显陈旧的外壳。“世界简直就像一个强拆队，不断地在拆毁着她所珍爱的每一样的东西。”她的一生都在忙着接受现实，抵抗来自世界的恶意。父母死后，旧房子成了世上最后一道围栏，当这围栏也无法幸免即将变成废墟时，她选择在火光中终结一切，包括自己。寻找、漫游的主题，死亡的片段，成长之痛，失败感，孤独，抵抗，绝望，这些无疑是青春写作里最常见的质素。第一次读《废墟》时，不由得联想起祁媛的《我准备不发疯》，2015年《收获》“青年作家小说专辑”的头条。两篇小说放在一块，有点像一对双生花，又或者是一个人的表里：《我》发生在白天，梦呓一般却煞有介事地冲着别人大声讲述自己的遭遇，《废墟》则出现在夜里，是一个人缩在墙角无比清醒时的喃喃自语。白天行进的是演讲，夜幕降临了，没有情节的独白才真正开始。就个人而言，对于这类作品一直有点抵触，很怕那些“强烈的不安全感”和“坚韧又十分简单幼稚的虚无主义”陷入到一种喟叹忧伤的小资调调里。但《废墟》却没有。它提供的痛感并不幽深阴暗，更没有病态的歇斯底里。那个穿着皱巴巴花裙子的女人，始终站在废墟里，仔细把砖头瓦片往回堆着。她试图搭建一座新的墙，代替母亲的庇佑和保护，她认真地处理伤口，希望离毁灭再远一些。结尾处的大火，是孱弱的人对于超越自身力量的渴求，是当所有的努力最终被击溃，只剩下毁灭时，心灵之痛因坦诚而萌生出的强大的干燥的力量。

《废墟》的另一个好处，在于它从一定程度上指认出城市经验的精神归属。把一栋房子当作掩体，掩护自己不被世界注意，不至于被一览无余，就连附近的野草和电线都承载着呼吸与喜悦，这恐怕是只有从小就生活在城市里的人才会拥有的经验。法国插画家让－雅克·桑贝曾创作过这样一幅画作，空荡荡的大厅里，相邻的两个扶梯一上一下运行，扶梯上的人趁着相遇的一瞬间，隔过传送扶手，迅速地将手握在一起（《电梯上的邂逅，一秒钟的握手》）。李昕的《废墟》同样捕捉到了一秒钟的握手带来的神经末梢的震颤。一秒钟，可以让雪花上千次落向一切大街，也可以刺破那些以传统乡村叙事为对照的武断的城市想象：生活在城市中的，不一定都是无根的单向度灵魂。

吃本是为了生，《五食记》里却遍布着死亡。小说以冬瓜、黄豆、米、萝卜、白菜五种饥荒时节人们赖以为继的吃食为题，由五个表面独立、实则彼此勾连的故事组合而成。五食，是饥馑中的五食。因为吃食的极度匮乏，人的各种欲望、念想，人生的种种偶然与必然都数倍放大。笃信佛法的信泉因误杀一个藏匿在冬瓜中的婴孩而性情大变；赶路人险些被强人灌下生黄豆一命呜呼；为了求米，亡魂被丈夫休弃，游荡在山间不得超生；显明将阳精遗洒在萝卜上令豆腐铺的女儿闷声投江；黑衣人试刀，祖孙二人自此阴阳永隔。“都是吃，都是为了一口吃。”强人、行脚僧、遗孤、黑衣人的故事，实际上都是信泉的故事。从《五食记》来看，作者水鬼应当也是位理想主义者。小说写宿命，写出了崩坏的世界里的真和信，从这个角度讲，《五食记》称得上是有骨架的写作。水鬼的用字、行文处处透出古典的韵味，侠肝义胆、传奇志怪中，语言的俭省与意指的丰盛形成鲜明对照。最后一个故事里，小姑娘“是我阿婆”的一唱三叹，更是见真见切，显足了功力。

然而，值得注意的是，同样是死亡，在上述两篇作品中的形貌，与当年先锋派的文本呈现还是有着较大的不同。在余华等人那里，死亡是摒弃时间与历史的异质性他者，是挺身而出的独立个体，是存在主义的死亡，是作为他者的死亡。《现实一种》中，老太太溘然长逝前，甚至感受到异样的兴奋在体内流动，同时又感到自己的身体正在局部死去，“她不禁微微一笑，于是这笑容像是相片一样固定了下来”。而在《废墟》和《五食记》里，死亡则是结构性的。它放弃了扩张的姿态，后撤为故事的一个关节。与拆楼过程相伴相生的死亡隐喻，和在食物面前的向死而生，都从观念和思维层面上与非叛逆的、不得已的、试图寻找肯定性的建构因素融为了一体，并隐约透出历史言说的冲动和无力。

事实上，今天当我们再次谈论并试图实践先锋时，无论是致敬先锋派还是从中剥离出自由和新意，挣脱现有文学秩序惯性的探索和创造都应当是最后一个被舍弃的。只有挣脱惯性，文学才能充分释放焦虑，才能不断打开精神感受力和语言表达的新天地。

（《大家》2016 年第 3 期）

在突破中建构

困境的罗盘

——论陈谦

仍旧是困境。陈谦选择了一个我们几乎已经习以为常的词，来容纳她在文字中所追求的东西，而不是像其他一些富有才华的作家那样，让自己的写作同颇具个人特色的描述联系在一起，显得神秘、充满魅力，又或是难以企及。谈到严肃文学，她强调关注人类生存困境的重要性；聊起美国正在前线的作家（那时菲利普·罗斯还在世），她认为从他们的作品中可以看到文学“根本的基点”[①]；在最新的文集后记中，她写道“对人类生存困境进行思考和追问，应该是小说存活下去的理由”[②]。困境，困难的处境，在文学语境中，这本是一个极富弹性的概念，突如其来的真相，被命运捉弄的时刻，错误的降生，道德疑难，无法改变的结构的桎梏，情绪失控，灵感转瞬即逝，不设终点的跋涉，梦的深渊……很难说哪一个人物正在面临的局面，不能被称作是困境。但一向理智审慎的陈谦，仍旧愿意将这枚可以被随意安置的“大词”视作桂冠，戴在一连串她所珍视的作品的头上。她的行动提示我们，这其中别有深

① 黄伟林、陈谦：《“在小说中重构我的故乡”——海外华人作家陈谦访谈录之一》，《东方丛刊》2010年第2期。

② 黄德海：《试走未行之路——关于陈谦的小说》，《南方文坛》2018年第3期。

意，值得仔细辨析。

三副面孔

有必要先从《覆水》说起。在陈谦早期的创作中,《覆水》占据着无可辩驳的统领地位，尽管它在它的同伴当中并非名气最高的那一个。一方面，它孕育了《望断南飞雁》《谁是眉立》《麒麟儿》《莲露》等一系列作品的雏形，一种对生活的复杂经纬和百孔千疮的人的感情的洞察和体恤，另一方面，从《覆水》中，也可以隐约看到日后主导《特蕾莎的流氓犯》《下楼》等作品的自省因子，而这，正是陈谦的“文革”叙事区别于他人的关键所在。更重要的，是作者在这样一部篇幅有限的小说中，在确保描述对象完整性的前提之下，同时完成了对人心于困境中保持坚固和释放柔软两个向度上的细致刻画，从而确立了小说创作“向内走”的写作路向。在陈谦看来,《覆水》是她第一篇成熟的作品，也是她至今最为满意的作品之一。[①]

这是一个在逃避中等待的故事。异国他乡，逃避日渐尴尬的四目相对，等待比自己年长三十岁的丈夫离世。小说开篇的葬礼，确立了沉重压抑的基调，宣告 19 世纪后半叶的现实主义写法从来不曾远去，也将一直裹挟着依群的困境撕开裂口，让阅读者有机会一窥究竟。相比较《望断南飞雁》《特蕾莎的流氓犯》等作品的鲜明主题,《覆水》描述的困境复杂且混沌。在南疆小城弱不禁风的绘图员，和硅谷半导体公司中层主管之间，始终横亘着丈夫老德的肩膀。而这肩膀恰恰是依群心头的伤疤和碰不得的冰山。随着两人生理状态和生活状态差距

① 参见王红旗、陈谦《“无穷镜”下硅谷华人女性精神生命的巅峰体验（下）——从旅美女作家陈谦的长篇新作〈无穷镜〉谈起》,《名作欣赏》2017 年第 6 期。

的不断拉大，誓言变成咒语，臂膀成为负担，与年轻男子艾伦之间的插曲，也不过证明了“生活在别处”的不可能，依群对老德“阴阴的逃避”，便成为彼此心底最深的硬伤。然而，直到老德去世，这位“现代灰姑娘”都没有选择另外一种人生。依群不愿意承认，是她“自己走不脱身”。[①]“走不脱身”，短短几个字，既掺杂着感恩、习惯，以及千难万难后积蓄下来的安定感，也透露出昔日温情时刻留下的不舍和对生活真相的领悟与反思。

如果说，《覆水》映出的困境，是在有限关系的联结体内部自我与自我的博弈，那么在《无穷镜》中，困境的格局骤然增大，写作者试图与阅读者一同商讨的，是更加复杂的外化物对主体的挤压，是于瞬息万变的信息世界中的惶惑与无助，是全球化交互和科技飞跃式发展进程中，人屡遭重创的意志和抉择。

从噩梦开始，到幻象结束，连绵的雪峰一座接着一座，在脚下轰然倒下。这是摆在硅谷初创科技公司CEO珊映面前的困境。年近四十的珊映，在女儿流产、失去婚姻的境况下，异常艰辛地再次展开创业、融资之路。通过创业改变世界，在硅谷创新者的眼中，这不仅仅是一句口号，更是狂人般的天真信念。为了看到抽象的理论变成生活的一部分，看到它们改变人类的生活方式，甚至变成新的文化，充满斗志的“信徒”们拼命张开身上每一个毛孔，奋力吸收新的理念和新的灵感。珊映同样如此，在通往罗马的路上，她为了实现自己的“烟花梦”，几乎已倾尽一切。但困境偏偏利用了这一点。当高科技精英怀着宗教般的献身精神，投入到现代技术的进步和突破中，技术转过身来变成了刺破人们安全感的利刃。人类善辨的眼睛躲藏在镜头和互联网背后，从这边看去一切尽在掌控，另一边则是玻璃房子里的如坐针毡。哪一秒的思绪将被截图，继

① 陈谦：《覆水》，见《望断南飞雁》，新星出版社2010年版，第146页。

而泛滥在何处的终端之上？类似的问题让人不寒而栗，无法可想。于是，珊映在看到自己离那个所谓的成功，至多只有两个试管的距离时，同时看到了自己坐在高高的山巅上，蒙住双眼，听灾难来临前山崩海啸般的轰鸣。

还有《虎妹孟加拉》，一个陈谦小说序列里的小小杰作。从老树驱车在高速上奔驰，到玉叶彻底失联，中间仅仅间隔几个小时，我们的小说家恰好利用这几个小时的时间，讲出了一段耐人寻味的故事。小说的主线是寻找。高能物理学家身兼“留学爸爸”的老树一面焦急地寻找失踪的玉叶，一面在回忆中断断续续勾勒着人物的肖像素描——一位始终从自己的小小角落里对抗着世界、特立独行、孤独倔强的“夹生”娃崽。自小独来独往的玉叶，对于动物，尤其是同样独来独往的老虎，怀有超乎常人的喜爱。“虎妹”是她对接养的孟加拉小母虎的昵称。在玉叶床头的电子相框里，玉叶搂着虎妹，罕见地放松甜美，可在他人看来，孟加拉的暴力倾向一经确认，就必须按规定执行安乐死。为了保护朋友和“姐妹”，玉叶匆忙中策划了此次出逃，也酿就了自己和老树的悲剧。

作者这一次的取材很有意思。少女 + 猛虎，这是哥特文艺范儿的青春伤痛叙事；十九岁少女盗虎逃逸，这是耸动全国的新闻事件；富二代，加州大学伯克利分校生物系高材生，珍稀动物收容所的义工，苍白瘦高说话蚊子叫一般躲闪的女孩，暴风雪季携带来复枪和一只凶猛的孟加拉虎出逃，这是惊心动魄容不得观众眨眼的剧情片；六岁只身一人外出求学，内心深处藏匿着一个透风的洞，盛满对家庭、对社会的疏离和怨怼，猛虎是这空洞最有效的填料，是自我认同的另类对象，是发声甚至发泄的替代性表达①，这才是一个让人愿意重读的小说。可

① 参见何可人《虎兕出于柙——读陈谦新作〈虎妹孟加拉〉》，《北京文学》2016 年第 11 期。

以说，作者是在历经重重险阻，绕过一个又一个陷阱之后，才最终抵达她的杰作。陈谦表示，这是她迄今为止写得最辛苦的作品[①]，现在看来，她的付出得到了相应的回报。

精神性与超越性

如前所述，在文学语境中，困境的形貌纷繁复杂。那些自始至终牢牢抓住陈谦的，是人精神层面的困境。这是陈谦小说创作的基本路径之一。

陈谦认为，所有的困境都源于个人的内心，世界五彩缤纷正是因为人的心理千差万别。她的小说试图往人的内心深处去，想寻找“故事为什么会发生”，而不是“发生”“怎么发生”。[②] 这也是为什么，在《覆水》中，那样一个复杂、混沌的困境，竟然拥有如此低沉的甚至静谧的声调——一如一段长长的压抑的独白，在诉说者心里也不曾激起太大的风浪。这就是陈谦所谓的“属于自己的声音”。

《无穷镜》中的精神难局同样醒目。从《何以言爱》到《无穷镜》，陈谦在两者之间搁置了十五年。虽然这期间，她拿出各式题材的新移民知识分子故事，但只有上述两部称得上是真正直面硅谷的书写。在《无穷镜》对硅谷再度认识、展现“全新的思维旅程”[③] 的过程中，在科技革命带来社会关系变化、人文伦理冲突的架构之下，还有着另外一重困境叙事在悄然行进，那就是同行者的互为镜像。

陈谦引用美国诗人罗伯特·弗洛斯特的《未行之路》充当

① 参见陈谦《心有猛虎》，《中篇小说选刊》2017 年第 1 期。

② 陈瑞林：《向“内”看的灵魂——陈谦小说新论》，《华文文学》2013 年第 2 期。

③ 陈谦：《自序》，见《无穷镜》，江苏文艺出版社 2016 年版。

人物的“判词”，读起来有点像是《覆水》“生活在别处”之不可能的诗意、哲学化版本。珊映对令自己身陷险境的安吉拉说，我们都是在别人的生活里想象着自己错过了另一条路，就仿佛弗洛斯特面对着难以描述的生命风景，在背后轻轻吟唱：我久久地站在岔口上/极目眺望其中一条道路的尽头。陈谦表示，每个人的人生道路都是外部世界无数镜像的叠加，叠加之后如何生成新的镜像？接受者的把控能力直接决定了他的人生轨迹是否动态多元。[①] 小说里，主人公珊映与前夫康丰、投资人郭妍、秘密关注对象安吉拉·叶、曾经的合伙人皮特甚至导师尼克之间，构成了支援、引领、互补、对抗等多个层面和向度上的探照与对应，他们既能够从对方身上看到人生境遇的别一番景致，同时也在默默承受着对照本身带来的反思、诱惑、压迫与钝痛。人生的无尽谜题，既深邃豁大，超越种种琐碎，又具体到能将试探瞬间的脚掌割破。当镜子与镜子相对，整体性形式被左右两侧不可计数的映象撕裂时，主体则不可避免地陷入到确认—动摇的循环之中，关于生命价值与人自身局限的思考便不会停止。

尽管关于《虎妹孟加拉》，作者的写作意图已在文本中表现得非常明确，即通过玉叶的身世和她对虎妹的依恋与认同，探讨人内心深处困境的形成，以及在与人性相对的兽性身上寻找精神慰藉的可能，但我们仍然可以顺着精神困境的思路做进一步引申。《无穷镜》里，尼克曾戏谑现在的人通过望远镜跟自然发生关联，《虎妹孟加拉》恰好也可以看作是一个在高度现代化的生活方式中，人与自然发生奇特关联的故事。只不过这里的自然，具象为了活生生的、对人极具威胁的猛兽，深陷困境的人们若想“移情”，想寻求人力之外的慰藉，从纷繁复

---

① 参见王雪瑛《陈谦：当高科技刷新生活》,《文学报》2016年11月3日。

杂的现代关系中退回到基本的物种属性，暂时拥有最简单的情感需要，只能通过接养、做义工，甚至危及生命的出逃，才能勉强维系其中极不稳定的关联。

事实上，自然在人生活中的塌缩和远去，一直是现代以来小说叙事的常见主题。但像《虎妹孟加拉》这样，因人挣脱困境的需要，自然以看似合理实则扭曲的样态，深度参与到人的日常生活中，直至再度改写人的命运，令被困者越陷越深、无以为继的景况，则并不多见。我们默认的剧本是，人在文明日益发达的状态下，萌生出想要回到过去生存状态的渴望，希望从自然物中汲取前行的信心和力量。但很少有人会敢于料想这样的情形：面对人类的求助，自然竟也无能为力，它只能以看似矮化的、动荡的甚至危险的面貌出现在人们面前，既无力施救，更无力自保。人们不曾料想，或许是因为没有勇气发问：究竟是自然退却了，还是被夹在日益纷繁的对象物之间的人本身愈发无力了？当这样的时刻来临时（或许已经来临），我们该如何修正自己的认知，人类精神困境的出路还可以通向哪里？小说在结尾处，为阅读者将思绪从文本延宕开去，再造一个深具悲剧色彩的寓言甚至反讽，留出了充足的合法性：玉叶哭诉着冲进暴雪中的森林，寻找受到枪伤且极度饥饿的虎妹，老树未及抓到上衣内袋里的心脏急救药，眼前的灯光就已全部熄灭。这样反复抵抗终究暗淡的结局提示着我们，人的自救迫在眉睫，却也必然困难重重。

如此这般分析，贯穿陈谦小说创作的第二条基本路径——对时代特质的精准把握和超越，似乎也已经不证自明了。假设我们正在制作“陈谦小说创作词典”，那么，在“敏锐的时代感知”的词条下，许多作品都可以被轻松且恰当地置入。比如《覆水》《望断南飞雁》《繁枝》中新移民的生存状态，《特雷莎的流氓犯》《下楼》中关于“文革”自下而上的自省，《无穷镜》中科技发展的边界与局限，《虎妹孟加拉》中对对象物的“移情”和“物化”，等等。它们当中的大部分都可以归结为现代性经验的彰显，又或者艾伦（《覆水》）口中的“现代人的苦衷”。

但陈谦小说创作的优长并不囿于此。它的优长在于一种更为全面的交流——既与飞速奔跑的时代生活保持密切的联系，又与从中抽象出的、相对恒定的人性保持密切的联系。在“时髦”的、令人耳目一新的、位于时代发展前端的表述中，始终保有对人和人的情境的凝视，把人性当中虽非最炫目但却最经久不衰的部分当作体认和描述世界的基础，并在两者之间达成微妙且难得的平衡。这是远比在作品中对时代特质做出精准判断和呈现还要珍贵的品质和能力。因此，陈谦在正视迷失的同时，也强调寻找“回家的路”[①]，在描述个体经验或者某一群体经验的同时，又能够与现代社会中普遍意义上的人和他们的生存状态、精神世界息息相通。这种超越性和普遍性，使得针对她的作品而发生的、多年之后的回访变得更加富有意义：即便形式层面的花样已经老旧，甚至模糊不清，但它们的成色依然纯正。

理性的理想主义追问

精神性和超越性两条路径，并行地存在于陈谦的小说创作当中，同时也可以看作是写作者经典意识的重要标识。但这还不足以将陈谦的写作与其他困境描摹者分开。我们还需要了解这位执念于困境的小说家，如何安排她所呈现的世界，看一看

① 陈谦：《学做一个快乐的人》，见《美国两面派》，湖北人民出版社2007年版，第90页。

什么才是属于她的独特方式，探究一下，这个我们正在同样经历的世界中，什么被放大了，而哪些又被略去了。

首先是理性。理智的分寸感、良好的叙事智性，是陈谦文学叙事的重要特征。无论是探索人物的来处，铺排逻辑关系，还是设置无处不在的反思意识，我们都能够看到稳健又不失活跃的智慧，在书稿的一页又一页上反复出现，闪耀着光芒。几乎不会遇到跌跌撞撞的家伙。在她的小说里，四处行走着的，大多是深处困境却依然保持理智冷静的人。他们很少萎靡怠惰，或者疑虑重重。在保持生活井然有序的前提下，他们悉心解剖并照料自己的伤口，并对痊愈一直抱有希望。他们竭力维持内心的均衡状态，审慎地走进人生一个又一个难局，并在其中摸索新的出路。从某种意义上说，人物的样子，大概就是作者本人的样子。理工科出身，经过良好的科学训练，并在硅谷从事多年芯片研发工作的小说家，毕竟不是那么常见。

其次是相对真空的环境。也许是理智的净化的缘故，陈谦的困境书写呈现出同时代创作中少有的洁净感。她将那些在她看来更富意义的生活微粒收集起来，重新组合成清晰且易于认知的生活视域。她在她的小说中，想尽办法避开繁芜的场面，略过浅显的生存哲学，剔除廉价的同情，视线不曾离开生活的公共性，同时也在探索心灵的幽居。在情境设置和人物关系问题上，很少安排结构性的难题，不会看到人与人之间非善意的为难，或是不可遏制的命运的捉弄，没有过多的教诲或世俗阻碍，更没有太多的基本欲求（尤其是情爱，甚至爱情）。一切困境都源于人自身，源于在掌握自己命运途中遇到的艰难选择。这首先是写作观、写作伦理的一种展现——即便我们能够还原生活，生活也不能解释其自身。单从阅读者的角度看，获益之处也是非常显在的：它帮助我们从当下文学创作铺天盖地的琐细、杂芜中将自己打捞出来，有机会通过一种稳定的庄重的表意方式，安全地得知一切内幕，公正地衡量一切动机，进而对人物和自身所处的境地有所知觉和体悟。

最后是理想主义式的追问。不止于此同样不止于彼的追问，是陈谦从写作初期就已确认并一直在践行的写作基调。她的追问并不苛责，而是以对人物的充分理解和维护为基础（包括人物与人物之间的关系亦是如此），这为她在小说中对困境的深掘增添了许多暖色。并且，她的追问常常在理想主义光韵的眷顾之下发生。陈谦深知“生活在别处”之难、之不可行，却仍然要对“未行之路”加以探讨，对人的精神困境展开理性的理想主义探寻。她试图从那些百折不挠的人身上，试探如果坚持理想，生活里等待我们的将是什么，可能的出路又是什么。这种浸满理想主义色彩的执念，让陈谦的写作在深刻描写实然的同时，对人生的应然保持着跃跃欲试的热情。这刚好与我们所期待的成熟写作的标志相吻合：不提供判断，也不提供说教，却使人思考并从中受益。

梳理至此，陈谦异于他人的写作特质可以开始简单的排列组合了，那就是：在相对真空的环境中观察人的选择，并对每一种选择背后的生存处境和生命意义进行理性的理想主义追问。

陈谦说：“我觉得真正有价值的文学作品，是关注人类生活的困境，这个困境不仅是性别的、环境的、政治的，还更多的是人类生物性基因和文化性基因所导致的，还有人类在自然和超自然力量面前的乏力感。好的小说，还应该尽可能地探究人性在不同生存条件下的表现，让人读过之后能更好地理解生活，理解人。”[①] 幸运的是，这一诉求既吻合了她的文学才能，又在她的小说里如同哲学中的“大问题”一般，被赋予复杂精

① 王红旗、陈谦：《“无穷镜”下硅谷华人女性精神生命的巅峰体验（上）——从旅美女作家陈谦的长篇新作〈无穷镜〉谈起》,《名作欣赏》2017 年第 5 期。

妙的结构，并得到充分的表达。

不妨用罗盘来做比喻。在陈谦的作品序列里，困境犹如一枚被旅行者时刻擦拭的古老罗盘。人心、人性、人的位置、人的抉择，位于罗盘的正中心。眼下这一刻，罗盘的指针一端指向人的无限发展，预示着不间断的相加，另外一端则标识着人作为物种的最简单的属性和需求，意味着无限的减法。随着持有者对人类在外化物越来越复杂的世界里的精神难局的仔细辨识、深度探索和浩茫忧思，罗盘的指针正在不断跳转。

那么，我们静待下一刻的到来。

（《南方文坛》2018 年第 6 期）

自我实现与经验铺展

——再论陈谦

在海外华文文学的坐标系中，陈谦的小说创作通常为以下几个矢量所负载：美华文学、流散文学、新移民文学，等等。这些矢量之间范畴互有交叉，方向大体一致。近年来，将陈谦的写作纳入到新移民文学视域的研究居多。所谓“新移民文学”，指上世纪80年代以来，从中国大陆新移居或侨居到海外的作家及文学爱好者的文学创作和文学活动，代表作家包括严歌苓、张翎、虹影、陈河、陈谦等。[①]

目前，尽管在概念界定、离散样态等方面还存在争议，但研究者对于新移民文学的写作生态和审美特质，已基本达成了共识。从写作生态来看，新移民作家大多在中国大陆接受了完整的启蒙教育，具有较高的文化水准，母语基础雄厚，一方面长期受到中国传统文化的熏陶，谙悉1980年代以前中国的社会发展和现实风貌，另一方面在流散过程中广泛接受了包括价值观念和思维方式在内的西方文化的影响，精神建构中具有多重文化相融汇的“混血”特征。在异国他乡实现了自我生存需求、奠定事业发展基础之后，他们出于自身的审美需要和对文学的热爱，开始从事文学创作。从审美特质来看，新移民文学

① 参见李洪华、徐丽萍、皮雅君《首届中国“新移民文学”研讨会综述》,《中国现代文学研究丛刊》2015年第7期。

承续了海外华文文学混杂性和流散性的基本特质，与此同时，在一定程度上挣脱了以往华文文学中浓重的乡恋情结，以及对漂泊感、孤独感的迷恋性书写，其写作视点主要集中在以下三个领域：一是海外华人的开拓史和漂泊史；二是中国大陆的历史记忆；三是异域现实生活的内在冲突。[①] 较之于此前的华文写作，新移民文学连根拔起、离乡背井的种种况味，以及初到异地的复杂心绪、际遇浮沉等不再是文学表达的重点，但边缘，族裔，文化身份焦虑，潜在的寻根意愿，他者视野中的中国书写、故土想象等，仍旧是新移民作家笔下反复出现的重要主题。

陈谦作为新移民大军中的一员，有着和上述描述相当契合的人生经历，以及部分契合的写作经历。上世纪 60 年代末，她出生在广西南宁一个知识分子家庭，父母曾为广西大学教职工。80 年代末赴美留学，后在硅谷从事多年芯片研发工作。“我在‘文革’后期启蒙，在改革开放最活跃的 80 年代进入青春期，而真正的社会经验则是在美国获得的。”[②] 1995 年，陈谦以“啸尘”为笔名，向海外成立最早、影响最大的中文电子杂志《华夏文摘》投稿，自此，她的系列留美随笔、生活素描等，开始走进读者视线并引发反响。1997 年，陈谦在北美知名的文化网站《国风》撰写“海上心情”专栏，《何以言爱》《爱在无爱的硅谷》《覆水》《残雪》《特蕾莎的流氓犯》等作品，便以这种方式在《国风》上一个月一章地呈现出来。[③] 自

① 参见洪治纲《中国当代文学视域中的新移民文学》，《中国社会科学》2012 年第 11 期。

② 周渊：《海外华人作家：彼岸的文学追问》，《文汇报》2017 年 1 月 22 日。

③ 参见陈瑞琳《横看成岭侧成峰：北美新移民文学散论》，成都时代出版社 2006 年 6 月版，第 117 页；黄伟林、陈谦《“在小说中重构我的故乡”——海外华人作家陈谦访谈录之一》，《东方丛刊》2010 年第 2 期。

1999年在《钟山》发表《何以言爱》始，到2017年在《广西文学》发表《淼》止，陈谦在中国大陆文学刊物发表的中短篇小说共计十余篇，长篇小说两部，显示出一位小说家成熟的创作才华与实力，被认为是新世纪十年新移民文学的代表性作家。不少研究在论及陈谦几部深受关注的作品时，都选取了新移民文学的框架和思路，挖掘作者海外书写的特色和优长。但整体来看，学界对于陈谦小说创作中不契合新移民常态的部分，目前关注、研究得还不够深入。

讨论陈谦的海外书写，需要明确两个前提。一是在故乡、身份等问题上力求“释然”的努力，二是对新移民文学惯常的二元对立思维的打破。这两个前提，既关涉到作者提笔落墨的世界观，又阐明了作者笔下绝大部分故事走向的逻辑起点，是理解陈谦海外书写的重要基础。

关于“他乡变故乡”，陈谦自陈，她从小就对背井离乡有一种莫名的向往，相信只有离家出走并远去他乡，才能有机会在未来的人生里搏一个风生水起的前程。她的离开是自觉的选择，是要圆一个“悠久的梦想”。因此，乡愁对她而言是一种奢侈的情感。她时常提醒自己，故乡已然是一个符号，它所能做的，是真实而又抽象地证实我们今日明天的生活，让我们在寻找到去处去的旅程中，有一种从来处来的轨迹可循，“在他乡变故乡的行程里，我并不是独行客”。[①] 面对身份非此非彼、亦此亦彼的问题，陈谦也一直试图在新的坐标系中校正自己的位置。欧阳昱1995年在澳大利亚创办《原乡》中文文学刊物时，曾在《编者小语》中指出：“我们是中国大一统文化的附庸‘海外华人’，还是新时代民族大融合浪潮下产生的‘新澳大利亚人’？我们是人在‘异乡’，心回‘原乡’，还是人去

① 陈谦：《珍藏的乡愁》，见《美国两面派》，湖北人民出版社2007年4月版，第92页。

'原乡'，心归'异乡'？或者二者兼而有之？"[1] 这既是在谈论澳大利亚华人身份认同问题，也在一定程度上道出了整个海外华人群体的心声。类似的困扰同样在陈谦身上烙印，只是随着阅历的增加，她逐渐意识到，如果将美国比喻成一个文化和种族的熔炉，"在这口看似魅力的锅里，有很多的斑斓色彩，是永远不能够，或者也是彼此不希望相互融合的"。唯有在不断的经历中真切认知到文化只有不同，没有高下，才能让自身那条表述"融入"状态的曲线，描绘出"一种大释其然后心平气和的状态"。[2]

力求"释然"的努力最终能够在多大程度上达成尚不可知，但它标识出了一种长期性的焦虑，以及这焦虑背后试图挣脱束缚的决心。它红线般地贯彻到陈谦的写作实践当中，因此，同其他新移民作家甚至华文作家相比，陈谦的写作姿态显得更加轻盈：她没有在新移民文学承袭自传统华文文学的二元对立思维上多做停留，放弃从过去 / 现在、本土经验 / 海外经验等诸多对立和断裂地带中汲取能量。她在作品中呈现出的，是一种非对立性的视界——异质文化之间以及多元身份之间的冲突退场，更多的可能性在平视的视角下渐次展开。陈谦表示，希望新的文化能够带来一种新的思考方式和对文学的另一种启发。[3] 也正因如此，陈谦的海外书写在文体层面上存在着一道明显的分水岭——她将有限的思怀交付给散文，将大量的"少"和"无"交付给小说。在她的小说中，很难寻觅到焦虑踟蹰的"边缘人"的身影，每一个人物都拥有强大的主体性

---

① 黄万华：《"在旅行中""拒绝旅行"——华人新生代作家和新华侨华人作家的初步比较》，《中国比较文学》2003 年第 3 期。

② 陈谦：《美国两面派》前言，湖北人民出版社 2007 年 4 月版。

③ 参见张滢莹、袁欢《以多元文化视角拓展写作疆域——2017 年海外华文文学上海论坛举行》，《文学报》2017 年 11 月 3 日。

力量，他们深知自己的处境、弱点，并奔走在求己所求的道路上；族裔间的隔阂被人与人之间的平等交流所取代；身份动态建构中的“他者化”运作[①]鲜见对人物构成真正的困扰；少有乡愁，四处为家，几乎没有生存层面的犯难，亦不存在“归”与“不归”的问题；不同文化间的张力，更多体现在人物能动的抉择当中，而非“他乡”“原乡”或几重身份的踟蹰里；不神化，也不祛魅，更无意以异域文化为参照审视传统文化现代化进程中的沉疴。总之，在陈谦这里，阅读者所能感受到的，是极其有限的分别心。

那么，究竟什么才是作者真正属意的？关于这一问题，早在《何以言爱》时期，陈谦即已给出答案，并在其后的绝大多数作品中，反复阐述、探讨、延伸、拓展这个对她来说最为重要的母题 / 主题素——自我。

陈谦一再强调自我之于其写作的重要性。她曾在多个场合表示，复杂的生活轨迹，让她对个体声音的传达、个人经验的呈现产生了浓厚的兴趣。在她看来，我从哪里来？这个“哪里”指的是生物和文化的双重基因，人们只有扶牢这个浮标，才不致在各种文化合流而成的海面上沉默。[②] 所谓自我，与身

---

① 钱超英在考察澳大利亚“新华人文学”（即 1989 年前后以大陆背景去国的留学生移民中产生的文学）时指出，这个群体在其身份的动态建构中至少涉及三种对象的“他者化”运作：对中国、对其他华人移民、对西方社会。对作为其出走来源的中国大陆，他们中的不少人往往以“西方主义”的理想者和某种制度界限的反叛者出现；对于抵达地寄居国地其他来源的华人移民，他们则倾向于表现自己是华人移民中的现代人；对身处其中的西方社会，他们又趋向于成为某种意义上的民族主义者。这些身份向度交织成了纠缠不休的身份冲突。参见钱超英《流散文学与身份研究——兼论海外华人华文文学阐释空间的拓展》，《中国比较文学》2006 年第 2 期。

② 参见陈谦《繁枝》，《人民文学》2012 年第 10 期。

份认同问题里和他者博弈的自我并不相同。作者连同其笔下的人物，并未在“我是谁”的环节上过多纠缠，他们已然确认了什么对于自己具有关键的重要性，接下来所要探讨的，不仅是“我站在何处”，更是“我可以站在何处”“我如何实现这种位移”，以及如何应对即将出现的跋涉的艰辛。他者，不过是另外一个自我而已。因此，当其他作家致力于让笔下的文学世界沿着文化碰撞、历史回望、国族书写等多个维度延伸时，陈谦选择将庞杂的海外经验缩减为一则关于自我的隐喻，一个达成自我实现的乌托邦。无论是勤威投身于赴美的人生游戏别无选择、四面楚歌（《何以言爱》），还是丹桂悉心研习创伤心理学，为着冲出已经自尽的父亲仍不断出没的梦中黑巷（《下楼》），又或者可雯邀请义工“大狼”上门，叼走那本载满旧事面目漆黑的书，重整行囊（《谁是眉立》），他们于各自的梦境里执意寻求的，本质上都是自身的同构项。这些人将理想寄托于新的生活场域，同时也将新场域中的一切纳入自己的意识形态，并在其中证实自己所认同事物或原则的正确性与普遍性，使之成为自我构成的一部分。

陈谦小说中关于自我实现的探索和呈现，大致包含两个层面的内容。

第一个层面是自我拷问。这一点在“‘文革’叙事”部分中得以充分表现。“文革”叙事是陈谦海外书写的醒目存在，“如果我们不能拥有托尔斯泰那样既能自由出入上层建筑核心、又能紧密贴近社会底层各界的大师，一部史诗性的‘文革’作品，确实难以期待。但自下而上，我们如果肯于自省，又足够诚实，亦有可为”[①]。2008年，中篇小说《特蕾莎的流

① 陈谦：《另一种文革的故事》，《北京文学：中篇小说月报》2008年第5期。

氓犯》问世，为陈谦赢得了多方赞誉。如创作谈中所言，关于“文革”，陈谦既没有选择肩负使命地重写历史，也无意于将“文革”作为人性的试验田展示其中的复杂幽深，而是依托海外新移民群体的生存语境，“自下而上”地将目光聚焦于“每一个人的文革”，通过反思与忏悔，探讨在动乱的时代里，时代巨大的悲剧是怎样通过个体一笔一画书写出来的。小说中，正因为拒绝将美国作为逃遁之所、将责任“转嫁”给时代，主人公们一念之下犯下的错误，才幻化成伏在道旁伺机偷袭的“怪兽”，天涯海角般地追赶，与此同时，他们也深深意识到，只有直面潜意识里想要回避、遗忘或者篡改、美化的罪责，才有可能在历史的碎片中重拾自我。这种自我拷问、自我实现层面的自觉，拓宽了作者“文革”叙事的空间和视野，使得我们在评述《特蕾莎的流氓犯》《下楼》等作品时，既可以从宏观的角度考察作者对于历史文化开拓和掘进的勇气和能力，也可以从写作意图和实际效果上分析小说如何建构起个体行为与时代悲剧之间的微妙关联，并对个体创伤的治疗加以观照。值得一提的是，作者最终并没有让反思的自觉止步于忏悔和疗救，她一方面努力发掘历史劫难在个体身上的转化和显形，探索人内心深处的晦暗如何与时代的灾难形成应和，另一方面也将反思不断引向深入，提醒人们继续追问：我们今天做出的忏悔，究竟是为了弥补过失，还是仅仅为了求得自身的安宁，毫无保留的坦诚的忏悔，以及科学理性的心理治疗，真的能够实现自我救赎吗？

第二个层面是自我发现。和黄伟林对谈时，陈谦表示，自我发现一直是她感兴趣的部分，每个人都有自己的使命，需要去寻找和发现，自我认识、自我寻找、自我完善、自我完成应当贯穿人生命的始终。因此，在她的每一篇小说里，都站立着不止一个心怀梦想的人，他们远渡重洋并扎根下来，为的就是自我确证和自我发现。人想要成为自己的那股力量，敦促这些人物不断改写自己的人生轨迹，积极参与自身意义的创造，同时也对阅读者构成了强大的吸引。

南雁可以算作是自我发现的一个典型。这位柔弱倔强的女子，让人联想起作者在散文《漂流中的归宿》里提到的晓鹿，那个执意要把“自己的位置”称为“归宿”而非通常意义上的“归属”的陪读太太。[①]《望断南飞雁》中一出场，南雁便消失了，卸下贤妻良母的形象，留下刚刚拿到终身教职的丈夫和两个幼儿，净身出户去到另外的城市“做一个新人”。南雁的诉求非常单纯，“在美国，你想是什么，你就可以是什么——只要你肯努力”[②]。在作者塑造的一众追梦者当中，南雁如同一个处于发端时期的感性的出口，其他人的隐忍、坚韧、负重前行，以及生命轨迹被执念涨破后的不计代价，都从南雁的消失处一股脑儿涌出，而后沿着各自的方向无限延长。忍受拔节的阵痛，为心底的种子寻找合适的气候和土壤，在与南雁相关联的湾流沿岸，除去前文提到的秦威、丹桂、可雯，以及远游寻求心灵安宁、打捞自我的历史创伤者，我们还会和依群（《覆水》）、胡力 / 逸林（《残雪》）、立蕙（《繁枝》）、莲露（《莲露》）等一一照面。陈谦擅长从相近的人群中，提炼出各异的遭遇、心事和表情，置入时代社会发展变迁的画框里，描绘出“平常人生在时代风云中的命运感”[③]。

如果说，在南雁这里，越界这一行为本身的重要性占有较大权重，那么到了《无穷镜》时，作者和人物对于国别的强调

① 参见陈谦《漂流中的归宿》，见《美国两面派》，湖北人民出版社 2007 年 4 月版，第 36 页。

② 陈谦：《望断南飞雁》，《人民文学》2009 年第 12 期。

③ 陈谦：《多余的话——中篇小说集〈覆水〉后记》，见《美国两面派》，湖北人民出版社 2007 年 4 月版，第 114 页。

则明显减弱，自我发现与远渡重洋之间的关系也变得不再那么紧密了。这一时期，自我价值跃居成为人生命强度和韧性的主考官。纵然，康丰在闲谈时也曾表示，他在硅谷打拼多年，最大的梦想就是有一双儿女、一辆越野车、一只德国大狼犬，但事实上，对于珊映和康丰这两位高科技精英而言，他乡不再是自我实现乌托邦的唯一载体，身边同行者负载着不同文化的生命理念——或者燃成平安喜气的一炷香，或者在万古长夜中活出烟花的效果，或者憧憬一份带有人间烟火气的平凡生活，又或者变成一枚收放自如的橡胶圈，一切量力而行——同“通过创业改变世界”的硅谷精神一道，在他们的人生道路抉择中，占据了同等重要的位置。较之于南雁的执拗热望，《无穷镜》中人物对于自我的寻求更加冷静、理性，需要应对的局面也更为复杂。他们既要奋战具体的人生难局（如事业上的飞腾挫败，家庭与事业间的取舍，技术理性对于人类生活的革新与挤压，现代生活的不确定性，等等），又要在诸多向度中寻求理想的生命样态，实现自我价值，更重要的是，他们还要通过一轮又一轮追逐梦想的审慎选择，更新对自身局限性的认知，努力维持理智与情感的平衡，以接纳局限性终不可克服的现实。在这一过程当中，人的整体性不断被撕裂、缝合，现代人的精神建构也因此显得困难重重。

玉叶自我发现的办法是移情，移情于自己接养的孟加拉小母虎，甚至为了维系这段十分虚弱的依附关系，不惜触犯律法，在暴风雪季携带来复枪从珍稀动物收容所中盗窃猛虎出逃。《虎妹孟加拉》，这则少女在猛虎身上自我赋形的故事，看似只能在美国的土壤里成型，却因携带了超越国界的人类困境书写质素而显得意味深长。在旁人眼中，玉叶的人生已近完美，富二代，加州大学伯克利分校的优等生，有相当专业的业余爱好和对未来清晰的规划，但实际上，自幼出外求学的玉叶，内心深处始终有一个透风的空洞，里面盛满了对家庭、对社会的疏离和怨怼。玉叶渴望确证自我，渴望身边人尤其是至亲之人的关注，渴望拥有巨大的力量，当简单的诉求一再丧失表达机会时，表达的欲望也就渐渐熄灭了。于是，猛兽成为家人，成为最可靠的交流对象、情感寄存处以及心底想要成为的那个“我”的对应物。玉叶并非不清楚这其中的问题所在，否则她也不会在同虎妹的逃亡途中持枪自卫，但问题并未因此而得到解决，它始终悬置在那里，甚至愈演愈烈。小说最后，玉叶奋不顾身地返回林中寻找正处于饥饿状态的受伤的虎妹，这是故事的必然结局，也是作者有意留下的隐喻：几近崩溃的少女和走投无路的猛兽在那一刻彻底实现同构，共同宣告在与人性相对的兽性身上寻找安慰、向现代化城市中日渐孱弱的“自然”汲取精神力量的可叹与可悲。

可以看到，作者在塑造南雁、珊映、玉叶等形象时，一方面赋予他们以充分的独特性，使之在自我实现的过程中始终是“这一个”而非“某一个”，另一方面，这些人物所面临的际遇和抉择又带有相当的普遍性，与现代社会中人类普遍的生存状态息息相通。从他们身上，我们既能看到人物，又能看到自己，既看到了个体，也看到了群体。这与托马斯·福斯特关于小说与个体及群体之关系的描述，在一定程度上达成了一致：小说的一项天赋就在于，“它是呈现个体存在的完美中介，反过来也是描绘群体经验的近乎完美的中介”[①]。特蕾莎和“流氓犯”之间的错识，聚集在珊映身上的关于生命价值和人类局限的整体性思考，以及少女玉叶退回到物种的基本属性寻求精神慰藉，等等，都是个体与群体、特殊与普遍辩证关系的最

① ［美］托马斯·福斯特：《如何阅读一本小说》，梁笑译，南海出版公司 2015 年版，第 252 页。

好例证。

假设存在这样一个关于陈谦海外书写的等式，等式左边是作为能指的海外经验，等式右边是充当所指的“自我”。随着写作重心从左到右位移，随着写作者认知和创作的日渐成熟，新移民在新大陆落地生根的过程，具象为在全球化的语境中对本土经验的处理，而后又跨过窄门，收起枝枝蔓蔓，缩减为一场关于自我的讨论。在自我实现的过程中，主体利用伴随越界而来的丰富视角和开阔视野，不断校正自身的位置，重新认识人与世界的关系，从而完成了从小我到大我的转变，使得作为写作观念和策略的异于常人的精简缩小，一路趋向于一个无限的大，挣脱既有路径向着更广阔的天地奔去。或许，陈谦的下一篇小说出来，主人公依旧身处美国，做着各式各样难以企及的梦，但几乎可以肯定的是，这样的梦想，距离传统意义上新移民文学乃至华文文学在流散状态下确证文化身份，处理历史记忆、国族记忆等旨归，已经相去甚远了。

简言之，陈谦在小说创作中所建构的自我，不是于漂泊孤独、碰撞交融中想象回望、寻求文化依附的自我，而是变他乡为故乡，在跨文化视域里搁置新移民文学框架，在自我实现的基础上完成同现代社会人类普遍经验深刻勾连的自我。这样的自我，因对人类在外物日趋复杂的世界里的精神难局深具主体意识的仔细辨识和深度探索，既为具体的人的气息所牢牢包裹，又携带有作为一个物种被时代社会发展革新语境深刻烙印的普遍性的意义。这是陈谦的小说区别于一般海外华文写作的最重要特质——作者海外书写中那些并不契合新移民常态的部分，在一定程度上承担了她最为看重的主题表达，这也是陈谦作为一个日渐成熟的小说家经典意识的集中体现——其写作实践已然超越了一般意义上海外华文的通用标准，而向着世界文学、人类文学敞开。

这就又回到了文章前半部分所提出的问题。新移民文学经过三十年的沉淀、过滤、积累，发展到今天，多元化的格局正在形成。作家黄宗之曾在第二届“海外华文文学上海论坛”上针对新移民文学的走向提出疑问：“新移民写作已经走过了书写怀乡、漂泊、文化冲击的阶段，新时期的文学应该写什么，海外题材随着‘出国热’渐渐没有那么多新意的时候，还应该写什么？”这是在写作层面上，海外华人作家们急需应对的课题。与之相对应的，还有研究和批评层面的问题。随着新移民文学的日渐成熟，其内部构成的分化、分层、分野日趋多样，创作主体的社会阶层背景、历史经验、文化精神配备、移民动机、移居历程乃至在西方社会的境遇越来越深刻地介入到各自的文学表达当中，不同文本之间在写作视野、知识结构、审美趣味等方面的区分度也愈发明显，此时，我们究竟应该用什么样的目光再来打量身处其中的作家作品，旧有的研究批评思路和体系，是否还能够对其做出更加有效的言说？

有评论家认为，新移民作家较之于先前的移民作家、其他华裔英文作家以及同时代的大陆作家，在创作中呈现出了新的特质。[①] 类似评价，敏锐地指出了新移民文学，尤其是新世纪

① 旅美评论家陈瑞琳认为，新移民文学的新包括多个层面的内涵：“‘新’在文化移植的发现开拓，‘新’在精神迷失后的独立寻找，‘新’在对母文化的审视和超越，‘新’在对历史时空的重新再现。”（陈瑞琳：《“迷失”与“突围”——论海外新移民作家的文化“移植”》，《华文文学》2006 年第 5 期）世界华文文学名誉副会长陈公仲表示，新移民作家与同时代的大陆作家相比，“创作基调积极乐观，表现了更多的奋斗精神与理性思考”，“在某种程度上，视野更为高远，思考更为深沉”，“已远远超越了当年的‘伤痕文学’”；与前辈移民作家相比，“更多关注生活本身的品质”，作品中更多“洋溢着知性和理趣”，风格更“自由而感性”（参见李洪华、徐丽萍、皮雅君《首届中国“新移民文学”研讨会综述》，《中国现代文学研究丛刊》2015 年第 7 期）。

以来的新移民文学所取得的成就，但与此同时我们也应当意识到，这些关于“新”与“更”描述，是否也从另一个侧面证明了，新移民文学作为“类”的整体性正在不断被稀释和冲破，针对这样一个群体的概括和综述正在变得越来越困难。以陈谦为例，将陈谦的小说创作放置在新移民文学的框架中去考察，这本身是一种直观、便捷的操作，可以从一定程度上揭示其创作的时代背景、类型特征与写作特质，但从动态的发展的角度来看，如果始终囿于相应范畴，组团评述，分贴标签，并将这样的思路一直沿用下去，即便是有了新的发现，也容易归位到“对新移民文学 / 海外华文文学叙事范畴有所拓展”的路子上去，难保不会对写作者在“自我实现”道路上的努力和成效造成遮蔽。

陈谦的“故事”提示我们，新移民作家对于前代移民作家的审美特质有所承接，与华裔英文作家共享相近的生命体验，与中国本土同时代作家在精神成长过程中具有明确的同源性。对于新移民文学，我们一方面可以继续持有“类”的期许，努力维护其“海外性”，如期待新移民文学通过展现多元文化撞击下中国与世界的对话方式，重构世界文学版图中的中国形象；另一方面，也是时候将目光从群体移回到个体身上，跳出新移民文学的惯用思路，在“一般文学”的层面上重新挖掘研究对象从属于文学本身的特质了。当相对封闭的意义理解和整一的推定被打破，对象被当作自有其生长土壤和存续逻辑的“活体”来理解并展开对话时，与之相对应的文学生态才有机会焕发出别样的生机。

（《中国现代文学研究丛刊》2019 年第 2 期）

孙惠芬的冒险出走，以及张展的两位援军

——论孙惠芬《寻找张展》

一部长卷

从某种意义上讲，在拿出《寻找张展》之前，孙惠芬只写过一部作品，并且写了许多遍。它起初可能叫作《歇马山庄》《狗皮袖筒》，后来又更名为《上塘书》《后上塘书》，或者其他。在它们中间，存在着一种容易辨识的相近的味道——大致相同的人群，大致相同的问题，以及大致相同的道德疑难，等等。

这种说法绝不是贬义，不是在讨论重复或者写作风格的一成不变。事实上，就个体创作而言，从《静坐喜床》开始，孙惠芬就一直努力保持着自我更新的节奏，她的每一部小说都试图提供新的发现。并且，针对《歇马山庄》和《上塘书》等在品性上的相近，我们很难轻易做出判断，判断那不是一件好事情——毕竟，作为阅读者，我们需要仰赖某种相近，才能在飞速逝去的文学事物中间，保有安静平和的目光，秉持对恒常的信念。更何况，这种相近，还时不时催生出像《歇马山庄的两个女人》那样赢得普遍性赞誉的作品，让我们有所惊喜。

这种说法，实质上是想强调一种写作的美德，确切地说，

是关于写作的诸多美德当中的一种。我始终认为，在同一点上反复深耕的人，其行为所生成的力量，在重要性上并不亚于被深耕过后的景观本身。这是一种原初的、古典的甚至带有一些悲剧色彩的力量。它与扎实，深重，不间断地施力乃至苦行相联系，与一个已经远去了的，朴素的、时间无限充裕且身体与灵魂相协调的时代遥相呼应。孙惠芬的写作就具有这样的美德和力量。

通常，人们惯于使用“忠诚”“温情”等来描绘这位从辽南走出的小说家。这些提炼是准确的，但是还不够。在我看来，和其他许多专注于地方性写作的作家相比，孙惠芬的“原乡情结”最突出的一个特点是宿命感，而这恰恰是她长久深耕的原动力。

> 有一年春节，我回老家过年，下了一场大雪，村子里没有了串动的人们，村里村外、天地自然，一片苍茫沉寂，在茫茫天地之间行走，我就在想，要是没有文学来记录每家每户此时屋子里的活动，这一瞬间是不是就像这苍茫大地，悄悄寂灭在流逝的光阴里了呢?!
>
> ——《在城乡之间游动的心灵——孙惠芬访谈》[①]

所谓宿命感，是把自己深深地镶嵌到对象当中。这个对象，既不是乌托邦，也不是自带间离效果的他者，而是一个放大了无数倍的“我”，是终其一生无法摆脱的精神母体。换句话说，在“讲故事的人”这样一个行当里，孙惠芬的选择是

① 张赟、孙惠芬:《在城乡之间游动的心灵——孙惠芬访谈》,《小说评论》2007 年第 2 期。

讲自己。相比较迷狂和一味的沉痛反思，她更看重耐心和理解，看重妥帖蕴藉的观察与描画。因此，我们很难找到某个更加充分的理由，要求作者收回凝视的目光，暂时不去谈论乡村或者乡村的处境（那是她的来处和去处），我们很难要求，在她的表述中加入更多强有力的判断——试问，又有多少人会在自我形容时，直截了当地用力赞美或贬损，而摒弃那些发自内心的最为简朴的宽容和犹豫呢？也正因如此，当她有意无意地将反复书写辽南大地的执着，与彼时生活在不远处的萧红做比照时；当她试图打通乡村与外部世界的通道、寻找两者在本质性上的相同时；当她让笔下的人和事不断陷入纷繁的“无尽关系”[①] 时；当她放低姿态，同时接受来自上塘内外两个方向上的询问甚至挑剔时；当她一再地强调素常人生、素常心情和素常人性时……凡此种种，都可以看作是这位埋头深耕的小说家挥之不去的宿命感的不同面向。

然而，上述这些到了《寻找张展》这里，却变得大不相同了。

作为“新人”的张展

我猜测，凡是对孙惠芬的既往创作稍有了解的阅读者，都会在这“第二部”作品面前感受到双重的召唤。

第一重召唤来自故事内部，源于小说所提供的让我们有兴趣从一个叙事单元跳到另一个叙事单元的行进动力：为什么寻找张展，如何寻找张展，以及找到张展之后又发生了什么。作

① 《致无尽关系》发表在 2009 年第 1 期《小说月报》上，后同《歇马山庄的两个女人》《天窗》一道，被收入中篇小说集《致无尽关系》。评论者周景雷认为，“无尽关系”是孙惠芬思考生活和世界的一个基本出发点，对其写作而言具有重要意义。

者选用了一种非虚构的叙述语调，这使得整个关于张展的描述从第一个音节开始，就拥有了不容置疑的合法性——这并非杜撰，而是生活要它如此，这就是真实。与此同时，这样的语调还赋予小说的叙事动力以“意志”的功能，它紧紧地抓住读者，不给他们以逃脱的机会，即便是在不同的寻找层面或板块之间稍做停顿时，包括在阅读张展那封漫长回信的间隙，都无法彻底将目光从页面上移开，转而去做其他事情。

另一重召唤则来自小说本身——围绕着一个人物、一个动机来结构一部作品，类似做法不仅在孙惠芬的写作序列里十分稀有，在当下的长篇小说写作中也并不多见。这无异于一次冒险：一条显在的、既成的、独属于作者的惯有写作路径被全方位地置换了（久居乡村或者徘徊在城乡之间的人群被置换为成长中的少年，民间朴素的道德理想被置换为城市生活“官二代”的精神救赎，作者一向崇尚的情感的“和平演变”被置换为悬念和探寻），[①] 一个曾经自足的文字世界在人们面前豁然张开缺口，而由此延伸出的新的支脉最终要通向哪里，我们尚不得知（这会是另外一部长卷的开头吗，还是唯一的但意义重大的独立存在？）。有趣的是，同样的一个举动，在评论者看来几乎等同于负重爬坡、逆水行舟，到了写作者那里却分外自得。在访谈中，孙惠芬不止一次地提到被张展的人物原型所俘获的经过[②]，她毫不掩饰自己为人物所“挟持”的痴迷的写作者形象，并决意将这种痴迷向所有的阅读者敞开。阅读者自然也是兴奋的，目睹一位审慎的作家去冒险，这本身就是一种巨大的吸引。大家迫不及待地卸下连续性的视角，换上好奇的目

① 参见姜广平《我更注重生活本身的力量——与孙惠芬对话》，《文学教育》2011 年第 5 期。

② 参见舒晋瑜《孙惠芬：觉醒就在寻找中发生》，《中华读书报》2017 年 3 月 22 日。

光，去追踪一位挟持作者一并出走的小说人物，一个身上画满了问号的少年。

所有的伏笔都埋好了。那么，究竟谁是张展？

“另类青年”——是的，对于各方都如此重要的一个人物，他的出场方式首先是“另类青年”。在小说的上半部《寻找》里，张展几乎等同于一个神秘的影子。影子无法开口说话，关于他的种种细节就只能依靠周边事物来展现，包括各种事件，如离家出走、和流浪女发廊女交往，也包括各种口舌，如班主任、交换妈妈口中的“乌啦巴涂”“社会渣滓”等等。因此，在找到张展之前，“我”——张展同学兼好友的母亲，关于张展的样貌是这样想象的：小矮个儿，尖下巴，长瓜脸儿，眉眼拘谨，说话温吞吞。之所以另类，就因为相貌平庸，需要用另类举止来吸引世界目光。

“被一场灾难徐徐拔起的无尽关系”的持有者——好在现实总能给我们以“但是”。真正的张展下巴并不尖，眉眼也并不拘谨，而是从相貌学的角度为自己的性格和可能的人生轨迹做了翻盘：大脸盘，宽下颌，鼻子下方厚厚的嘴唇向外翻翘，透出原始的、暗藏着诚实和敦厚的野性。随着法航空难、献给父亲的画展、小吃部与土豆饼、特护学校的“小爸爸”、肿瘤关怀病房志愿者等更多细节的加入，那个曾经在叛逆不羁、自我放逐的道路上蒸发了的主人公，重新具象为一位低调谦和、富有爱心、才华横溢的少年。叙述者大海捞针，最终拼凑出完整的张展，而阅读者则收获了一些富有意味的对照项：叛逆对应权力和物质的异化，谦和对应对过往和真相的体察、对父辈苦衷的理解、对自我价值的肯定以及对现实人生的愿景。此时，张展的目光里有一种与年轻不相符的深邃，那是“燃烧正旺的两星炭火，里边释放着蓝幽幽的暖意”。

“一个善于感知，敏于洞察的悲剧形象”——这是曲终人散时叙述者给予张展的定论。在小说的下半部《张展》中，作者把绝大部分篇幅留给了主人公的喃喃自语，用一封长信收纳了一个在成长道路上东突西奔的焦虑灵魂。这首先是一种行文的策略，出自于对如何更加顺畅自然地完成故事的技术性考量，但与此同时，将这样一段体量惊人且颇具完整性的自我抒情，放置在如今情节为上的大的时代语境中，本身也是一件深具勇气甚至有些悲壮的事。此前曾有评论者指出，略显失控的思想呓语会制约孙惠芬今后的创作，所以很难说作者这一次是不是故意让这一特质无限放大，让不合潮流的弥散漂浮的心灵自传成为一个独立的主体，一方面协助搭建起小说的多文本结构①，另一方面又与张展的人生遭遇重叠在一起，相互渲染，相得益彰。

总之，这就是张展。一个在孙惠芬的小说人物谱系中从未出现过的“新人”。

如果说，在此之前，他的侧影还曾经在谁的身上一闪而过的话，我一时能想到的就只有赶马车的懒汉吉宽了（孙惠芬《吉宽的马车》）。第一眼望去，他们都是“反转型”人物，张展从另类转向优质，吉宽由终日躺在马车上的懒汉变为衣锦还乡的小老板。而后，他们都是思想和行动同样雄壮的人物，在长信里，张展每一步“出格”举动的背后，都有对“生命中更为深刻的动机”的“思考式的探询”（昆德拉语）。吉宽也是如此，当他怀揣法布尔《昆虫记》水淋淋地躺在岸上做白日梦时，又或者是在城市的一角沦为困兽，却仍能对人生的此岸彼岸加以辨析时，他的形象绝不限于把梦撂在野地里、撂在村庄里的头号蠢蛋，而是摇身变成一位披着菜豆象（豆虫）外衣的

① 小说上下两部各自成章，风格迥异，且下部的长信本身又是上部寻找过程中的一部分，可见作者在文本结构设计上的用心。

诗人、哲学家。[①] 但相似仅到此为止。再然后，吉宽就离开了张展，留下他一个人孤军奋战了。

青年想象与自我探询

《寻找张展》最初在期刊上发表，后来成书出版。[②] 现在回过头再看，当张展孤零零地站在《人民文学》的书页中时，他并不知道，他的援军正在路上。玉叶、阿信[③]和张展，这三个文学人物之间的关联，不仅仅体现在了相近的时间段内经由文学期刊进入人们的视野——这本身就是一件有意味的事，更重要的是，对于如何想象现时代的青年形象来说，他们构成了一个相对完整的意义整体。而意义，正是我们的主人公张展情愿为之付出巨大的人生代价去辨析和求证的重要对象。

先来看玉叶。富二代，美国加州大学伯克利分校生物系二年级学生。玉叶有着她这个年纪的女生少有的朴素装扮，却在小说的一开始做出了任何一个年纪的人都难以想象的惊人举动——暴风雪季，从珍稀动物收容所里盗走一只一岁半的孟加拉虎。同样是寻找，《虎妹孟加拉》的气氛显然要比《寻找张展》紧张得多。跟随叙述者老树的回忆，这桩“少女盗虎逃逸”案件背后的真相被一层层揭开：六岁起只身外出求学，让玉叶的心里出现了一个隐秘且透风的空洞，空洞里悬浮着对家庭、对社会的疏离和怨怼。她所接养的虎妹孟加拉，是这空洞

① 参见孙惠芬《吉宽的马车》，北京：作家出版社2007年版，第1—3页。

② 《寻找张展》最初发表于《人民文学》2016年第7期，后由春风文艺出版社出版（2017年2月第1版）。

③ 玉叶是陈谦中篇小说《虎妹孟加拉》（《北京文学》2016年第11期）的主人公，阿信是彭扬中篇小说《故事星球》（《人民文学》2017年第4期）的主人公。

最有效的填料。对玉叶而言，孟加拉是她自我认同的另类对象，更是她发声甚至发泄的替代性表达。[①] 少女与猛兽，本是一对颇具戏剧性的概念组合，小说却通过前者对后者的迷恋和认同，深入扎实地探讨了在与人性相对的兽性身上寻找精神安慰的可能与可悲。小说最后，玉叶不知所终的结局更像是一个寓言，它预示着，人的自救迫在眉睫，却也必然困难重重。

阿信的故事则完全是另外一番调子。创新者还是螺丝钉，这是摆在阿信面前的根本性问题。《故事星球》讲述了一个关于梦想的故事，一个关于如何兜售故事的故事。科幻，团队创业，孵化器，故事发布会……主人公和他的小伙伴们在千帆竞技的资本大航海时代组队打怪，为的是让正在长高的中国抬头看一看星空。“血烧得咕嘟咕嘟直响，活干得根本停不下来”，这种天真而不幼稚的基调，支撑起了整部小说的骨架，让不断“仆街”的主人公每一次起身后都站得更直，走得更稳。从阿信身上，我们可以分明感受到一种“奔跑—急停—再奔跑”的速度感，感受到寓于跑—停之间的青年人所特有的心理节奏——即便被现实一再绊倒，也不愿在泥淖中过久停留，任何 bug（程序漏洞）都不能影响自己的人生读条。

很显然，玉叶、阿信和张展并不相像，他们各自持有着迥异的性情，以及不可复制（甚至反对复述）的人生经验。但与此同时，他们又是彼此相近的。在由他们三人所构成的意义整体里，有许多显在的公共质素可供罗列，例如出生在 90 年代前后，不同于常人的思维举止，无处安放的疏离感、漂泊感、焦虑感，等等。而提炼出三者共同的隐性基因也并非难事，几位作者都曾借人物之口提到变革中的中国社会，提到新的政治

① 参见何可人《虎兕出于柙——读陈谦新作〈虎妹孟加拉〉》，《北京文学》2016 年第 11 期。

经济结构，提到大时代投射在人们身上的种种症结。就像申一申所描述的张展那样：“他自我、另类、不受任何人束缚和控制，也许并不是真实的他，是被迫成为的他。”问题是，居于这种横向比照中，张展的特出性究竟在哪里？

或许我们可以设想这样一个青年形象的人格序列：玉叶和阿信分别位于序列的两端，代表了两个相对单向度的纵切面——一边是无限的封闭状态，沉默，堆满问题，时刻紧绷犹如“惊弓之鸟”；另一边是无限敞开的状态，充满行动力，对绝大多数伤害绝缘。张展的位置则游动在两者之间，他更像是一个过程，是具有续接能力的无尽关系本身。从玉叶那端出发时，他的孤独症患者的属性格外明显，一旦开始靠近阿信，“张开”“展翅”的姿态也就越来越自然。

但这还不是全部。

与其他两人相比，张展不单单是一个填空式的角色。他的优长并不止于填补某段经验的空白，而是在于在一个漫长的时间/意义轴上，他不仅明确了自我，还明确了对自我的探询，以及探询的难度。如前文所述，《寻找张展》的下半部分是张展的一封长信、一段体量惊人的自我抒情。在如此低强度的叙事中，张展围绕着自我，展示出了多方面的能力，包括质疑和反抗的能力，持续的自我观察的能力，对自身的有限性保持理性认知的能力，等等。“意义，这两个字很早就来到我的生活中。”“那看上去简简单单的一句话，是上帝安排在我生命中更为深刻的动机，它指引着我，不是让我走向成功，而是去认识真正的自我。”存在于信中的张展，每一时刻的生命都是有关思想、情感和身体感知的反思性知觉。知觉创造了潜在的改变，也创造了关于自我的意义，它让生命的每一时刻都成为新的时刻，让个体有权在任何时刻发出问询：我是谁？我要为自己做些什么？张展眼中燃烧正旺的炭火，或许也正是因为如此，才能持续不断地释放出蓝幽幽的暖意，吸引我们走上前去，看得更加仔细，看得更深更远。

关于圆满

在自我探询这一层面上，玉叶是沉默的，阿信有所思考，但最远也就走到了要去问一问带着宇宙秘密的叶子，“生命和逝去应该作何回答，欢喜和恐惧又该如何去度化”。相比之下，张展的形象最为圆满。圆满意味着什么？

首先是意义的彰显。在此前的一篇文章中我曾经谈到，很长一段时间以来，在当代文学已然贡献出的青年形象里，我们很难捕捉到“新人”的身影。虽然围绕着“新人”建构起文学小天堂的围墙，究竟谁可以在墙内，谁要被拦在墙外，是一件很难取得一致意见的事情。但眼下的情况是，小说家们的笔，正逐渐被一种压倒性的成见所支配，那就是对失败的偏好，对复杂、混沌不加筛选地溢美，似乎只有这样，才能拿出最具分量的故事，才能捍卫小说和文学的无上荣耀。具体到青年身上，大量“无力青年”“无为青年”甚至“失败青年”蜂拥而至，无数张生动的面孔哼唱起同一段旋律，最终留下的就只是一些面目模糊的人、复数形式的人而已。在这样的背景之下，《寻找张展》的意义是显而易见的。小说中的张展，包括申一申，都是令人耳目一新的新质形象，并且这种新，不是静态描摹，而是动态的呈现，它既牵连着过去，又指向未来，它提供了一种现时代青年挣扎奋斗的新姿态，一种本该如此的向上的、行进的力量。简单地说，《寻找张展》中的新人书写，是寓于无尽关系中的新人书写，是有纵深的新人书写。

再者是意义的丰富。孙惠芬表示，在小说中，她试图写出三个层次的寻找：一是叙述者儿子对张展的寻找，这是同代人对同代人的寻找；二是叙述者“我”对张展的寻找，父辈的觉醒也在此发生；三是张展对父母的寻找，于滑落中飞升，“最终抵达精神高地”[①]。这样三个层次的寻找，意味着意义的范畴由个体走向了人群，小说的言说空间被极大地丰富和扩展了。在《寻找张展》研讨会上，有评论者指出，《寻找张展》是一部整合的小说，通过整合代际差异，进而整合亲情的关系，整合人与人、人与社会的关系。小说的着眼点是个体与他者的相通，在这样的视域中，我们切切实实地触摸到了寻求情感和意义共同体的可能。

但圆满也有自己的劣势。它必须经受来自多方的打量——人们总是要对近乎圆满的事物心生疑虑，甚至挑剔苛责。我的苛责主要源于张展的悲剧性设定。

小说中，张展的悲剧形象大致可归结为这样两个向度，一是必须依靠“富有命运特征的时刻”[②]的降临，人生轨迹才能够继续，人物形象才得以完成。二是对自身的有限性的认知，与有限性不可突破之间，存在着难以化解的矛盾。这其实是小说在“寻找”之下的深层行进逻辑，它的设置是否合理牢靠，直接关系到人物意义的完成度。遗憾的是，在这一问题上，作者未能给出很好的处理，甚至在一定程度上暴露了或然还是应然的写作逻辑乃至写作伦理疑难。

对于主人公来说，“富有命运特征的时刻”是父亲的空难，因为这场突如其来的变故，张展的人物形象才得以站立。

---

① 参见舒晋瑜《孙惠芬：觉醒就在寻找中发生》，《中华读书报》2017 年 3 月 22 日。

② 吉登斯认为，在这样的时刻，个体可能被迫去考虑一般被反思性秩序的抽象系统的良好运作排除在意识之外的问题。[英] 安东尼·吉登斯：《现代性与自我认同：现代晚期的自我与社会》，赵旭东、方文译，北京：生活·读书·新知三联书店 1998 年版，第 237 页。

空难是或然的，是整部小说非虚构基调的重要基础，但当这种或然跃居成为小说人物悲剧性的必要条件而不是充分条件时，极有可能会削弱人物的主体性力量。换句话说，能且只能依靠或然来完成的人物，并不能称其为悲剧性人物，最多只是拥有人生悲剧的人物而已。

针对自身的有限性问题，孙惠芬的解决办法是“大槐树”寻根。事实上，在整部小说的酝酿阶段，作者就已经确定了“精神救赎”[①] 的写作逻辑和路向——大槐树是“街与道的宗教”[②] 为“另类青年”张展开出的具体疗救方案。但我以为，这未必就是张展最恰当的出路。前代人的原乡记忆，究竟如何在年轻一代人身上延伸，这和历史如何在年轻一代人身上延伸一样，是一个异常庞大且复杂的话题，一只藏于柜子深处低头沉吟的麻雀恐怕很难承托得起这份重量。况且，乡村作为救赎出口的有效性，就连作者本人也曾经有所思虑。[③] 因此，就目前的情况来看，即便是冒险进入了新的领地，作者眼中的应然，仍旧为原乡情结所笼罩，那种深耕久作的宿命感仍旧在她

① 孙惠芬：《他就在那儿》，《长篇小说选刊》2017 年第 4 期。

② 孙惠芬的散文集《街与道的宗教》（春风文艺出版社 2011 年 6 月版）可以看作是她“原乡情结”的集中书写。

③ 孙惠芬曾谈到，“我身体远离的乡村是一个真实的乡村，贫穷、落后、天高地远、日月漫长，心灵走近的乡村却是一个虚化的乡村，在这个乡村里，贫穷和孤寂助长了我的想象、使我写作的空间在逐渐扩大”。（参见张赟《在城乡之间游动的心灵——孙惠芬访谈》，《小说评论》2007 年第 2 期）这既是在强调原乡记忆之于写作本身的重要性，同时又透露出作者关于真实乡村与虚化乡村的关系的思考。眼下，主人公张展与乡村之间还未能建立起真正有效的关联，将出口安置在这样一个虚化的语境里，恐怕作者本人也并不觉得十分牢靠。小说结尾处邮件的莫名消失或许可以作为一个例证，证明关于出口的设想，只是一种设想。

的文字中有所回响。

也就是说，此时此刻，有两重事实同时摆在了我们的面前：一位身具强大引力的人物挟持作者一并出走，然而，他们终究难以走出一种俯视的视角，从根本上逃离阅历的权重。这首先是一个难题，同时也是一个悖论，它标记着我们如何想象现时代的青年，同时也暴露了我们如何在这样的想象中想象自己。

好在小说的结尾处还留有活扣儿。随着邮件的消失，此前无比周折的寻找和发现也无处可寻了。我们或许可以把它理解成是一种谦逊的表现——任何收获都无意于展示、标榜甚至炫耀，它们终将安静地消融在成长和生命里。

（《当代作家评论》2018 年第 1 期）

脊梁的硬度

——论范稳《重庆之眼》

一

战争和灾难，两个重似千钧的词语。当它们叠加在一起的时候，正是考验一个国家、一个民族脊梁硬度的时候。

1938年2月18日至1944年12月19日，日本对重庆进行了长达六年零十个月的战略轰炸。一座鲜活的城就此沦为人间地狱。在那些令人震惊、愤怒的数字和描述里，既堆积着敌人的野蛮、残酷和疯狂，同时也记录了无数重庆同胞的尸骨、血泪，和他们殊死抵抗、捍卫家园的信念和力量。

一座城，及至一个民族。

我们不难想象，这仅仅是中华儿女在抵抗外敌入侵时所经历的重大磨难的一部分。但我们却很难想象，在史料所能铭记的沉痛背后，作为个体的人的死与生；很难想象，在防空警报连响七日、大火连烧三天的极端恐惧之下，我们的同胞如何用生命描写“愈炸愈勇”的标语，拉开“雾季公演”的帷幕，并向前线输送数以百万计的抗日力量；更难想象，时隔多年后，当受害者和遗属正式起诉日本政府时，踏入的又是怎样一个更加旷日持久的战场。

这些疑问，范稳在新作《重庆之眼》中一一予以作答。

小说开篇写道："只要我们还活着，我们就是历史的证言；我们死去，证言留下。"这一序言，振聋发聩地向世人宣告，这是一部关乎国家民族脊梁硬度的分量之书。

二

《重庆之眼》由两条并行的线索交汇而成。一条线索是对历史上重庆大轰炸中灾难性事件的回望，包括五三五四大轰炸、八一九大轰炸、六五隧道惨案等，二位主人公的命运纠葛沉浮于其中，人生际遇的悲情与豪迈尤其令人唏嘘喟叹。另一条线索则追光于对日索赔原告团的步伐，在多方力量百折不回的尝试与努力中，呈现的是无所畏惧、抗争到底的民族精神的延续，以及正义和正声对于弱化战争暴行、掩盖历史真相的丑陋行径的反思与痛斥。

一面是钩沉历史，另一面是审视现实、面向未来。两者有机地融合在一起，最终完成了对抗日战争中重庆大轰炸惨案震荡至今的全景式描写。小说一再提醒我们，尽管距离那样的时空已经过去七十余年，硝烟已灭，哀嚎已寂，但历史并没有断绝，而是沿着苦难和希望栉风沐雨，持续前行着。我们此时此刻所缅怀的，并非史书里遥遥相望、无可触及的对岸，我们所缅怀的，恰恰是我们的来处，而整个民族的前途与方向，也早已深刻地寓于其中。

《重庆之眼》以浓郁的爱国主义为底色。无论是赛龙舟、演话剧，还是大隧道惨案以及最后的审判，在小说中任何一个重要的时间和事件节点上，作者所看重并着力表现的，都不是横尸遍野、满目疮痍和愤懑悲伤，而是一个古老而日新的民族藐视一切苦难，在任何挫折和损毁面前都不屈不挠、勇往直前的硬气与正气。小说里，无数凝结着民族血性和士气的细节，在救亡图存的集结号角下，从不同的角落喷涌而出，强烈地冲击着人们紧咬的牙关，和眼眶中因焦灼而近乎干涸的泪水。

“敌机刚刚飞走不到半小时，消防队和防护团的人们还在救火、救伤员、拉尸体。有伤亡的家庭还在哭泣，幸存的店铺就已摆出热气腾腾的稀饭、小面、抄手。从防空洞里钻出来的人们，该做啥子还做啥子；街灯炸坏了，临街的住户就将一盏盏煤气灯摆在门口，为行人照路。”

这不禁让人联想起齐泽克关于原南斯拉夫时代萨拉热窝被围困时的描述：迪斯科舞厅还在正常营业，尽管可以听到背景中的爆炸声，一位老职员每天照常去上班，但必须在某个十字路口加快脚步，因为狙击手就埋伏在附近的山上。相比之下，小说中的人们无疑走得更远——无论是世代居于山城，还是被密布的战云驱逐至此，在面对漫天的枪林弹雨时，他们的所思所想几乎一致：不仅要生存，更要生活，不仅要活得勇敢，更要活出体面和尊严。于是在龙舟赛上，赵五爷迎着炸弹以旗为枪；剧院被炸没了，演员们就在一旁的简易舞台上继续念唱；敌机轰炸过后，阔太太们从防空洞里袅袅走出，戏哂道：“女人家的牌局也来炸，真是上不了台面的。”

我们深深知道，永远没人能喊得回那些在龙舟上奋力划桨的远去背影，有些幽默的话也只有在当时的情境中才说得出、读得懂。正是在这样的细节里，结结实实地生长出了被战争和灾难包围着的城与人，生长出生命的坚韧和一个民族的气概与风范。也正是在这样的细节里，我们读出了历史的必然性。这必然，与史实层面的因果链条或内在规律无关，而是被一种牢不可破的信念，一种对于希望必将战胜阴霾的磐石般的信仰所标识。在这里，义无反顾、胸有成竹的，并非结局，而是人心。

“这样的战争，日本是打不赢的。”

三

谈到《重庆之眼》的硬与正，不能不谈到它的英雄情结。英雄人物的塑造，往往关乎一个民族对于崇高、对于善和美最深沉、最有力的想象和创造。

《重庆之眼》的一个特出之处就在于，它所呈现的英雄正义，并未单纯停留在杀敌报国、“革命加爱情”的层面上，而是将英雄的形象，与鲜活的生命感和人情味紧密贴合在一起，将对英雄的崇敬和抒写，坐实在了人性的丰富面向和人心的细致纹理中。

小说中的战斗英雄刘云翔，既是大时代里披荆斩棘的英雄，也是在个体生命中有所持守的英雄。在他身上，既有为国捐躯、挥洒热血的豪情和理想，也有为了爱情牺牲自我的单纯和热望。国难当头，他挺身而出，驾驶战机奋勇杀敌；面对心上人的召唤，他宁愿孤身一人，也绝不玷污对方的婚姻；待到沧桑过后一切归于平寂时，他选择在最简朴的生活中与昔日两位老友（蔺佩瑶与邓子儒，一对夫妻，刘云翔一辈子的爱人与情敌）继续守望相助。就是这样一个叱咤风云的英武青年形象，与固执、坚持又默默无言的苍老的背影交叠在一起，使得整部小说的英雄抒写拥有了更加动人、更为持久的支撑性力量。

与之相比，略微矮小、更加文气的邓子儒又何尝不是英雄。当他在龙舟赛上、在日机的嘶吼中一掌一掌击打大地，呼唤“雄起啊五爷”；当他从大隧道中踉踉跄跄背回刘云翔的半条命；当他以重庆大轰炸“百科全书”的身份主持原告团的上诉事务；当他的遗像被妻子和老友抬进东京的法庭……这样的身影同样伟岸，同样屹立于天地之间。

所谓英雄的力量，归根到底还是人性的力量。

四

文化抗战，是作者在整部小说的写作过程中特别关切的部分。在他看来，中国还没有哪座城市像重庆这样遭受到如此惨烈的无差别轰炸，也没有哪个城市像重庆这样，在大轰炸中将文化的坚守和国家民族的救亡图存紧密地联系在一起。因此，他将小说的很大一部分篇幅，献给了文学艺术界的文人雅聚，以及重庆在抗战时期著名的话剧艺术节和“雾季演出”。

小说中有这样一段情节，给人留下了极为深刻的印象。为了搭建临时剧台，蔺佩瑶在剧院周边被炸垮的民居里寻找道具。她来到一栋烧得只有几根立柱的破房子前，“看到一个烫了发穿着旗袍的小姐，正在一个还剩下半边玻璃的穿衣镜前描眉、扑粉”，而在她身后不远的地方，就有一具尸体躺在门板上。小姐说：“国泰剧院炸了倒好，我们可以露天看话剧了。昨天我一直等在外面呢。”——这是一个呐喊的时代，有太多屈辱和忧愤需要宣泄，有太多麻木的灵魂需要唤醒。正因为有了对理想和价值的坚定信念与信仰，饱受战争与灾难之苦的人们，才甘愿从血泊中起身，以生命为代价，让鲜血重新滴洒在话剧的舞台上。

小说中曾提到“士气”与“士心”。“士心”，指的是一个读书人的家国情怀、报效国家之心，也就是读书人的“士气”。正所谓“士气”不倒，民心从之，即便“未必能胜”，也要拼死一搏。这样的表述放在今天，说的就是文化的自信和文化的力量。在抵抗外来入侵的过程中，即便国破，即便家亡，只要文化不被征服，一个民族就能够从根本上、从最深处继续获得精神的指引和滋养，从情感上、从心灵上继续拥有团结起来的信心和能量。

五

我们还可以从更多层面上来理解《重庆之眼》的意义。

在诸多抗战题材的小说中，针对极为严重的蒙难受害的大事件，“我们一直没有集中叙写出哪怕是其中一个、且足以配得上长篇小说这一文体尊严的杰作”（《人民文学》卷首语），而在很长一段时间以来的历史叙事里，若想越过民间传奇、偶然性、个人欲望、解构戏说等，再寻求其他的一些东西，也常常是所获无几。

无论以上述哪种情况为背景，《重庆之眼》都称得上是当前文学创作中重大题材的新收获，是对中国故事的描述和叙写中涌现出的新的精品。在这部作品中，我们看到了追求民族士气与体面的文学境界，始终是值得赞美和崇尚的境界，看到了在一条充满正气和正声的道路上，仍然有着丰富的写作资源和无边的风景。作者在作品中铺陈开来的浓浓的爱国热忱，以对和平和正义的向往与追求为深厚根基，这就将狭隘的民族主义从整部小说的底色和基调中剔除了出去，充分体现出一位对历史、对现实、对写作持有郑重态度的小说家的责任与担当，体现出写作者向着人类精神世界最深处不断探寻，为人类命运共同体贡献属于中国的文学智慧的愿望和努力。

重庆之眼，既是回望之眼、正义之眼，又是未来之眼、和平之眼。从它深重的目光里所映射出的，是情感、是信念，是磅礴的力量，是对过去的认同和对未来的承担，是一个民族脊梁的硬度，是一个泱泱大国文化自信的雄浑充沛，与浩然之气的至大至刚。

（《文艺报》2017 年 4 月 5 日第 2 版）

甲虫与莫比乌斯圈

——论王安忆《匿名》

一

公元 1858 年，人们从德国数学家莫比乌斯那里学到一项神奇的技能：将纸条旋转一百八十度后首尾相粘，甲虫便可以不必翻越任何边界而爬遍纸圈的所有部分，即原本永不相交的正反两面。

一百五十八年后，在王安忆的小说《匿名》里，上演了类似的情景。

二

这是一个形而上的故事。主人公年逾花甲，生命被突如其来的绑架和失忆拦腰斩成两段，前一段属于妻子、女儿、外孙和一家民营外贸公司，后一段则被抛进大山里，在相对原始的野境中参与天地的生息，展开人类文明的周期与循环。小说起笔即陡转，上半部如同平行时空，一边是家人抽丝剥茧的搜寻，另一边是失踪者囿于林窟几乎归零的迅速变种。大家各自焦虑，各自奔忙，从此再无交集。下半部写未能达成的归来，写二次进化。原始能力逐渐苏醒后，从小镇，到县城，再到热闹的江岸，现代社会的帷幕渐次拉开，回归的氛围愈发浓郁。然而，叙事终因一场意外戛然而止，失踪者彻底隐匿，或者说进入到了一个新的循环，只剩下新鲜茂盛的隐喻在他溺亡的水面下再度生长，热闹又拥挤。

A 面，B 面。原初状态，现代文明。作者利用一次错误的劫持完成了时空的扭曲与黏合。主人公也的确有些像甲虫，甚至比卡夫卡的甲虫还要更离奇一些，一觉醒来，一切都不复存在，包括记忆。他克服重重困难向前直线行进，实际上是在更高维度上完成了一次有曲度的运动。让两条各自独立的轨迹结出交点，相当于在六维空间里改写五维空间中标识着不同可能性的时间线的位置与方向，从这个意义上讲，小说家王安忆完成了物理学家永远也办不到的事。她说《匿名》的写作是一次“巨大的野心”，这种形容并不为过。

莫比乌斯圈的黏合地带，很难做到彻底的平滑。到了主人公沉没的时间和空间里，这种不平滑化作“左前方的上角”永远悬挂的一颗星。这颗星囊括了种种意象，从失忆开始，一直悬挂到水落石出。它是通道，旋涡，是黑洞般吸取一切的凝聚点，也是破绽，是焦虑，提示来处与去处。它是作者的上帝之眼，更是窗户纸上的小孔，供窥探者喟叹人物的遭遇，走入没有边际的思辨。

三

空茫，循环，生生息息，这其中蕴藏的非对抗性是王安忆十分高明的一点。虽然小说陡转的两端分别联系着城市与山野，荒蛮与现代化，但作者在进行意义重置时并未做出明显的倾斜或宣判，与匿名有关的一切，都自然而然地运转在时空和文明的进化周期里。对主人公而言，际遇转变的冲突和对抗理应在他的身上显色最分明，但由于失忆，他不得不全身心地投入到整个人类用上一季文明的遗迹去开凿下一季文明的壮阔行进中。疑惑是有的，终究无法成型，只能搁置在左前方的上角，闪成那样的一颗星。可以说，失忆不仅仅是情节设定的必要手段，它还上升为一种叙事策略，成全了作者的高明。整部小说的非对抗性基调，极大地扩充了言说的面向与层次，将《匿名》与一般的二元叙事区别开来。

在空茫中邂逅的人们，没有名字，也不需要名字。这里听不到太多的人声。无谓的话被俭省了，有谓的话当中无谓的词句也被俭省了，每个人都成了偈语式的人物。因此万籁俱寂又万籁俱响，一切响动只源于天地。类似的言语塌陷为冥想腾出了巨大的空间，尤其是当哲学思辨内化到人物身上时。一句话，引出解释，再引出议论，大块大块的议论遍布小说的每个角落，或抽象或具体。冥想表面上牵扯着人物，实际铺排开的全部是作者的旨意。在议论中，王安忆展示出一种略带欣喜、略显得意的微醺状态，仿佛是因过于长久地凝视世界、凝视思想而产生了轻微的幻象。她的用词并不晦涩，切换也自然，但仍旧传达出一种强烈的迟滞感，令惯常的文本感受力无处安放。这些议论冥想一个个又精神又妥帖地站立在书页里，拒绝人们的快速浏览和意识上的随波逐流。

循环与生息，本身就是一个大写的必然。必然由无数个偶然连缀而成，木骰子既是贯穿小说的一枚重要物件，又是必然性中偶然性的隐喻和缩影。这个古拙的木质立方体，关乎精准和美学，关乎概率，隐约显现着命数和天运，凝结人类企图提炼自然的雄心。为二点命名后，它先后在哑子、失踪者、小先心手中流转，伴随一次次抛掷，完成了偶然性在不同人物间的续承。失踪者无疑是小说的焦点，但二点等也并非单纯地众星捧月。这些匿名者相互阐释，互为补充，每一位都是他人的知遇、知己和引路人。

四

莫比乌斯圈的叙事难度与完成度，让《匿名》有了许多容易引发讨论的点。小说的新意显而易见，一个文明人返回到原初状态重新进化，这在之前几乎从未被描述过，叙事手法上，这一次王安忆也走得比较远（并非《长恨歌》意义上的远，而是续接着《纪实与虚构》《叔叔的故事》《乌托邦诗篇》和《伤心太平洋》）。然而新意并不等同于新变。

有评论者认为，王安忆的写作有远离冒险的保守主义情结。新作《匿名》中，这种保守仍有延续，作者似乎需要通过对顺势关系的把握来获得写作的安全感：小说的前半部分文字节奏缓慢且延宕，大量笔墨用于捋顺枝蔓，为主人公的销声匿迹寻找合理性；进化途中，每一位人物都肩负不同的引导功能，并按照文明演进的顺序依次与失踪者相遇；意外落水后，九段漫长的细碎的呓语试图安抚死亡的突兀和遗憾，帮助结局圆满。种种细密的铺垫与安排，无一不透露出鲜明的王安忆特色——外部世界为个人经验洞穿后方可呈现，鲜有真正的异质性力量介入到文本和作者意图中间来，局面永远在掌控之中。这是作者一以贯之的熨帖，和无法割舍对表象的尊重的必然结果。

（《文艺报》2016年2月22日第2版）

更远一点的童话
——论汤素兰

从叶圣陶开始，中国儿童文学创作一路走来，到汤素兰、徐鲁、保冬妮、彭学军、杨红樱等人这里，已历经五代。这些自上世纪90年代以来开始活跃于文坛的作家通常给人以这样的印象：把文学活动视为个人爱好，市场化特征较为明显，一些作品缺乏雕琢，与80年代具有使命感意识的写作（如曹文轩、秦文君、班马、沈石溪等）有着一定距离。上述标签放在汤素兰身上，显然并不贴切。与时下风靡的儿童文学作家作品相比，汤素兰不够多产，不够热闹，她甚至不太在意孩子们是否会被她的故事所吸引，诗意是她的童话最为显著的特征。与此同时，在作品深度、美学风貌等方面的执着与坚持并没有把她的创作导向第四代作家特有的忧患意识、反思与期待以及人文与历史的厚重感，较之于群体经验、重大命题、塑造民族品格等，她更加关注儿童的精神世界、心灵路程和自由自在的细微成长。这种略显游离的创作姿态，与作者一贯秉承的儿童本位的儿童观密切相连，只有与孩子之间相互赠予，共同分享，才能让未来的一切都充满生机与可能。

诗意的呈现

阅读汤素兰的童话，有一种幸福感。她不是规则的制定者，设置并不复杂的障碍，站在终点笑盈盈地宣判对与错，善和恶。她也不曾迷恋过孩子们的惊呼，用离奇的故事和眼花缭乱的情节搭建狂欢恣意的游乐场。关于童话的创作问题，汤素兰总会提到诗意——童话的本质是诗，诗的情感、意象、语言、意境。这帮助她绕过许多看起来热闹讨巧的牵绊，像埃克苏佩里《小王子》中狐狸所说的那样，用心而不是用眼睛去感受世界。“我的童话是我唱歌天地万物的心曲，如果这些曲子正好被孩子们听到了，变成了孩子们的童话，那是因为，在天地万物的怀中，我永远是个孩子。”汤素兰首先将自己定位为一个用文字构建世界的人，在童话的圆周中尝试着走过许多条半径，探索文字表达的各种可能性，诗意则是她始终不变的美学追求。

诗心，就从爱一朵花开始。汤素兰刻意绕开城市的纷繁喧闹，将诗意盛放在最原始、最具生命力、最可能孕育奇迹的树木、森林、草地、竹林、田野之中。她八成以上的短篇童话以绿色为底色，长篇童话和系列童话几乎全部与葱郁和谐的大自然有关：小朵朵与偶遇的老鼠搭乘一辆卡车，误打误撞地进入了郊区丛林里的豌豆城（《小朵朵和大魔法师》）；小猎犬黑虎与小兔子比比寻找到的快乐岛是一个四季开满鲜花的绿岛（《寻找快乐岛》）；离开动物园的小老虎最终在森林中成长为王子（《小老虎历险记》）……这里的绿色意境不只是单纯的自然景色、故事背景，而是饱含着一种宁静祥和的生存状态与活力，充满爱、善意、新奇与希望。诗意在这样的律动中蔓延开来，构成了童话生命的本身——秋天到了，最后一片红叶飘落在湖边；小鸟和大熊居住玩耍的大树只剩下了树墩；鞋子退休了，被送到郊外的垃圾站。然而红叶虽然离开了大树，却成为小蚂蚁们的小船，秋蝉在红叶被的保护下安静地入睡，小老鼠把红叶带回家当窗帘，每天都能看到最美丽的秋天的景色(《红叶的旅行》)；大熊眨眨眼睛，站在树墩上，装扮成一棵神气的“熊树”，小鸟和小松鼠一起在“熊树”上开起了音乐会，树墩边上萌发出一棵小小的新芽(《小鸟和大熊》)；垃圾站虽然不是好地方，旧鞋子们的新生活却从那儿开始，皮靴充当老鼠的野战坦克，高跟鞋则变成了小瓢虫、小田鼠们的滑梯(《退休的鞋子》)。

诗意让童话的节奏舒缓下来。汤素兰轻轻握住手中沾满魔法的鹅毛笔，谨慎地避开饱含哲理的寓言，幽默或讽刺，和因为热闹夸张而越过意境的漫画，慢慢勾勒出淡雅优美的景物，轻盈灵动的对白，自如明快的想象以及最朴素天然的心：如果你想和小巫婆真美丽见面，就要先找到彩虹谷。“不管你住在哪儿，彩虹谷永远离你只有一天的路程。这一天的路程你需要步行。早上你要迎着东方的第一缕曙光出发。在出发之前，你要用鼻子亲吻你的枕头、玩具、书本，亲吻你家的墙壁、门和窗，亲吻你最喜欢的水杯。当然，最最重要的，是要亲吻你的亲人，因为你不知道这一去还会不会回家。”(《小巫婆真美丽》)住在彩虹谷南边森林镇里的小笨狼从尖嘴狐狸那儿换来一颗“魔法南瓜子”，可是他整天忙呀忙，就把南瓜子的事儿忘了。然而，“种在地里的南瓜子，却没忘了自己是一颗南瓜子。它发了芽，两片翠绿的叶子像小巴掌一样在风里轻轻地拍呀拍”(《笨狼和他的朋友们》)。类似这样有趣的描写在作者的奇迹花园里随处可见。她在心里默默期盼着，有朝一日能像普利什文一样将大自然的一片落叶写成长诗，像安徒生一样将一根织补针和一条衬衣领子写成不朽的童话。当嬉闹玩耍的孩子们突然被一朵花和停落在花蕊上的小蜜蜂所吸引，蹲下来张大眼睛屏住呼吸静静观察时，她的这些耐心细致的呈现能够让他们久久沉醉在诗的美妙氤氲里。

关于成长

汤素兰说，回望童年，总能看见自己——那个渴望奇迹、渴望能长出翅膀来的小女孩一直在身边，安静地读着她的故事，为故事中的奇遇开心，为温暖的友情、无私的爱感动。这让人想起 1955 年美国纽伯瑞儿童文学奖获得者迈因德特·迪扬在授奖演说中的一番话：只有深入而又深入地穿过神秘的本能的潜意识层，重返自己的儿童时代，才有可能与具有普遍性的儿童相逢，凭借单纯而又明快的逻辑，为儿童书写。“但我毕竟不只是一个孩子。”一个优秀的儿童文学作家播撒捕梦网、用文字的积木搭建魔方大厦，绝不应当仅仅是为了满足自己童年时代的幻想，或是将儿童文学理解得过于简单，淡化它在孩子的成长过程中应当具备的责任与担当。在童话里，汤素兰最大限度地调动自身的童年经验积累，去描绘、感悟、发现、创造，甚至于保留或遮蔽，都是为了能够呈现一个更光明的世界，令孩子们在前行途中情感更加丰盈，眼睛愈发清澈明亮。她并不着意借助单个文本促成质的飞跃，而是通过自身整体性的文学创造，悉心捕捉儿童精神世界里每个让人动容的瞬间，每个阶段的心灵常态与特质，最终完成动态的儿童成长抒写。从“笨狼系列”“小朵朵系列”，到《小巫婆真美丽》《驴家族》，再到《张牙舞日记》《开心果甄帅》《珍珠》，第一反抗期，第二反抗期，自我同一性，性意识，快乐原则与现实原则的冲突……顺着一帧帧作品走过，我们仿佛在翻阅一本历时的感性儿童心理学画册。

笨狼是汤素兰笔下最著名的形象之一。他单纯、善良，经常犯些既可笑又可爱的错误，永远是一副天真好奇、跃跃欲试的模样。在笨狼的身上，我们可以看到幼儿本原的生活状态。《发现自己不见了》讲述的是笨狼寻找自己的故事：笨狼爸爸去找妈妈之后，剩下笨狼自己在家，以前每天早晨总是爸爸妈妈喊“笨狼，起床洗脸！”“笨狼，吃早点！”笨狼响亮地答应一声便乖乖去做。这天早晨，笨狼照样起床洗脸吃早点，可就是觉得有些地方不对头。想呀想呀，忽然，他吓了一跳：“笨狼不见了！”作者在这里惟妙惟肖地再现了孩子最初自我意识萌芽的状态。当他们脱离自我中心，把自己看作是世界中的一个客体时，即开始认识到自我的存在，并千方百计通过各种方法加以确认。于是，笨狼打开衣柜、爬上阁楼、钻到床底下，哪里也找不到自己。直到好朋友聪明兔来了问他：“笨狼，你找什么？”笨狼才恍然大悟，原来自己就在这儿呀！

《奇怪的树》是一篇采用顽童母题的“无意思之意思”（周作人最早提出，指作品本身无实用功能，依靠自身的艺术特质娱乐儿童）的作品。一棵树对于自己长年累月站在路边感到心烦意乱，想活动活动筋骨，让自己变得与众不同。它把在树下避雨的小白兔和做美梦的老马当作戏弄目标，先是竖起叶片让大雨淋透了小白兔的皮大衣，害它在妈妈面前百口莫辩并且感冒打针，随后又将不配合游戏的老马一下一下打晕。尽管它低着头、唱着歌，装出一副老实样儿，大家还是发现了它的恶作剧。当偷听到人们决定将它一段段锯开做成课桌和火柴时，它嘴里嚷着“没门！没门！没门”，竟然设计路线逃走了——使劲地朝路外面侧着身子，滚下了山坡，滚进了峡谷里，只在路边留下一个深深的大坑……一个调皮任性、固执自我，又个性十足、充满生命力的捣蛋鬼就这样在书页上跳来蹦去，它时刻渴望被人关注，如果你没有立刻把书页合上，下一秒钟它就很有可能跳到面前强迫你加入它的“危险性游戏”。

儿童小说《我是小丑鱼》讲述的是小男孩费扬的成长经历。父母被派往美国学习，小费扬留在苦楝村和奶奶共同生活。由于成绩优异，他很快成为大家瞩目的焦点，并给自己取名为“风信鸡”，意思是自信又神气。爸爸妈妈学成归来后，费扬回到城里的小学。他原谅了父母曾经的“背叛”，对新生活满怀期待，却因为普通话不标准、不会做广播体操、没学过英语考试得零分等，再次陷入孤独痛苦之中。他开始觉得自己像是一条小丑鱼，游在五颜六色的小鱼中间是那么难看，那么刺眼。“从苦楝村到师大附小，只有四十公里。这个距离，正是从神气的风信鸡到被人耻笑的小丑鱼的距离。”就在费扬最难过的时候，敲诈勒索的高年级“拍肩党”、抄袭作文事件和爸爸妈妈的忽视令他更加绝望，他一边哭一边尖声叫喊，一边跺脚一边揪扯自己的头发，将书橱里的书撕得粉碎。后来，在朋友唐苗的帮助下，费扬回乡下奶奶家取回奖状证明了自己的清白，自信重新回来了，他也开始尝试用自己的力量面对今后可能会到来的各种挫折。“我不是小丑，我是小丑鱼。小丑是让人取笑的，而小丑鱼呢，即使游在五彩斑斓的金鱼群里，毕竟也有它的可爱。”

在对不同阶段孩子身心的理解与呵护中，汤素兰没有加入明确的价值评判，更多时候是一个倾听者、陪伴者和引导者，对于他们的各种小傻事、恶作剧、任性固执甚至歇斯底里，都微笑着接纳，并给予最大限度的尊重、理解和同情。关于成长，她从不为主人公们设定所谓的“最佳线路”。在她看来，世界上的道路有千万条，就有千万个远方在等着我们去拥抱，满怀希望地奔跑本身就是一种姿态，只有让孩子尽情享受成长中的每一寸快乐与忧伤，才能无限度地接近生命本身的意趣与真谛。

分享与对话

每位儿童文学作家在落笔之前，心中总有一个或隐或显的儿童观。在汤素兰看来，“儿童就像一颗种子，这颗种子已经蕴含了未来一切的生机和可能。成人对儿童的教育就是给这颗种子适当的土壤、阳光、空气和水，让它发芽开花。儿童文学包含儿童教育，却又不全是儿童教育。事实上，在人格的完善、心灵的自由、对生活的热爱、创造力等方面，成人往往要向孩子学习。所以，一个能充分理解儿童的作家，应该是并不试图教给孩子们什么，而是将自己对生命的感悟、对世界的发现与他们分享，用自己创造的文学作品去感染孩子，理解成长，点燃梦想与希望”。这里，儿童本位不仅仅停留在理解和尊重儿童、服务儿童的层面上，而是上升为成人与儿童之间相互赠予，相互完成的交流状态。“分享”成为了最重要的关键词。它要求我们更加深刻地认识、发觉儿童生命中珍贵的人性价值，用开放的空间取代单纯性的展示，并在这个过程中完成自身灵魂的净化和完善。

汤素兰对于儿童文学创作格外慎重并珍爱。从 1986 年发表《两条小溪流》至今，她始终在努力追寻与孩子们交流分享并完成自我的最恰当的位置与方式。历经童话、儿童小说、科幻小说、成长小说之后，她在短篇童话写作中找到了最自由与和谐的表达，文本的对话性得以彰显。世纪之交的一批作品值得我们重视，包括《奶奶和小鬼》《驴家族》《红鞋子》“马系列”《奇怪的树》等，童话逐渐成为作者自由的歌唱，成为与天地万物交流的方式。如果说在前期作品里，我们可以看到世界经典童话对于作者创作的浸润和熏陶，到了《蜻蜓》《月亮花》《银杏黄了，枫叶红了》《天堂》等作品时，汤素兰则开始大胆尝试，有意识地在童话中展现世界经典文学作品的魅力。其中，主题的多元化、解读的多样性以及文字上的纯熟与难度给孩子们带来了全新的阅读体验。在众多以校园、幽默、热闹等为关键词的小册子中间，这种微量的陌生化与离间效果，在帮助培养儿童早期审美观念和敏锐的文学感知力，扩宽与世界对话的视域，激发更深层次的好奇与探索之心等方面，有着特出的神奇力量。对于汤素兰自己和其他成年读者而言，这些童话则更像是舒缓心灵的疗伤魔药。因为“每一个时代都是靠幻想养育的，以免人们过早地放弃生活，使人类走向死亡”（英国作家康拉德）。

《蜻蜓》等几篇童话，题目不花哨也不讨巧，没有天马行空的想象和离奇的情节，文字、情感都简单到了极致，仿佛伏在琴键上的手指，或者暖洋洋的午后从窗帘缝隙中透进来的阳光，安静美好中孕育着惊喜与希望。它们诗一般的外表下，融入了作者对友谊、爱情、孤独、寻找、价值、生命、死亡等诸多问题的思考。如同安徒生所说的那样：“在诗歌的整个领域里，没有一种体裁能像童话那样宽广，无论是古老阴森的坟茔，还是儿童画册里虔诚的传说，它都可能吸取为题材，它可以容纳一切种类的诗……”如果你不小心长了翅膀，可能会成为幼儿园最受欢迎的老师，带着小朋友们一道飞翔（《长着蓝翅膀的老师》），也可能像狐狸那样被别人排挤，离开森林孤独地过活（《狐狸有一对翅膀》）；天堂有时就在小老鼠四处收集的颜色后面，那画上能闻到故乡夏天的果香和远方朋友捎来的大海的味道（《故乡的颜色》），也可能藏在老蜘蛛空空如也的行囊中，他说只带走自己，才算真正的出发（《蜻蜓》），或者是融化在了小老鼠姑娘美妙的歌声里，她让一心想去外面世界的小老鼠放弃辛苦制造的独木舟，永远留在她的身边（《天堂》）；当你探寻生命的意义与价值时，你可以千里迢迢与好朋友走到对面的山上，留下一颗白果，带走一枚枫球，让大大小小的银杏树和枫树们隔着山谷，久久对望（《银杏黄了，枫叶红了》），也可以独自守在空花盆前无限期地等待月亮花的开放，或者冒着死亡的危险暴露在阳光下只为在一生中见到一线绯红的霞光（《月亮花》）。在汤素兰的童话中，关于生命的一切的思考都是开放的，讲述给孩子们听时也始终带着商量探讨的口吻，仿佛在等待那些稚嫩的小声音顺着自己的心，自由地做出判断与选择，给出更多更好的答案。

汤素兰是一个贪心的人。她总想通过努力创作远点、再远点的作品，把玩耍中的孩子和壁炉边取暖的老人都吸引过来。而她的童话的确拥有这种魔力，因为无论是谁，任何时候，都能在其中找到自己梦里的那个远方。

（《文艺报》2012 年 6 月 6 日第 5 版）

时间的刻度

勘探文学的经验之维

——2015 年中篇小说

哲学家认为，经验是认识的基础。而在小说家这里，经验的形貌显然更感性，更丰饶。对于这些或天真或感伤的人来说，经验是生命的支撑，是个体生活中现实感的来源，是一切灵感与想象的飓风之眼。2015 年的中篇小说，数量繁多，情态各异，却都在不同维度上勘探着经验的生长与可能。讨论开始前，先要摒除一些成见，或者说是习以为常：经验不能简单地等同于经历、体验、印象或反省，后者构成的合集无法填满经验的外延。如果我们谈论起经验如同顺嘴说出一个语气词一样容易，那么它作为独立概念的价值与精义定会受到损害。

物质的壳

经验存在于心灵与外部世界无穷尽的联系当中。这些联系纵横交错，形成运动的物质的壳，回应了是否真实、是否诚恳、是否值得信赖等诸多疑问。但由于关涉心灵，“思”被引入进来，各种联系必然要有一个内化的过程。因此，即便面对同一份喧嚣，人们还是各怀各的心事，各有各的表情。

沉寂四年之后，张欣携一曲《狐步杀》(《北京文学》第 8 期）归来。这篇小说最大的好处，并不在于提供了多么精妙的故事，尽管它已经获得的赞誉大多都源于此。反倒是一些不太刻意的细部，比如物质细节，比如人物设定，因凝结着复杂丰沛的现代都市经验，而透露出作者的高明，彰显着文本强劲的独立性。这些细部如此贴切，有时甚至贴切到令人生疑，疑惑它们究竟是不是出自一位50年代作家的手笔。活动在故事里的人，大部分是地道的都市土著，即便有来处也已经模糊。他们自如地生活在茶餐厅、山本耀司、古籍善本、交响乐和暗物质中间。随着狐步舞曲的行进，曾被许多都市文本（传统文学领域）所忽视或者有意回避的物质细节得到凸显，并得以放大。在都市经验中，值得称道的物质细节，与炫耀或取宠无关。它们往往不动声色地构成景深，扎实地参与到都市的诸多面向与层次中来。当人物设定让惯常的想象失效，当警察既有可能深透老辣、尽忠职守，又有可能家世优渥、腔调十足时，小说的复杂性才有机会更加充分地展开，叙述话语才能从空中降落到地面，无须转译，可亲可感。

让一个在北京打拼的外地人变身成为名医，在医疗体制的病象中浮沉，实在是一件困难的事。这件困难的事，荆永鸣不但做到了，而且做得漂亮。小说《较量》(《人民文学》第10期）标识了拓延经验领地的辛劳与卓绩，被看成是荆永鸣的转身之作。作者一锄一镐地开疆扩土，视域从脚下的北京“房东”“邻居”“候鸟”“时间”，延伸向更开阔的世情和更深微的肌理。荆永鸣坦言，写作时他不得不时而放下人物和故事，埋头扎进一窍不通的医学术语和病症病例里，时而比量称重，以防“恶补”成果变成阅读障碍，影响小说的不易言表。用心至此，并非执意要戳中哪些职业或时代的隐痛。主任医师钟志林与院长谈生斗争了一辈子，其间固然有改革病症、医道操守、尊严损毁、权力压制等贯穿，但作者真正属意的，恐怕还是曲终人散后的失意与无奈。这种微苦的意味，因为有了一以贯之的充沛元气做支撑而呈现出一种达观的神态。

看与被看，是人类存在的主题，也是文学的主题。工具理性如何打破古老天然的两个一组的关系，让原本以人为主体的视觉经验的哲学寓言从故事变成传说、传说变成神话？原有经验一旦被新因素横亘破坏，又当如何拚接、如何重组？《无穷镜》和《地球之眼》中的反思，或可帮助我们略知一二。陈谦在《无穷镜》(《人民文学》第 1 期）中设置了两个令人不安的物象：镜与眼。镜子与镜子相对时，左右两侧同时压来重重窥探，仿佛拉康镜像理论的逆向版本：整体性形式被不可计数的映象撕裂，主体陷入确认—动摇的循环之中。同样引发恐慌的还有眼睛。人类善辨的眼睛这一次躲藏在镜头和互联网背后，从这边看去一切尽在掌控，另一边则是玻璃房子里的如坐针毡。哪一秒的思绪将被截图，继而泛滥在何处的终端之上？类似的问题让人不寒而栗，无法可想。遥望未行之路，《无穷镜》写出了人屡遭怀疑的意志和抉择。《地球之眼》(《十月》第 3 期）满怀诚意和善意，从看与被看的角度讨论道德。小人物面对物质精神双重压力的反抗，以及传统的、久经考验的现实主义原则，都是石一枫执意坚持的。这种坚持最终走向了胜利。“地球之眼”是情节推进的工具，是关于窥探和掌控的隐喻，最后反过来又成为道德制胜的法宝，实在不失为一种讽刺。在三位色调各异的人物身上，我们既能看到自己的影子，又能读出喟叹和警示。假设，安小男在地球这端，借助“地球之眼”横跨大洋，瞭望到远在硅谷的珊映的困惑，又或者旅居海外的陈谦，通过裸眼 3D 技术，读取了石一枫笔下北京青年生活的五味杂陈，不知这些人又会做何感想，生发出怎样新的经验来。

精神地理

有这样一种小说，它们来自时间或空间的远方。因为够远，文字里沁出了古典的味道，依稀勾勒出人本来的样子，也因为够远，仿佛回到了时间无关紧要的时代。时间一旦被放逐，空间便凸显出来，凝结着漫长人类经验的故事便有了栖居地，有了故乡。这个故乡可以是真实的地点，也可以是一种熟识踏实的形式，甚至语调。历史、传统、信仰、世代相传的智慧和族群精神于此处凝结、沉淀并诉诸实践，在精神地理的纵深与丰厚中，经验自由延绵。

桑吉大约是2015年中篇小说贡献出的最美好的形象。人类的良善品性和人生的丰盛韵味同时集中在他小小的身躯里，这种善好因为有了智识之境的召唤，而萌发出新鲜、冲决、面向未来的强大力量。桑吉来自一个朴素的诗歌时代、手工劳作的时代、灵魂眼睛和身体相互协调的时代，一个时间无限充裕、智慧可以予人忠告、讲故事的艺术和口口相传的经验孕育其中的时代。从逃学挖虫草开始，他做出了一个又一个选择。这些选择中蕴藏着人类对未知的渴望、异质文化的交融以及信仰与启蒙的共生。他如同是一个提示，一个起点，关于人的一切都返回到他这里，重新开始，再度出发。阿来表示，《三只虫草》(《人民文学》第2期)，包括《蘑菇圈》(《收获》第3期）是长篇之间的调剂和休息，是“从青藏高原上出产的，被今天的消费社会强烈需求的物产入手的小说”。现在看来，这两篇小说显然都比预设走得更远。

大山深处的石头房子里，有个孩子立志要成为鱼王。同样是出门远游、拜师学艺的段落，到了张炜这里却格外灵动活泼，舒缓有致。《寻找鱼王》(《人民文学》第6期）讲述了一个富有仪式感和传统意味的成长故事。两位师傅，包括爸爸妈妈都以自己的方式诠释着爱与美、敬畏与谦卑、信义与持守。长者们的经验帮助“我”获得前行的力量，而当“我”垂垂老矣时，又将自己的故事讲述给别人听，如此往复，时间和自然当中指引人生的恒常之理就这样一代又一代地传承下去。

《梅子与恰可拜》(《小说月报》原创版第 1 期）中，一位南方女子和一个说着突厥语的土著小伙，与他们金子般的承诺和等待，共同生长在天山北边，额尔齐斯河与伊犁河之间，准噶尔盆地的荒野戈壁上。董立勃一向擅长讲故事，他的文字粗中有细，酣畅淋漓，小说的完成度和语感舒适度都十分到位。在他看来，写出这样的作品再自然不过——身后的牧场与村庄，多少年来守护着无数类似的情节，也守护着善良忠诚，相亲互爱，奉献牺牲。这是作者沉醉文学、热爱写作的源头基始。

他者与唤醒

总有一部分经验是隐性的。它们被意志与表象的世界所遮蔽，潜行在记忆里，无法预测何时何地会被唤醒。这种记忆类似于普鲁斯特在追忆似水年华时动用到的非意愿记忆，需要特定的他者来激发、重启。在与他者的对照中，各种勘察、试探与辩驳令时机渐趋成熟。只有当沉睡的经验被触动、被确认并陡然蓬勃起来，当不同的经验之间因他者而建立起错综复杂的置换联系时，人们才能在一次又一次的回溯中实现自身的完整。

《奇葩奇葩处处哀》(《上海文学》第 4 期）是王蒙先生“耄耋之年五味俱全的时鲜新作”。围绕老年丧偶、谈情论嫁的主题，小说中所有的人物都处于雄辩或者试图雄辩的状态，语言的速度与力量在这里得到了充分的体现。对于沈卓然来说，六位女子是他者，六位女子又彼此互为他者，于是旧的经验被唤醒，新的经验迅速萌生，荒谬、愕然、振奋、呆痴、无厘头、缘木求鱼、感激涕零等一众状况和情绪在小说中扭打争夺，令雄辩的复调现场热烈无比，饱满到爆炸。当然，一同爆炸的还有作者惊人的生命力和创造力。小说将近五万字，每个字都如同感应丰富的触须，无比自信兴味冲冲地伸向空间、时间、性别的纠结激荡和众生时代风景。之所以耄耋之年还在“冒泡儿”，皆因“热爱依旧，情思依旧，兴味依然，咏叹依然”。

刘建东说，师傅一词于他而言，有着一个被埋没、被发现、被重新认识的过程。离开工厂十六年后，当他用文学的形式再度演绎“师傅”时，突然意识到这个曾经只关涉意义责任的高大上词汇，竟可以如此和蔼、温情和复杂。因此，我们回过头再看《阅读与欣赏》(《人民文学》第3期）里风姿绰约行为大胆的女师傅冯茎衣，如何塑造和为何塑造这一不同于以往的师傅形象，也就成为了两个同等重要的问题。这一回合中，担任触发经验的他者角色的，是文学本身。小说的语调也耐人寻味。除了作者一贯的沉默、退避之外，还增添了几分谨慎、低微，以及固执。这与刚走上工作岗位的徒弟身份相吻合，或许，一并吻合的还有遭遇他者、局面洞开后的微妙的写作心境。总而言之，《阅读与欣赏》仅仅是个开始。一个好的开始相当于邀请，提醒着人们佳境渐近。

中年诗人赖最锋和屡遭伤害的女服务员翘儿，很难说究竟是谁闯进了谁的生活。在《西北偏北之二三》(林白《收获》第4期）遍布的不确定性当中，唯一确定的是，倘若没有动身去额济纳，遇到某些人和事，赖最锋的诗句恐怕早已窒息在他湿塌塌的人生里。小说结尾的出行有双向救赎的意思，翘儿可能找到抛弃她的妈妈，诗人可能寻回些丢失已久的冒失疯癫。

不可复制性

如果将经验定义为“与根据权威或传统或习惯被接受的东西相对”，下面这些文本在安排话语和缄默、讲述细节、揭示秘密的过程中，有意识地呈现了经验的自觉、自主、独特和不可复制。它们与世界所构成的对话关系，在一定程度上生发出关于文学新质的思考。

《平原上的摩西》(《收获》第 2 期）写救赎，处理的是罪案和重逢，灵魂受难，是强大意志与无可遁逃的生活间的角逐抗衡。与救赎紧密相连的，并非人间烟火，而是不知尽头的等待与匮乏，这种悲剧性两难使得故事的走向、人物的进出、叙述节奏以及语言都伴有一种收缩的、干燥的力量，有如大兵压境一般，审慎，决绝，压抑，沉重。小说采用“环型链式”结构，在封闭的循环中完成叙事。不同人物的讲述联结成密实的网，每一条灰线最后都回转过来，指向身边的意料之外与情理之中。内容与形式构成的不可摧毁的统一体，最大限度地保留了小说的发现，增加了小说不可抵抗的说服力。依照博尔赫斯所说，当创造者雄心勃勃试图按真实比例描画一张世界地图时，最终出现的将是自己的脸。那么,《平原上的摩西》所映现出的，则是青年作家双雪涛写作的天赋，智慧，和笔端所能拓展的不可估量的小说空间。

在三星堆遗址中，埋藏着拥有纵目、巨耳的青铜面具，也埋藏着古蜀文化对于超越人类自身的力量最直观最强烈的向往。三千年后，四川作家罗伟章的《声音史》(《十月》第 1 期）里，这种合于天地的状态余音未绝，主人公杨浪虽小如草芥却天赋异禀，他的耳朵无限延展，将万物的声音收于心中，最后在嘴唇上开花结果。小说以杨浪为载体，从声音的角度叙写乡村的离散变迁。但因为续承了纵深的文化基因，世事更迭与古老神秘的历史形成呼应，若有似无间，小说的丰富面向被渐次揭开。

当荒诞本身不再新鲜，如何表现荒诞便成为了考验小说家的又一难题。胡学文选择在城市边缘人最正常有序的生活中安插荒诞，让小说把生活撕开一个口子，体悟尘埃之痛（《午夜蝴蝶》，《江南》第3期）。田耳笔下范老板的荒诞则带有明显的青春期余温，想象的个人化的精神特质让他从千千万万的老板中脱颖而出，透着喜剧之王般的自嘲与无奈（《范老板的枪》，《广西文学》第1期）。

将目光从文本表现上移开，2015年，一批中短篇小说集的出现也为我们提供了十分重要的文学经验。它们是颜歌的《平乐镇伤心故事集》，赵松的《抚顺故事集》，赵志明的《万物停止生长时》，袁凌的《我们的命是这么土》，纳兰妙珠的《黑糖匣》，等等。这些集子绕开期刊发表、选载、获奖、出版的传统路数，绝大多数作品未经发表便集结问世。通常围绕一个主题，由若干短制簇拥而成，本文之间互文互释，最终形成一个结构整饬的整体性言说。事实上，这一文学现象在此之前已渐露端倪，但于2015年得到了较为集中的体现。它预示着小说生产发表机制的旧有秩序正在悄然发生变化。当小说的生产、流通与消费等环节均有新的因素加入进来时，势必要对写作本身，包括批评在内，构成难以估量的影响。

（《文艺报》2016年3月2日第3版，
收入《2015中国当代文学年鉴》，百花洲
出版社2016年6月第1版）

纷乱现实中的驳杂与生长
——2016年中短篇小说

我们似乎已经习惯于这样一个文学事实，每到年末，总有各种各样的排行和盘点出现，清点并记录一年来的文学收成。2016年的文学排行和盘点尤其多，学会的、刊物的、读者俱乐部的、个人的等等，琳琅满目，热闹非凡。但也恰恰是在这样的热闹之中，一种纷乱的景象逐渐凸显出来——如果将这些排行和盘点归拢到一块，一字码开，细细比较的话，不难发现，除去个别篇目，此排行和彼盘点之间，竟然存在着如此大的差异甚至矛盾。这当然首先说明了文学现场的驳杂和生长，说明整体切割、分类、收纳的不可靠，说明文学最切实的着力点终究要落在一个个具体的作家作品身上，落在它们贴身的风格、气质乃至语调之上。但与此同时，这种纷乱也提醒了我们，在这些观念的、审美的高度分歧背后，是否还藏匿着更多的文学信息？这是不是表示，曾经长久支撑我们的文学共识正在渐渐破裂，一些新的因素正在加入进来？这种分歧将一直持续下去、愈演愈烈，还是最终会凝聚为一种新的共识，与创作更紧密地贴合在一起？这些问号，或许才是众多排行和盘点传递给我们的更为重要的消息。

与现实辩诘

在文学的范畴中，现实如同一个词语的黑洞，它裹挟着自我与他者、遥远与当下、记忆与憧憬，无限延伸至漫无边际，扩张到大于想象。因此有人说，我们已经进入到了一个现实过剩的时代。现实为什么会过剩？一方面是时空飞速运转，现实变得越来越庞杂、混乱、光怪陆离；另一方面可能也在某种程度上表明，我们的小说家正在逐渐丧失一种对现实整体把握、整体观照的能力，以及深入现实细部观察和描摹的能力。在2016年的中短篇写作中，一些作家在把握现实，与现实论辩方面做出了积极的尝试和努力。在他们笔下，现实又重新恢复了弹性。当从个体经验的角度出发谈论现实时，曾经一度虚无缥缈的庞然大物迅速塌缩成固体一块，各具形貌地横亘在每个人物面前，成为了一切表达和叙述最实在的起点。

左手拿着钉子，右手拿着锤子，对着天空叮叮当当，这是徐则臣《狗叫了一天》中傻子小川正在面对的现实。小川想要给天打补丁，想要把路过的云和飞机都打进天空里，却无论如何也难以修补自己偶然却又必然会戛然而止的人生。发小广告的，无证摊贩，土狗的狂叫，不自然的儿化音……这一次，徐则臣动用他京漂系列常见的“配置”，为我们展现出另外一种喑哑、缄默的伤口和沉痛。张楚则从“意象控”的形象中走出，在《风中事》代孕、直播、夜店、相亲等一系列无可置信但又活生生存在的现实里坐实了生活。他解释说这是一部世相小说。作者借助一个不圆满的故事，与我们探讨了莫名的时代里求而不得的人生难局。文珍（《牧者》）的现实是矜持和无奈的，牧者与被牧者之间永远隔着晦暗与光明，和“等着看好戏的全世界”。还有一种现实是荒诞、分裂和异化，是“死而复生”（陈鹏《半生》），是无法实现的“直立行走”（宋小词《直立行走》），是换了手机换了身份仍旧能过的日子（范小青《谁在我的镜子里》），是资本压榨和“革命意识”的深渊（陈河《义乌之囚》），是主角绝不会露面的热闹大宴（鲁敏《大宴》）。

在大部分作品中，现实从来不曾大开大合，而是悄然运行在人与人之间复杂的关系网络中，运行在自我与世界的对应周旋里。但总有不服气之人，要质询，要辩论。石一枫《特别能战斗》中的岳母大人，旧海棠《橙红银白》里一直在找寻女儿的二叔，安勇《舌头》中执意要拼凑儿子全尸的母亲，都是这样的辩诘者。

在许春樵的《麦子熟了》里，与现实的辩诘远离了廉价的愤世嫉俗，结结实实地生长在生命的罅隙中。表面看去，小说讲述的是打工群落为生计而操劳、为情爱而困顿的经历和遭遇，故事背后，却充满了来自人心深处最暖最疼的护持与慰藉。麦叶、耿田、麦穗三个人物，成熟的大麦一般挺立在作者情韵真切的文字当中，他们在不同的路向上对抗离乱与苦楚，始终没有放弃用言语和行动守持本心。小说的最后，扣到房梁上的绳子由绝命绳变作秋千，麦叶领着女儿一路询问老耿的坟在哪里，充分印证了一位出色的小说家对人性深湛思考和挖掘的能力。

疾病的隐喻

苏珊·桑塔格认为，疾病是关于道德批判和政治压迫的隐喻，而在下面这些作品中，疾病却摆脱了具体的形貌，自如游走在人物的精神层面，记录着他们与现实辩诘过程中千姿百态的溃败。这种灵魂安居的焦虑，既是个体的内在性难局，同时又对整个时代的某些症结构成隐喻。

2016年，许多人物在作者笔下患上了精神疾病。无论生活在乡村还是都市，无论是学生、打工者还是艺术家、知识分子，都无一幸免地陷入到精神的焦虑和困境当中。蔡东《朋霍费尔从五楼纵身一跃》中的周素格，张悦然《天气预报今晚有雪》中的周沫，张惠雯《欢乐》中的“他”……这串名字几乎可以无限延伸下去。附加在人物身上的无法言说的精神痛苦来自于方方面面。每个人的眼前，仿佛一夜之间都铺满了稻草，随便拾起一根就够压垮整个生命。于是，有的人策划只有自己懂得的奇怪行动，试图逃离；有的人在落入绝境的最后一刻睁开双眼自我审视；有的人身处欢乐，却不断叨念“快乐是他们的，我什么也没有”。人们因病象而躁狂而失控，灵魂找不到栖居之所，只得与虚无为伍。

在这中间，移情于一只孟加拉虎的小留学生玉叶的遭遇尤其令人喟叹。六岁便只身一人外出求学的玉叶，心里始终有个隐秘的透风的空洞，里面盛满了对家庭、对社会的疏离和怨怼，虎妹孟加拉是这空洞最有效的填料。对玉叶而言，孟加拉是她自我认同的另类对象，更是她发声甚至发泄的替代性表达（何可人语）。少女与猛兽，本是一对颇具戏剧性的概念组合，陈谦却通过前者对后者的迷恋和认同，与我们深入扎实地探讨了在与人性相对的兽性身上寻找精神安慰的可能与可悲。人的自救迫在眉睫，却也必然困难重重。总体来看，《虎妹孟加拉》超越了作者以往海外移民史和异质文化张力的书写范式，是一篇不可多得的佳作。

值得安慰的是，在诸多病症的亢奋和喧哗之中，我们仍然听到了一种保持矜持、保持宁静、保持平和的强大声音。这声音里有倔强的天真（马小淘《小礼物》），有族群经验的漫长积淀（徐则臣《日月山》），有世代相传的人生智慧和信仰（肖江虹《傩面》），还有来自天地自然的洁净与美德（迟子建

《空色林澡屋》)。这声音标识出的，是一种稳健的、不受诱惑的趣味，它时刻告诫我们，即使身处的环境再轻浮，也不是所有的东西都会一击即散。

冯一锐这一形象，是马小淘送给2016中短篇写作的“小礼物”。小说讲述的是居高临下一厢情愿要对别人负责的男青年冯一锐，在师妹极具暗示性的“小礼物”和奔放的互动套路面前，如何一步步退缩。虽然作者在小说中对主人公多有讽刺，但丝毫不影响冯一锐这一形象的可爱与难得。试想，在一个来者不拒的年代里，居然还有一位男青年，希望谈一场按顺序出牌，不鲁莽、认真严肃、被审美指引、无与伦比、小心翼翼的恋爱，还有什么能比这更可爱更难得呢?！

肖江虹近年来的小说越写越老辣。在《傩面》里，他设计了许多两个一组的关系以及时空回转。各种时序、经纬在小说的开头汇聚成为一个点，从那儿开始，死亡倒计时。小说中的两个濒死之人，一个是傩村最后一位傩师，一个是返乡的绝症女子，前者能够看到落下的日子，返回到降生的一刻完结生命，后者虽早早形容槁枯、充满戾气，却在最靠近死亡的时候有所念、有所得。小说中一切机缘巧合，都笼罩在一种对神、对信仰、对漫长的人类经验的敬畏里，这将小说同一般意义上的民俗书写区分开来，获得了独立的精神空间。在这空间里，灵魂得以安居。

简朴与丰饶

形式问题，永远是叙事文学中占据关键地位的重要问题。当文学走到今天，绝大多数言语和形式的区域都已被前人开启时，如何处理文学表达的“表”“里”关系，就成为了小说家们面临的最根本也最具持续性的考验之一。尽管尹学芸的《李海叔叔》和双雪涛的《光明堂》在许多方面都十分优秀，但我仍然坚持在形式的话题之下重新谈论这两部作品，因为在它们身上，集中体现了形式之简朴与意蕴之丰饶的深刻辩证法。

以小说家对讲故事的方式持续保有巨大的热情为背景，不管从哪种形式的审美向度看，《李海叔叔》都不能算作是一次合时宜的写作。尹学芸在小说形式层面上所付出的，就只是本分地讲出了自己的人生经历而已。从开始处开始，到结束时结束，一切技巧，在《李海叔叔》中尽数被打破，小说彻底回到了表达的荒野中，回到一种形式技巧匿名的状态里。这种文体略显模糊的“旧式”写作，与记忆、与人与人之间微妙的关系（包括对体面，甚至虚荣的向往），与两家人二十多年的人情来往结合在一起，形成一股原初的生命本真的力量，让人读过小说后，有种东西窝在心里，从里往外疼，又散不出去。近些年，人们常常劳烦本雅明先生，利用他关于“讲故事的人”的只言片语探讨如何为小说搭建一个漂亮的架子。但事实上，无论是谈历史关联性还是小说的诗学传统，本雅明的重点都不在于故事本身，而在于重申“讲述”的意义与价值。从这个角度来看，在小说中不断回忆李海叔叔的尹学芸，的确称得上是一个地地道道的讲故事的人。

很难想象一位信奉海明威的小说家，会容忍繁复或者晦涩的表达。从进入公众视野以来，双雪涛一直在收获好评，但我仍然认为，他是一位在某些方面被低估了的作家，比如语言。双雪涛对待语言的态度一向克制，克制到近乎冷淡。就好像先盖起了十层的高楼，一下子推倒，捡着那些轰塌过后毫发无伤的砖块，重新来过，最后能盖多高算多高。因为语言的缘故，他的小说总伴随着一种急剧收缩的力量，有如大兵压境一般，审慎，决绝，压抑，沉重。《光明堂》也是如此，冰疙瘩一样的表述，掷地有声，极具现实感，当你给它温度时，它才吸收热能，化为流动的水。小说由三个短章组成，前两部分发生在现实之中，第三部分则进入到梦境和隐喻里，但其间的转换无比自然，甚至可以说根本就不存在转换。这一方面是作者的天赋和智慧使然，另一方面也得益于小说语言的实在的质感。双雪涛是一位有着大师志向的小说家，他的语言和表达，完全担得起他的谦逊，以及勃勃的雄心。

野蛮生长的力量

这力量主要源自于青年。近年来，随着青年作家的来源不断扩充、身份不断丰富，许多新的经验被带入到文学场域中，极大地影响了写作的面貌。在 2016 年的中短篇写作中，青年同样是重要的关键词之一。

2016 年，《人民文学》第 9 期“青年小说展”，推出肖江虹《傩面》、南飞雁《天蝎》、李宏伟《而阅读者不知所踪》等十一部中短篇作品，《当代》第 6 期青年作家专号，收录宋小词、李清源、李云雷、王凯、西元等八位青年作家的作品，在这些作品中，我们可以清晰地看到年轻一代的小说家丰富多元、意味深长的才情与思考。在《大家》第 3 期的“先锋新浪潮”栏目里，李昕的《废墟》探讨了城市经验的精神归属问题，水鬼的《五食记》用字、行文颇具古风，写出了崩坏世界里的信与真，两者都称得上是“有想法有新意有冲劲的小说”。在文学大刊集中推介青年作家作品的同时，还有一些新生的文学力量正在更广阔的天地里野蛮生长。豆瓣发迹的植物爱好者、中文系毕业生徐晚晴推出小说集《我不知道该如何像正常人那样生活》，以幽默犀利的笔触描写了年轻女孩的爱情、理想与现实生活。旅居德国的 IT 男梁柯出版了硬汉侦探小说《第十三天》，一经推出便广受好评，目前已在筹拍电影。

在众多“青年”中间，“90后”的身影尤其显眼。2016年，《山东文学》曾举办首届全国90后小说作家笔会，《作品》杂志推出“90后推荐90后”专栏，并与《文艺报》联手，开设“新天·90后”专栏，将选稿权交到更年轻的写作者手里。2017伊始，《人民文学》开辟“90后”栏目，首期发表李唐的短篇小说《降落》，《十月》也推出了蒋在的两篇新作。在许多评论家看来，目前比较活跃的90后作者，大多拥有良好的教育背景和多元的专业支撑，文学起点较高，有些人甚至从一开始就在国际化的视野下展开写作和思考。上文提到的蒋在就是这方面的适例。蒋在十四岁发表诗歌，三年前转入小说创作，同时远赴加拿大留学，自称是古典主义拙劣的学习者。在《举起灵魂伸向你》《虚度》等作品里，她着力于“个体生命在异国的各种形态上的表达”，将信仰与人性、歧视与隔膜、理性与对抗融汇在富有哲学意味的经验体认之中。除此之外，王苏辛的《白夜照相馆》、林为攀的《你眼中的世界》等中短篇小说集，也显示出了不俗的写作质地。整体而言，青年作家的写作，尤其是90后小说家的写作，正在为文坛带来新的气象，注入新的活力。

（《文艺报》2017年2月10日第2版，收入《2016中国当代文学年鉴》，长江文艺出版社2017年8月第1版）

作为载体的困境，与重新开始的可能

——2017 年中短篇小说

先解释一下这个大标题之下，隐藏的一个小标题——“洞穴与光苔”。

《僧侣镇》是我正式落笔之前，读到的最后一篇小说，同时，也是一篇对我来说充满惊喜的小说。它首先回应了我若干年前关于一部电影——《露西亚的情人》的疑问。影片里，人们反复谈论一部神奇的作品：它的结局是一个洞，你会掉下去，然后回到中间重新开始。我以为，这样的设定只能是想象，没法在现实中存活。直到《僧侣镇》的出现才改变看法。包慧怡很擅长将虚幻与真实的细节编织在一起。从某种意义上说，这篇小说既是悬浮在半空的梦的叠加，又是关于文学的隐喻，它所提供的每一次重新开始的可能，都落脚在“文学是本镇的名片”的设定之上。它提示我们，文学（整体性的文学，而不必局限于某一个）之于人类的终极关怀，是让我们拥有无上的自由，得以携带着“死亡的苦”和“遗忘的甘”，回到之前人生的任意一点，重新来过。这对我而言是个启发。

第二个惊喜，是给了我一个可以藏于心底的小小标的，或者说是另外一重写作的动力。小说中的生物系助理研究员——一位专职隐喻的主人公，一直忙于培育光苔——cavernarum。这是一种罕见的苔藓，直译过来是“属于洞穴”的意思。另一位负责抒情的主人公对此共情地表示："我感觉一直处于一个漆黑的洞穴中"，"不过或许我身上某处也有什么东西开始生长了"，"光本身就是阴影孕育出来的东西啊"。这让我为之一动。洞穴与光苔，它们二者各自持有的意味，以及由此生发出的相互关系与阐释，恰好与我此前在阅读其他小说时所形成的有待清晰的整体印象构成了某种层面的呼应。

2017年的中短篇创作，首要关键词当然是繁荣。这一年，小说家们贡献了大量优秀的作品，这些作品本身，以及围绕它们（甚至现象）所展开的分析和讨论，在很大程度上增加了文学于社会空间的热度和分量。例如诺奖之后，莫言推出多篇作品，其中戏剧和诗歌的出现，引发了关于汉语文学文体秩序边界的探讨；铁凝将十余年间创作的全部短篇小说结集为《飞行酿酒师》，评论家称，一位著名作家，终归靠才华深孚众望；中篇小说集《红豆生南国》中，发生在香港、纽约、上海三座城市的都市移民故事，拓展了王安忆的既有写作域，被视为对最切近的社会现实产生了真正现实主义的理解与表达。再例如马平的《高腔》、李明春的《山盟》等作品，从脱贫扶贫起笔，最终指向人性深度与人生况味，称得上是文学在重大题材领域的新收获。凡此种种，不一而足。

然而，在上述繁荣气象背后，在诸多动人之作的内部，还有一个潜在的主题在悄然运行，那就是困境——写作者对于人们所处困境的指认和描摹，构成了这一年中短篇创作中深具普遍性的光景。在小说家眼里，困境从各个方向、自各个层面向我们蔓延而来，作为整体的生活、独一无二的关系以及始终难辨的自我，均因困境的存在而加深了自身色调的晦暗与凝重。但与此同时，困境又是载体。在它身上，另一股力量被凸显出来。这力量既包含了现实的向度（源于现实，却不止于现实），又包含了精神的向度（敦促小说家对现实提出看法，尔后奔向人们精神世界的深处，反复记录、丈量那里的面貌与体量），它怀着巨大的哀伤和沉寂，标识出介于难局与挣脱、跋涉与抵达之间的漫长的模糊的地带，并协助小说家完成笔下文字的使命：珍视所有的力有不逮和悲悯与热望，珍视那些不可挣脱的命运、必然性，以及人与自身对话的艰难与可能。这无疑是更加难得的收获。只可惜，我找到了合适的词语去游说他人，却迟迟未能找到合适的词语来鼓舞自己，去抽象这股力量。绝大多数形容都过于坚硬和简化，边界清晰，如同居高临下的审判，还未开始就能预知结果。而洞穴与光苔，则刚好填补了其间的空白：没有其他的捷径和出路，只有在大面积的黑暗中摸索然后生长。它们的存在等同于那条不言自明的真理——看似光的事物背后，无一例外能找到晦暗，而晦暗本身又孕育着光。这对我来说几乎是唾手可得的关于题目的能指的丰富。于是，我一并调整了每一部分的称谓，舍弃在多义的主题中提炼和归纳，而是任由小说自己说话。事实证明，好的小说，在维护内在性的同时，本身即可阐释自己的意图和志向。

被劫持的生活

这句话出自王咸的《去海拉尔》。诗人李朝在 MSN 的聊天对话框中敲下几个字：感觉整个生活都被劫持了。天聊得很随意，却有种一语成谶的味道。它从一个侧面反映出小说家们在如今这个时代的现实感——这种主观的、观念层面的认知因其存在本身，以及对于主体行为的作用力，已然构成了现实的一种。对于小说家而言，现实本身很重要，如何认识现实和表达现实同样重要。

警察杜湘东收押新进来的两名盗窃犯时，他并不知道，从那时起，他的一生都将与这两条命紧紧绑在一起。借命而生，不过是铆足全部气力，把自己的人生轨迹狠狠抛掷出去，换得一个惨淡却心安的结局。劫持杜湘东的，是他对浪漫、理想和价值的执念，是对不同时代下、不同语境中好与坏定义的反复思忖。自《心灵外史》开始，自诩为传统作家的石一枫逐渐将笔下的现实拉长，并试图让人物命运与时代变迁贴得更紧。《借命而生》中，他以80年代末一桩不起眼的刑事案件为切口，描绘了一幕附着在小人物身上的时代悲剧。杜湘东“憋闷”的人生遭遇提醒我们，时至今日，理想主义光环仍旧可以将失败者与悲剧式英雄连接在一起。

另一位被劫持了一生的女孩，来自田耳的《一天》。不同的是，她的出场形象仅是一具残缺不全的尸体。死亡在这里变成了一个契机，许多人物连同他们的经历、命运一下子被召集在了一起。从身体坠地到入土为安，围绕着赔偿金数额的多番争执，引出了亲人们不同层次的悲痛、几辈庄稼人的故事，以及无法言尽的风俗、世情与人心。“讲是不要钱，但讲到最后，还是要拿钱”，如此无奈的现实与逻辑让女孩的“生命”延长了二十四小时，而短短的一天，对于所有人来说，却漫长得像一个世纪。作者有意将语调压低，语速放慢，试图在一种平静的气氛里，写出人生的大苦。

叶兆言的《滞留于屋檐的雨滴》和乔叶的《四十三年简史》同样是写一生。如同纪录片一般，前者使用儿子的旁白，画面中却尽是父亲的镜头，后者按下快放键，以“她”从学业到升迁再到清场的奋斗史，写尽了“穷”的各种样态——那个极易养活、永远精神矍铄、生机勃勃的穷，非但无所不在，还会让人逐渐沾染上穷的心理，彼此和谐，谁都不再形单影只。

很难说另外一些人是不是相对幸运一些，尽管他们的对手已经远去，深藏在岁月里。郭平在《在故乡》中整理了六则耐人寻味的故人往事，故事与故事之间各自独立却又彼此缠绕：一边责令同学抄写《反对自由主义》一边苦苦求索自由的小华侨，操持着各种标语口号隔空喊话的“好疯子”与“恶疯子”，被父亲逼着杀生而终于百炼成钢的胆小的“猴子”，反复堕胎、在清醒的时候最痛苦的傻子秀凤……特定年代施加于人身上的压抑、荒诞与喑哑，因作者冲淡自持的叙述而愈发显得割肉见骨。作者以“在故乡”为题颇具深意。可以想见，此去经年，但凡思乡之时，唯有用这些千疮百孔的记忆来驱除异乡感，其中的滋味更是难以言说。

类似的钝痛，在樊健军的《穿白衬衫的抹香鲸》中亦有回响，表达方式上却是另外一番形貌。林场男孩们的外号统统与林子有关，马尾松、豹皮樟、白蜘蛛、甜槠……唯独抹香鲸叫抹香鲸，听起来像是天外来客。事实也是如此，抹香鲸瘦瘦高高，人也高傲，衬衫永远洁白，于某个黄昏和父母以及简陋的铺盖卷一道来到林场。他的所思所想和大家总是不大一样。樊健军用孩子世界里的一件“大事”领起了整个小说：得知马尾松的表哥（林业局长的儿子）要来参观林场，孩子们急忙着手训练欢迎队伍，筹备礼物。排练中，抹香鲸因其格格不入而遭到大家的反感和排斥。最终，表哥并没有来，抹香鲸却在孩子们策划的一次扭打中，被翻滚的树段子连同白衬衫一块吞没了。《穿白衬衫的抹香鲸》是一篇深谙繁简之辩的小说。作者以“藏”为义，对童年经验的细微描摹，和整个作品不予质判的纯真感伤的基调，激活了小说更加丰富多义的阐释空间。我们当然可以从孩童的“恶”，或者定势思维（关于权力或其他）在童年世界中不可控地运行等角度来解读这篇小说，但在我看来，童年独特又模糊的矛盾之处——一方面拥有相对独立的背景和舞台，成人在其间扮演了更为天真的角色，另一方面又不可避免地纳入到整个社会文明之中，成为成人的缩影（李晁），以及何以以沉默的复杂的姿态反抗规训和简化等，则从象征的层面上进一步强化了小说卓越的品质。这也是为什么，时隔多年之后，当大家踢着笔直的正步从抹香鲸的坟墓前经过时，非但不让人觉得突兀，反而生发出更为沉重的喟叹。

有时，动物也会成为记忆的见证者，比如崔曼莉的《熊猫》。熊猫是猫，熊是奶奶的家乡话，和熊孩子类似。但熊猫不熊，反而仁义，甚至打死条大蛇放在门口给家人长脸。熊猫见证了太爷爷“刑不上丈夫，礼不下庶人”的家训，见证了奶奶深夜的哭嚎，见证了叔叔入狱……可以说，熊猫的出现，本身就是岁月的善举，是岁月对于一家人“复杂的痛苦”的人格化抚慰。

面对如此这般的生活，辩驳者与反击者不乏其人，但挥出去的拳头往往只能打在棉花上，涌动的激烈情绪最终都变成了怅然。驻军的日常并非文艺的新鲜话题，《科恰里特山下》有意绕开此类题材关于坚持、信仰的直抒胸臆，用一种干脆得近乎凛冽的语调，写出了不断闪回的外部世界对于边地驻守军人变动不居却暗流涌动的内心的干扰。只有不在这里生活的人才会谈论世界的两难局面，当家人不再能从自己身上找到所希望的价值感时，生活的逻辑自然而然变成了“人活着为当下，而不是为了活进历史课本”。于是，分道扬镳，和心里过不去时舔舔手心里假想的盐，成为了科恰里特山下官兵脆弱却又最具实感的生活形态。董夏青青在小说即将结束时，颇见功力地写道：“我”将与家人视频的笑声一再压低，“因为无论身处连队哪个位置，都能听见来自另一个家庭运转时亲密的声音”，而这，将成为对其他战友最大的刺激。

尹学芸的《曾经云罗伞盖》延续了《李海叔叔》的写作路数——无技巧之技巧，于不动声色中，再现了时代变迁里曾经的巾帼英雄、如今的钉子户朱玉兰引人唏嘘的曲折人生。肖勤的一手经验和写作智慧在《所有的星星都有秘密》中得到了充分施展，小说写官场倾轧，写得惊心动魄，小小县城中，塌方式的腐败对人的意志、斗志和勇气提出了极大的考验，邪不胜正的结局并不妨碍阅读者进一步发问：世界自有其干净透亮、门神与死士，为何总有人难抵克制背后的贪婪？除此之外，苏童的《玛多娜生意》、艾玛的《白耳夜鹭》、蒋峰的《海面那儿有个小黑点儿》、徐衎的《肉林执》、钟求是的《街上的耳朵》、章缘的《失物招领》、鲁敏的《火烧云》、张楚的《人人都应该有一口漂亮的牙齿》等，也都在各自的向度上可圈可点。人世的艰难、辛酸和无奈被小说家悉数洞穿，叶舟说，谁见了这一张破绽百出的脸，谁就会相信，这世上所谓的庙宇，未见得是替苍生做主的。因此，由此而生的质询，便更显得字字千钧：

> 尽形寿，不杀生，汝今能持否？
> 尽形寿，不淫欲，汝今能持否？
> 尽形寿，不偷盗，汝今能持否？
>
> （《汝今能持否》）

在一众心怀怅然的人物当中，黄昱宁《呼叫转移》里的“我”格外显眼。如果说，故事是头上的苹果或者奔跑的兔子，你只不过需要坐下来等，等句子掉下来，或者从眼前飞驰而过，那么，黄昱宁无疑是等待的人群里异常幸运的那一个。一位代驾，在家乡朋友的“鼓励”下转而兼职电信诈骗，几乎不用继续下去，就已然有无数故事自动依附上来。没有跨国基站，有的只是一台手机两张卡，装备极其有限的骗子本应当注重效率，却不知不觉在女文青和男导演的戏份中停留了太久。欺骗者和闯入者的身份之间是有裂痕的，“我”必须在想象中把自己劈成两半，把弄不明白的事情推到对面那个人的身上。黄昱宁称，从骗子踏进戏剧学院的第一步开始，小说便臣服于一种荒诞的力量。然而从这所谓的荒诞中，我们却分明读到了步步为营的好奇、试探、理解与松动——兼职生涯打开了“我”人生中另外一个世界，在那里我获得了真正的统治权，并灵敏地嗅到文艺是毒药，谁信谁是傻子。可惜这并未起到任何效用。故事的最后，“我”将斡旋来的钱，统统转给了独自堕胎的女文青，终于在自己导演的剧目里，成功扮演了救赎者的角色—— 一个骗子，“他能想到的最重要的事，最他妈浪漫的事，就是转账，转账，转账”。这样一个“我”的形象，以及不同语境在他身上的犹豫、焦灼和相互包含，恐怕是在同类以碰撞为旨趣的小说中很少能够遇到的。我猜想，黄昱宁定是深受此前编辑工作和译介工作的滋养，才能将写作天赋落实得如此结实、鲜活又耐人寻味。当她讽刺那些艺术家努力仰起脖子，似乎想把眼泪憋回去时，我甚至会为自己整篇文章中过于做作的表达而感到羞愧。《呼叫转移》从某种意义上阐明了小说家藏匿于“被劫持”的现实感背后的更深层面的动机：现实感既包括现世的关照，也包括高远的遥望。尽管人们的遥望方向并不一致，但说到底，能摆渡自己的终究还是自己。警察，穷人，孩子，骗子，他们的内心世界究竟有没有可能如此丰富、如此强大，这取决于我们把他当作一枚标签，还是一个人，甚至是人的总和。从这个角度来说，一个时代的文学所能提供的现实感，也完全可以在情感、观念甚至思维层面影响并塑造这个时代的表情。

此处的痛苦是另一处痛苦的回声

人与人之间的每段关系都是独一无二的，所有人都有权利在短暂的一生中去创造和不断加深对各种关系的理解，但与此同时，我们又不得不承认，关系同样构成困境。深陷在关系里，是人们与痛苦为伍的根源之一。那些明朗的、容易被外界接受的部分就像是光，而晦暗不明的部分则像是影。正是这些复杂的光影明暗，决定了人们在通往世界获取现实感的征途中每一个瞬间的位置和走向。

2017 年，一些以女性之间微妙关系为题旨的小说，丰富了文学这一品类中有关“关系”的向度。其中，表现亲缘之下女性关系（母女关系）的几部作品，尤其值得关注。

不知从何时起，代际关系中一度紧张对峙的父子关系逐渐为母女关系所替代，母亲的形象开始走下神坛，母女关系从和谐走向了疏离甚至反叛，母亲的缺失、母女之间的裂隙甚至在一定程度上成为了当下书写中具有普遍性的认知态度与美学倾向。下文将要提到的几部作品，虽然也写难局，但在描绘亲缘中女性关系的层面上，却能够明显读出弥合甚至重建的意愿。小说家们试图超越单纯的伦理框架，寻求与母性空间的个体联系，并在此基础上进一步确证这种联系之于实现女性身份构成的重要意义。

关于痛苦的回声的描述，杨方在《天鹅来到英塔木》中原话是这样的：“她们中某个人的痛苦也许正是另一个人痛苦的回声，这让她们找到了彼此纠缠不休的理由。”这既是双胞胎姐姐自己挑选的生存方式，也是“我”与母亲之间荒谬关系的真实写照。小说以寻找为线——“我”不远万里去找寻被姐姐们扔在旅途中的母亲，以免她在赛里木湖边被熊抓走，或者冻成冰雕。不在场的父亲，狠心的母亲，不靠谱的双胞胎姐姐，《天鹅来到英塔木》怎么看都像是一则变形的格林童话，只不过，作者极富边地特色、幽默甚至略带嘲讽的表述，令小说中母女关系的痛苦部分为一种喜乐精神所驯化。“我”、两个姐姐与母亲之间，从本质上来说是同构的，而这同构的基础，是我们共同持有的“向生而生”的生命观。因此，那些由我发射而出的讽刺，在姐姐和母亲那里兜转一圈后，仍旧会回到我的身上。小说的最后，几位主人公顺着童话的思路，阴差阳错来到父亲当年工作的林场，那里好像还有父亲的气息在空气里飘荡。一切价值评判都宣布暂缓，“一切是多么易逝啊”，“有一瞬间我觉得整个世界忧伤极了”。

如果说，《天鹅来到英塔木》中母女关系的和平过渡，或多或少因小说异质经验的迷人色泽而自带柔光甚至戏谑效果的话，那么《我不是尹丽川》里的情绪变调则布满了成长的阵痛。一个女人怎么会是另一个女人的妈妈呢？尹丽川的诗歌，既是庞羽灵感的开端，又见证了整个小说语调的转换。从一开始永远跟随在母亲身后的卑微、愤恨、自暴自弃，到寻访外婆足迹时的惊讶、战栗、原谅，再到意识到母亲衰老后的难以面对、不舍与泪目，庞羽将外婆、妈妈和“我”三代人命运片段的起伏，容纳在一首诗歌的长度里。妈妈和外婆，都曾经是女儿，都曾经被当作宝贝一样疼爱着，同时也疼爱着别人。那么，带着相似的身体，“我”该做她们没做的事儿吗？从庞羽这里，我们读出了一个小小的个体，从自身、自情感发散而出的主体性追问。（这里还要强调一句，在诸多90后作家当中，庞羽称得上是高产的代表。2017年，她大约发表了十七篇小说，转载三次，让人不得不感叹新生力量蓬勃的生命力。）

陈永和在《十三姨》里也写到了“母女”间的误解和疼痛，只是在岁月的安抚下，这些情绪逐渐为感同身受所替代：直到“我”也老了，老到可以看到死，可以在时光隧道中穿越十三姨的身体、触碰她的灵魂时，便长出了一双十三姨看“我”的眼睛。“一双十三姨看我的眼睛”，短短一句话，既牵出了对往事的愧疚，又饱含了同岁月的和解。

相比之下，崔君《炽风》里母女关系的发生情境则更为特殊——在“我”与养母马来凤之间，还夹杂着另外一个人，与养父通奸的女人李彩虹，但作者仍旧将小说的出口落脚在人性的幽微和不忍上。马来凤相信，将沸的米汤可以让漂亮女人掉头发。可当“我”某天学着她的样子，把沸腾的水浇在鸡蛋上时，却换来了意想不到的痛斥。母亲只想让她的敌人掉头发，却从没想过让她死。“开水要把她浇死了！”——如此有力的细节，恐怕只有在极具潜力的小说家的头脑里，才得以迸发。

谈到关系，总是难以避开爱。这一年，小说家们围绕着决定人类生存和命运的基始性情感，反复用文字印证那条早已不再是新发现的拓扑学原理，此处一次不经意的振翅，在另一处看来或许就是海啸山崩、世界末日。张天翼的《重逢的三个昼夜》写同性间的深重感情。这是一篇反对复述的小说。战争，军队，失意，重逢，三个昼夜在火车上，第四个昼夜用来分开再重逢，它让我联想起第一次读到《一个女人一生中的二十四小时》时的情形。在这段近乎绝望的、极度纯粹且不辜负任何人的完满爱情中，我看到了作者描绘人内心大江大海和每一波微澜的卓越的能力。即便是将它简化为一次向大师的致敬，也丝毫不折损其自身难以遮掩的光芒。它用实践告诉我们，那些已经被小说家成千上万次拥抱过的主题和故事，仍然可以在新的语境下生发出新的光景。《氰化钾》同样以乱世之爱为叙事对象。畀愚说，他写的只是谍战者的片断人生，它们可以发生在那个时代里的任何一个人身上。在小说中，作者不露痕迹完成了一对异国男女的情感白描，一种在离乱人生表象之下的，微不足道的，却又深入骨髓的情愫。张翎《都市猫语》里的猫不再是熊猫，而是可通人语的猫，是非人的观察和叙述媒介。在张翎看来，猫先于人进入她的构思。茂盛、小芬以及他们之间的故事，不过是她用来围绕着老黄和小黑摆置的道具。两只猫的难舍难分，使得同一个屋檐下，洁身自好的出租车司机，与迫于生计的卖身女之间，产生了相依和怜悯的可能。此外，人生困局中爱的无力与无能，在国生（《呼吸》）、焦冲（《别墅》）等人的笔下，也得到了意味深长的伸展。

在文字中照见更清晰的自己

在一座没有镜子的图书馆里，豪尔赫找到了自己毕生所求的东西——顺着古老图书的斑驳书页，看到整个世界，继而将自己坍塌成为宇宙中心的黑洞："镜子是没必要的，我觉得，我们可在文字中照见更清晰的自己。"（李浩《自我、镜子与图书馆》）的确，关于自我的探询，就如同一枚磁石，紧紧吸附着人们。这也是为什么，在张悦然《阿拉伯婆婆纳》中，会有一个无处不在又几乎已经死亡了的作家，写下一部不愿出版的作品，那语调像是"一个人在大风里说话，忽近忽远"，为什么姚丽《带刀刺猬》里的"我"明明可以发声，却拒绝与任何人交谈，拒绝承认生活就是往坑里跳的现实。因为在她们看来，一个人的首要交流对象，有且只有自己。

小说家们或许早已达成了这样的共识，人是有限与无限、暂时与永恒、自由与必然的综合。因此，在有限、暂时和自由中寻找无限、永恒与必然，于此在的困境中确证自身的意义与价值，便成为自我对谈中赢得自我、获得自我的旨归和终点。荒芜的校园，一望无际的枯败杂草，所有人分散在其中——这是胡迁在《大裂》里呈现的困境和荒原——一个只有灰暗，雾气，干涸的河流的地方，一个为小丑，卑鄙的人和撕心裂肺的狂笑声所充噬的地方。在荒原中，每个人都在试图寻找入口，他们将时间如纸牌一般一张张拍在桌面上，然后打架，往枯萎的枝干上贴黄花，抽鼠尾草，或者隐身在坑洞里。藏宝图和金子，是独属于"我"的深信不疑的入口，"我"坚信在那背后，是一个意义的空间所在，那张冒着腐烂气息的皮革，可以协助“我”脱离眼前的事物，通往云层，通向低吟浅唱。《大裂》的内核（挣脱置身荒原的绝望）非常单纯，并因其单纯而萌生出巨大的力量。只可惜，真实的世界里没有黄金，胡迁终究还是将自己留在了另一片更大的荒原里。

《花与镜》的荒原，寄生在一个机械人的世界里。整部小说的外壳是一份录音供词，彼得在警员先生面前讲述过去的二十四小时他究竟对温蒂做了些什么——人们总是希望从这对父女身上实现关于“亨伯特和洛丽塔”式想象。小说的事实部分则是，被父亲精心呵护的温蒂，对于自己是机械人的事情一无所知，而彼得始终在她身上倾注着全世界最优秀父亲的一切美好品质。故事并没有简单地停留于此。王子与贫儿的设定，让温蒂与和自己有着相同相貌的黛朵过了一天互换角色的生活，黛朵被彼得误抱回家，温蒂则留在了“马蜂窝”的“教堂”里，为前来享乐的人类提供特殊服务。可以说，彼得压抑着焦灼，驱车前往马蜂窝换回女儿的段落，是整部小说用情最深的章节。在这里，自始至终只能依靠自我想象而存活的彼得，终于迎来了一个短暂但却完全自由的倾诉空间，尽管倾听者只是一个机械雏妓，而阅读者则在倾诉中获悉了真相背后的真相——同为机械人的彼得，早在温蒂的上一段生命里就已经占据了无可取代的位置。世界以痛吻我，让我回报以歌。在彼得身上，张天翼写出了个体在地狱之中、于绝对孤独状态下的善好与自救。她让我们看到，一个已经毫无退路的人，如何对信与真保持强大的信念，并高贵地活。复杂境地中的绝对单纯，以及由此生发出的崇高的、带有悲剧色彩的人性的力量，是上述两位年轻的写作者贡献给 2017 年中短篇创作的宝贵财富。

确证意义与价值，并不意味着回避孤独者自我对谈中另一重充满悖论的困境。在许多小说家笔下，同样详细记录着实现意义与价值确认的过程中/之后，仍旧有可能面临的更大的疏离与孤独。比如远赴澳洲体验牛仔生活的经理人，在回味自己“顿悟”的一刻依然收到善意的嘲笑：富人要进天堂，比骆驼钻过针眼还难。（禹风《上海牛仔》）比如在与特权阶层的交往中，“我”只有以大篇幅的动物学文献为保护色，才能确保内心的强盛并全身而退。（牛健哲《猛兽尚未相遇》）比如在情感结构的创面里，女孩将苗条的身体视为自我确认的对象，一旦幻象消失，暴露的则是于价值离散语境中自我信赖感的彻底崩塌。（马小淘《失重》）比如在极端的异化状态下，完全迥异的人生，仍能够见缝插针地错差、置换，极度扭曲的仿像，同样可以将自我的唯一性稀释。（范小青《王曼曾经来过》）计文君讲述《化城》缘起时所用到的譬喻，或许可以看作是对人们于困境中遭遇悖论的另一种阐释：我们此刻所栖息并从中得到鼓舞的，并非真正的宝地。接下来行进的方向，取决于我们再次抬眼看向世界与自我的目光。于是有人像疯马一样，以梦境为化城，梦中的自己像花瓣一样一分为二，一瓣给生活，另一瓣留给自己，“想怎么活怎么活”（双雪涛《间距》），也有人像阿信一样，选择不计前嫌，继续奔跑，不让脚下的泥淖影响自己人生的读条（彭扬《故事星球》）。

在时下“无力青年”“无为青年”甚至“失败青年”的人物群像里，阿信是少数愿意把窃窃私语转化为热切的行动的人。他同小伙伴一道，在千帆竞技的资本大航海时代组队打怪，为的是让正在长高的中国抬头看一看星空。彭扬将青年人所特有的、寓于奔跑—急停—再奔跑之间的速度感和心理节奏，寄托在一个关于梦想的故事里。从阿信身上，我们可以辨认出一种处于成形过程中的“新人”的可能，以及一种新的姿态，这姿态中，蕴藏着青年写作的新的路向——现实里属于文学的不仅仅是“多余人”的摔打，还一定有“新人”的奋斗史和自主成长经验，以及那些“不可破碎的形态，不可轻慢的抵达，不可丢弃的心灵”(《人民文学》卷首语)。

总而言之，在这一年小说家为我们描绘的重重困境里，生活的走向和人物的自主性越清晰，人与世界的关系反而越繁复；人性寻绎着更丰富的藏身之地，情绪和风习更自如地参与着人的韧性和价值的支撑；新人遇到新时代水土，层出不穷，只是作品中的新人映象尚有些形单影只。但这些并不妨碍小说家们持续性的探询。在他们眼中，文学，意味着不断地重新开始。就像文章开头《僧侣镇》里所印证的那样，在文学的引领下，我们获得了无上的自由，得以回到此前人生的任意一点，重新来过。

(《2017 中国当代文学年鉴》，长江文艺出版社 2018 年 11 月第 1 版，并被《新华文摘》2018 年第 9 期转载)

一次长谈与小说家的三种能力

——2018 年中短篇小说

大约在两百年前，华兹华斯这样概括诗人所应具有的能力：观察和描绘的能力，强烈的感受能力，沉思的能力，想象和幻想的能力，判断的能力。(《抒情歌谣集》1815 年版序言）那时，小说正在兴起，小说相对于韵文体叙事文的优势还未能充分施展开来。因此，华兹华斯对诗人的要求，更像是几则带有普遍性的描述，适用于文学创作的诸多门类。今天，在更复杂的情节形式、更广阔的环境展现、对人物性格及其动机更持续的探究等领域里，小说家们已经完成了无数轮革命性的深耕，但从根本的能力要求上看，华兹华斯的路径描述，非但没有过时，反而依然能够提供参考。具体到 2018 年的中短篇创作，如果暂时放下对不同题材、不同形式、不同渠道上各美其美的整理爬梳，将众多流动的身影重叠为一个，将音调各异的段落小节合并为一章，或许，这一年来林林总总的文学叙事，可以在某种意义上精简为一次小说家面对阅读者充分调动个人才华的恳切的长谈。长谈以“人”为主题，在论及人是怎样的，人何以至此，以及人还可以怎样的过程中，小说家从共情、沉思和想象的向度上，展示出了异于常人的能力。

共情的能力

事实上，当“人”作为主题被确定下来时，就已经标识出这一年中短篇写作异于以往的重要特征。通常认为，塑造鲜明的人物形象，并非中短篇小说的首要任务。小说家们倾向于在万字计的篇幅里，求索迷宫、微妙的情绪、转瞬即逝的偶然，编辑人类伟大进程阐释的注脚，锤炼剪裁功夫甚至玩赏语言的游戏，但具体到一次长谈中，情况却变得不大一样了：如若忽略人的因素，一味强调故事或瞬间感受，长谈之长恐怕难以为继。此外，既然是谈，而不是表演—观看、讲述—倾听，小说家首先要做的，是让自己的表达充满魅力，将对方牢牢地吸附在椅子上，并时刻保有回应的冲动。这对长谈发起者敏锐的感受力，对生活的热情以及开阔自由的灵魂都提出了考验，当然，更重要的，是对共情能力的考验。此前有评论家指出当代文学创作无情无义的问题，这显然不是一次富有成效的长谈该有的样子。令人欣喜的是，在2018年的中短篇写作中，许多个鲜明的人物留了下来，他们没有随着故事的结束淡出，或者干脆直接被抛到长篇小说的院墙内。小说家们在有限的时空里，耐下心来与笔下的人物共情，并让阅读者一并拥有投射的机会，与人物的经历、情感、思维、人格之间建立关联。这种关乎人本身的共情的努力，超出了对文体规则的探讨，也超出了人物之于故事的某次胜利，它所指明并彰显的，是一种更为基本的写作伦理和文学观念——无论形式和内容如何角逐，无论现实、浪漫，讲述还是展示，人的样子，人的重要性，始终应当保持在一个更优先的级别上。文学首先是人学，人的要素，才是文学作品的硬核。

如果说在《李海叔叔》之后，还有哪些形象能够作为尹学芸写作实力的例证，那么，《天堂向左》中的千叶可以算作一个。热情、善良，狡黠、任性，生活善待她时，整个世界在她面前都没有屏障，沉到谷底，又爆发出飞蛾扑火般的孤注一掷。这一次，尹学芸没有沿用《李海叔叔》言无不尽的写法，而是让千叶周围的几个人物也各具微妙之处。作者在简单的人物关系中间构建起片面的正义性：当每个人都代表一种伦理力量，并在相持中形成无可避免的矛盾时，人物性格才具备了持续生长的土壤，命运的埋伏也才能见出层次和起伏。班宇的《逍遥游》同样贡献了一位令人印象深刻的女性形象。想去环抱，却虚弱无力，作者对生存死亡交界处的人生，以及心底暗存希望的凑合的生命状态倾注了极大耐心，于共情中带给阅读者多个层面的震颤：年轻女病者有限的人生欢愉被逐层剥落；这剥落源自同为生活所迫的善良渺小友人的无意之举；所有意外都有其必然性；人们深陷在大雾里，却仍想要笨拙起舞。班宇对于女性心理有着精微的把握，手中握满细节，一路认真铺设，最终让小说在结尾处沸腾。生活的艰辛，在保洁员拉丽身上亦有回响。一个身患白化病的自闭症孩子，为拉丽与画家的爱情画上句号，也把她的生活变成了一个白色的谎言。陶丽群满怀同情和善意地拿出小说《白》，在描述主人公痛苦粗暴以及女儿冰冷情状的同时，也写出了在与生活争夺爱的能力的过程中，人的艰难与韧性。

面对钝痛，有人选择宣泄，自然也就有人选择沉默，迟子建写《候鸟的勇敢》，写到张黑脸和德秀师傅相好后求报应、求神灵的审判时，大概就是沉默的。一个痴痴傻傻，一个身在佛门，两个原本隔山隔水的人，在清醒中动情，情动后又看不到前路在何方。“没有哪一处人间灯火，可做他们的路标”，这种无可皈依之感，无法不令人唏嘘动容。艾玛《夹叉》里的金文玲也是这样一个沉默者，她埋头伺候手中的花木，任凭医务兵“装殓组”的经历、战争留下的自认为不配享受活着好处的负罪感，以及她自己，始终待在那个炸聋她一只耳朵的弹坑里。艾玛不动声色地让对谈者看到，理想主义式的执拗如何在回忆和生活的“夹叉”中被磨掉光亮。

小花旦也沉默，他的绰号里装满了众人的异样眼光，娘娘腔、同志、异装，等等，但他自有一套应对磨损的方式：珍惜并释放天性，以新的自我不断转场，在旧地界闪着扎眼的光，又在新地界闪着复古的光。王占黑是2018年的文坛新秀，一边在中学教书，一边书写城市旧空间，同时还对组乐队、讲开放麦脱口秀念念不忘。在《小花旦的故事》里，她的共情能力显示出强大的延展性，方言入文，以稳健的笔力，绕开猎奇、粗糙的现实主义，虚假的底层等年轻写作者容易跌入的陷阱，从个人生活史，到性别少数族群生存状况，再到城市的文化变迁，将城市景观中落后但蓬勃的部分拉伸至新的空间。李军亮（手指《问李军亮好》）也执着于用自己的方式开垦生活，比如喋喋不休，让人既心酸又好笑的炫耀，诚意十足的劝诫，等等，他的世界虽然可怜但却自给自足，因此萌生出一种简单、活泼且耐人寻味的调子。

朱山坡在《深山来客》里描写病苦中的夫妻之情，撑着小船，从鹿山千辛万苦来到蛋镇，只为让妻子再多看一场电影。小说中，电影既指代爱情，又作为艰难生活中的理想和浪漫质素被铭记。《中年妇女恋爱史》中的茉莉，天真地以为拥有姿色并对浪漫抱以幻想，就能够跑赢时间，但在张楚看来，时间终会让茉莉们的奔跑变成“苦熬”。三三的《暴雨如注》短小醇熟，男女间心绪复杂的试探进退被处理得火候刚刚好。刘丽朵《我们的丈夫》以现代人的感情和婚姻问题为叙述对象，作者将丈夫的问题从“你”延伸至“我们”，关于问题的喟叹因而带有了普遍性。张天翼《地之血》面对的是女儿融入母亲再婚家庭的重重困难，血寓意着女儿与母亲之间最深刻的关联，也见证了一个面对面、一步步倒退着走远的过程。

此外，还有一些特殊的形象在这一年走进我们的视野。次仁罗布的《红尘慈悲》一如既往地被藏地风俗和悲悯情怀所覆盖，小说超越了一般意义上对女性命运的关注，作者将有关阿姆的讲述，寓于人性观照和由信仰而生的神性光辉之中，结局处棒喝式的陡转提示人们，红尘世界里不缺乏慈悲，只是我们的眼睛被愚痴蒙住了而已。除去阿姆，陈再见《法留》中心有所动的小尼姑，须一瓜《甜蜜点》里因凶杀案而相遇的警察与少女，李查德《垫脚箱》、赵挺《青年旅馆》、魏思孝《一份青年作家调查报告》中的迷惘青年等，也分别在各自的面向上丰富了 2018 年的文学肖像。

“我”蜷手躺在床上，借着雪光看母亲呆坐炕沿，摸“我”和妹妹的囟门，起身到屋中央，绾麻绳挂到脖颈上，大约听到妹妹磨牙，又跳下杌子继续呆坐炕沿，随后摸索着收了麻绳睡了。这是杨红《捉马笔记》中的一处细节，而这样直戳人心的细节在小说中并不少见。《捉马笔记》的落脚点不在于某一个人，在于通过少女视角的回忆复活一座居于城镇边缘的村落，折射风物人情和时世变迁。杨红采用散文的笔法，把对人性的体悟和关怀藏进细节里，细腻却不晕染，至性至情又处处留白，人物、故事因晋东南方言的滋养而鲜活水亮，整个村庄也因此具备了更长久的文学生命力。九重葛开在西南省份一座小城的政府大院中，因与这里的水土人情最为相宜，无须照料就长得漫天飞舞。九重葛下，郭爽同样辑录着身边转瞬即逝但又能够将人与人区分开来的面孔，情感，散碎的笑声，错漏的记忆。在新事物与衰颓之间，总有一些东西指向永恒。两个从童年深处走出的女孩，顺着层层交错的藤蔓，牵出两个相识多年的家庭，也牵出那些逝去的时光，牵出岁月的变幻与悠长。郭爽在《九重葛》中设置了十分漂亮的收尾，也确证了一位年轻作家的才情与格局。

沉思的能力

此处的沉思，约等于华兹华斯“强烈的感受能力”和“沉思的能力”之和，指小说家不被眼前的事物所感动，表达并非直接来自外界刺激的思想和感情。这是一种主动的过滤的能力。它帮助小说家的目光从一己之经验中超拔出来，既看到具体的人，也看到问题中的人、事件中的人，它让关于人的谈论在个体和群体之间流通，挂起浩大强悍的生存真实与精神难局的背景布，它敦促写作者时刻保持警觉，在灵感撞击之下于某个狭窄视域里获得的经验价值始终有限，只有当人同与人相关联的环境（历史、现实、社会、阶层等）建立起密切联系时，我们才有可能在这种综合性中试着回答人何以至此的问题。与此同时，它还担负着调节甚至改变着长谈节奏的重任：如果说共情阶段，小说家追求的是共振，那么，到了沉思的阶段，更为理想的效果恐怕就变成了停顿、内心一怔，甚至是不同形式的较量——小说家同阅读者、小说家内部、小说家与自我之间展开残酷的竞技，看看谁想得更深远，谁更能抵御思想之重之苦。

首先一个话题是历史·现实·人心。《弥勒，弥赛亚》是2018年中短篇写作中不容忽视的存在。徐皓峰对于所思所述有着精准的定位：“犹太自称是与神立约的民族，华夏是告别神走了三千年人的道路的民族，二战是旷古灾难，西方神道崩溃、东方人道崩溃之际，这两个民族在上海相碰，颠覆了旧有的人、神概念。”小说的局面包含了两重巧，第一重巧，巧在写特定历史时期社会“边缘人”的角力，不同国籍、享有各自特权的犹太人，一路流亡至此的骡子营村民，硬土区的安徽、河南富豪构成了小说中交锋的主要力量，史实、宗教信仰、民间生存逻辑等在特殊的时间、地点和情势下碰撞出旧我崩坏、新我难成的痛。第二重巧，巧在如此复杂、难以尽述的局面中，作者将着力点放在一个不靠语言而活的人身上，刻骨铭心不能折现成话，反而道出了会说者嘴里听不到的别样悲喜。从行文来看，全文三万余字，字字俭省，似在试探依托语言存活的文明，在语言缺位的情况下如何延绵。作者自述，不在小说中完成思想总结，但小说起笔信仰，落笔于人心足以构成人间，其间的认知与判断已然自见。莫言的《等待摩西》看似事关信仰，实质上讨论的恐怕仍是个体与历史、现实之间失衡的互动关系。整个文本以“竹节”样态示人，“我”的几次返乡，柳卫东的几番更名以及两人各自的人生起落，被时代更迭中大的历史节点分隔开来，莫言老练地将离乡—回乡、等待（戈多）、编年记事、文本嵌套等手法融入到拔节过程中，临至结尾一刀砍断，“一切都很正常，只有我不正常”，留下观者面对毛茬，笑谈这竿竹子原本要长多高。古琴大师曾先生（斯继东《禁指》）也似从历史中来，深居老宅，终日抚琴写字，拒世俗于门外心外。曾先生却不古板，他尊重并珍惜操嫂带来的鲜活经验，不为名实礼数所累，名士风流之外，自有一套素朴自然、四时流转的生活逻辑。曾先生与操嫂的结合是小说的主线，但如题所述，禁指二字道出了小说的另外一层蕴含，立一禁指，就是告诫世人，要有所为，更要有所不为，这一旨归同深具江南情致的文化心理和审美意趣结合在一起，加深了小说的诗性和升腾能力。城乡对照是文学创作常见的主题，陈应松在《赵日天终于逮到鸡了》中找到了一种对话式的叙事语调，他用漫画的笔法写城市人的猎奇矫情，用老实的语言写村里人的悲凉和狡黠，夸张与白描相遇，喧腾中透着悲凉，令整个小说余韵悠长。《楼顶上的下士》延续了王凯的军营日常谱系，这个作品的特出之处不在于用扎实的笔触，写活了有能力的指导员和有个性的下士两个形象，而在于在既有限度之下，用心地探讨自由与纪律、变量与规则之间的关系，这让小说跳出了军旅文学的范畴，在一般文学的意义上获得了更多的可阐释性。此外，盛可以富有寓言形式与哲学考量的《偶发艺术》，周洁茹始终无法成型的自带荒谬感的《读书会》，顾湘《炖牛肉》里目睹租屋遭遇火灾时漫不经心、调侃式的心理活动与人际关系中“无胜于有”的念头，陈思安《活食》中为接受蛇活食乳鼠所置换的、人换一种活法厌倦套路渴望被世界淘汰的复杂心理，凌岚用来对抗并释怀新移民初到异地陌生感的危险的《离岸流》，樊建军《索他旅馆》中人的境遇的奇妙关联以及不被世俗理解的理想主义的执念等，均从不同角度拆解、剖析着现代人的心灵体验。

面对被裹挟的人们，小说家该如何抒情，在这一问题上，袁凌和班宇各自给出了回答，并在文本层面构成某种意义上的对话。《世界》是袁凌的首部中篇小说集，秉承了此前非虚构作品《青苔不会消失》即已奠定的不要花招、以头抢地的基调，用沉静、细腻的笔法再现生活肌理，凝视贫苦者的生存，描绘人世间厚实的苦与拙。关于抒情问题，袁凌表示：“当你面对真实，是容不得抒情和发泄的，你需要内心的力量把它接应下来，然后才可以反思，才可以质询生死，才可以继续理解别人。”这一点，手持小说集《冬泳》的班宇大约也是认同的，不然他不会在短篇小说中彻底放弃从高潮前夕写起的做法，转而尽量延宕高潮，抑制爆发，最终获得一种力的对抗。但班宇毕竟还年轻，对世界还跃跃欲试，还想要心存浪漫地去描绘人的尊严与善好。他在小说中有意探索一种浪漫的现实主义抒情方式，在冰冷现实之上铺陈暖意，在生命的硬与软之间来回协调，让彷徨、伤痛、苦难乃至荒诞，都带上婉曲和热闹的一面。这既是班宇独特的抒情方式，也是他文学观念的一种传达。因此，从这个角度看，相比较前文提到的屡次上榜的《逍遥游》,《去五里河》(又名《肃杀》)恐怕更能凸显这位年轻的小说家在文学表达方面所做的尝试与努力。一座没落的工业城市，人们把生活信念寄托在一个足球队身上。这其中混合了妥协，同情，扶助，悲悯，还有若有若无的梦想。班宇准确地捕捉住这个时代复杂的气息，并赋予其希望，在《去五里河》里，我们可以窥见踏踏实实的洞见与爱。

还有一个沉思的话题是自我。如果仅从题材上区分,《基本美》大致也可以归入青春迷惘系列，但周嘉宁的写作优长就在于，能够将一直伴随写作者多年的难以言喻的迷惘心绪有力地表现出来，赋予其语言和形式。作家李浩曾说，有些文学完成的是问，追问，疑问，反问，诘问，叩问，它们给我补充也让我不得不思考，有些文学是展示，生活的生命的，时间的时代的，它们也偶尔会给我补充让我不得不思考，而拙劣的文学总是平面地试图证明“已知”，而问题是我们多数时候却又迷醉于发现这种已知，赞赏这种已知。小说《基本美》即具有不断自我发问、在实践中自我回答并不断修正答案的勇气和能力。小说记录了来自大陆小城青年致远和香港青年洲之间的友谊，所谓双城记、不同文化间的碰撞隔阂并没有成为作者关注的焦点，作者关注的是，重要历史时段如何与青年的日常生活、精神生活建立联系。小说中的青年并没有因为迷惘而走上叛逆放纵的道路，他们保持着热情和智识上的清醒，在理想生活与现实生活之间努力寻求平衡，他们尝试着严肃地靠近历史，理解历史，参与历史，在现实和由过往现实所构成的历史中不断挖掘自己认可的部分，通过与同行者的交流对照，实现自我反思。这种努力，使得青春迷惘挣脱了飘浮在半空中的自我怜悯自我同情的轨道，获得了更加清晰明确的落脚点，并为自我成长开辟了新的视野和空间。蔡东在《照夜白》中论证了自我打捞的重要性。作为职业说话人的教师谢梦锦某一天突然厌倦了程式化的生活与日常表演，萌生出与生活的既定秩序断交的决心，她从假装失声开始，渐渐发展为享受有意的沉默所带来的乐趣。小说以第三人称叙述，但给人的感觉更像是一段主人公由试探到放纵的自说自话。这是一篇为自己也为他人创造安静的小说。安静作为现代人的奢侈体验，具体到文学中，无论是作品中的安静，还是阅读者读后内心分贝读数，我们都要很用力，付出很多代价才能够获得它。相比较此前引起关注的《朋霍费尔从五楼纵身一跃》等作品，蔡东这一次以极个人、极放松的方式，写出了落在实处的现代人的精神诉求，甚至还包括人的自由意志和人本来的样子，尤为可圈可点。

想象的能力

既然是长谈，总有陷入疲惫或者为思维惯性俘获的时候。每到这时，想象力便出来救场。它如同一道光亮，激发起人们新的兴趣，促使大家更换思路，以更加有意思的方式来继续谈话。文学需要依靠想象的力量来彰显自身的独特魅力。当历史、杂谈、词典或报告，各种性情、各种民族、各种年龄的男人和女人用各种文字缩写的书全拥挤在架子上时，想象的力量帮助文学从中脱颖而出，赋予阅读者以最深刻、最广泛的乐趣。它让我们对文学永不尽兴，对无限性有所认知，也对创造性的读者提出要求。双雪涛在《女儿》中想象了一个文本中的文本，一场小说家之间、真实与幻觉之间的较量，较量中间包含着多重期待——“我”对于与男孩作品持续对话的期待，次文本中杀手对于女儿到来的期待，“我”对于同翻译女友另一番生活的期待，“我”对于写作的理想样态的期待，等等。大头马《赛洛西宾 25》的写法让人想起《万历十五年》，草蛇灰线伏脉千里，大风起于青蘋之末，具有帮助找到人生捷径功能的物质赛洛西宾 25 又仿佛真相与虚假的红蓝小药丸，用与不用所面临的后果却远比《骇客帝国》要复杂得多。这些都是小说家在长谈中充分调动想象力的有趣表现。

危险感是关涉想象的长谈的重要关键词之一。就像卡佛所描述的那样，小说家必须让阅读者感觉到什么在迫近，在不断逼来。沈大成的小说就具备这样的危险气质。小说集《屡次想起的人》2018 年入围“宝珀·理想国文学奖”决选名单，收入作者诡谲却又合理的十五篇小说，描绘了身上带有遗憾状态的、忙于隐藏秘密、脱离现实并用心生存的形形色色的人。《分裂前》是其中格外出色的一篇。沈大成在小说里想象了一个分裂国，因为染色体问题，人们无法实现有性繁殖，新生命需要依靠老生命分裂完成。一个变成两个，两个变成四个，每次分裂新生命均分老生命的年龄。一次小小的建模，一下子将真实世界中所有悬置的、虚幻的、可以想见但并不一定具备讨论基础的问题，无比真实地推到了人们面前：关于死亡的疑问——同意分裂，意味着主动选择死亡，死亡变成了可以商讨的，有确切时间的，但又支持随意更改并可以被充分准备的事情，问题在于，一个有独立思想、意识和情感的人要如何准备死亡？失意的时候同意，大名大利到手再注销，挨不住变老的苦再去登记，当下的决定和最好的决定怎样才能如天海一般吻成一线？迫切的伦理问题——分裂者和新生人两不相干，自己未竟的心愿不能妄想由他们完成，那些拒绝分裂选择自然死亡的人，注定要孤独终老。那么，当年和自己平分另一个生命的新生人，这些年做了什么？仍旧活着，还是已经分裂成别的两个人？自己的上上上代分裂者是什么模样？当一个人有权决定他人的生命起点时，他将如何设计，让自己人生的多大一部分被分割出去？情感难局——相爱的两个人要怎么办，约定好未来的某一天同时分裂，还是各自打算，个人意志和感情哪个排名更靠前？上述种种，仿佛一张密实到难以透光的网，覆盖在人物和阅读者的身上，令人呼吸困难。但沈大成的厉害之处就在于，她设置了无数种的可能，让危机感以无数种方式向你逼近，而她只选取其中最具包孕性的一刻来写：一位意志坚定的女性，从进行分裂登记后，就再没有更改过时间。《分裂前》对准的正是她四十八岁的生日前夕的那一小段时间，她的准备、安排，如何度过生日派对，和一对一陪伴的客户专员的简短聊天，仅此而已。所谓复杂性，往往就寓于这样的简短之中。沈大成对她的理想读者说，这位女士“以前爱读情节曲折的长篇小说，最近放弃了，在图书馆，她不做研究地从书架上取走一些短篇小说集”，那么《屡次想起的人》或许也在其中。

来自豆瓣的魏市宁也写危险，在《北方狩猎》里，他释放着狩猎对于潜在的捕猎者不可抗拒的心理诱惑：社会规则和生活常轨之外的内爆式的勇气，沾染着血腥的浪漫主义的回魂，隐藏人格的苏醒……写作者试图让对谈者体验，在大是大非的更迭时期，另有一些琐碎的价值也在互相缠斗，它们令困境中的人突然着魔，或是陷入更深的困境。小说为非虚构的叙事格调和纪录片式的影片氛围所环绕，在大量的细节真实之上叠加突如其来的惊惧，完成了文本结构从缓升到陡降的跨越。危险在米荆玉处具象为一只阴郁、无语、悲苦和无处倾诉的《海怪》，它代表着被废掉的神明，在沾染了殖民者相思病的城市里，索要人类的皈依和慰藉。错版画《神奈川冲浪里》因漏掉了富士山而失去动荡中最重要的平衡点，变得“恶魔化”，鹰爪浪残忍凌厉地扑打海上孤舟，也扑打着“我”原本平静的生活，张玲玲说，只要多在画边看一看，画中的海浪迟早会打到我们身上。小白《离岸》的危险感源自于夫妻间特殊的伙伴关系，以及一场从小说开头即幻想造势、直到结局处终于反转实现的谋杀。

谈到想象，总绕不开科幻。小说家们通过这种文学形式表达着一个时代对于未来的看法和信念。科幻的重要性之一就在于，它不仅仅作为一种文学类型，更作为一种思维模式、一种理念和观念层面的革新参与到传统小说家的创作中，科幻式的表现方法和想象方式，正在被越来越多的青年作家所采用。相比较前文提到的充满危险性的文本，2018 年的中短篇科幻并没有给人留下惊险刺激的印象，小说家们以相对温和的软科幻方式，着陆在现实与未来的临界点上。阿缺的《彼岸花》贡献了这一年中短篇写作最浪漫的时刻，在一个行动自如，拥有正常意识、还不错的理性思维以及有趣的灵魂的丧尸肩头，某天长出了一朵花。一组富有意味的对照在这一刻形成，残破的变异的身体孕育出异质的新生命，被正义抛弃的岌岌可危的覆灭者决心守护一朵花并等待它绽放结果。阿缺在小说中营造出的残酷颓败又坚韧的美感，令人久久不能释怀。梁清散《济南的风筝》更像是一个幻想和知识考古学的结合体，主人公“我”以 1910 年山东济南北部的连续爆炸案为入口，几经周折挖出了掩埋在历史尘埃中的机械制造奇闻——科技奇才陈海宁于动荡时局中制作载人扑翼飞行器“济南的风筝”的坎坷历程。科幻评论家三丰称，找到了合适的主题，梁式考古推理的威力和魅力大展。这里的主题，不仅仅包括依托超群想象力而进行的艰难的科学索隐，也包括对不同世界观在不同科学家身上如何推演的深刻反思。陈楸帆《这一刻我们是快乐的》最具实感，小说通过纪录片的方式讨论科技如何改变人类自然生育过程及其背后的复杂语境，其中代孕、同性生育、男性分娩、无性繁殖新人类等，似乎都距离当下的生活并不遥远，在技术、伦理、社会心理等诸多因素的助力下，小说家让对谈者意识到，人类的未来竟然如此扑朔迷离。“这一刻我们是快乐的”仿佛一道苦笑着的讽喻，这一刻的快乐不够笃定，下一刻人的样子更是无从预知。

事实上，将一整年的中短篇创作，缩减为一场关于“人”的长谈，本身就是一次想象中的冒险。分散地看待一部部作品，仔细探讨哪个更出色，哪个还有提升的空间，并从中提炼出不同小说家的创作特色，这固然有意义，但假设真的存在这样一种合并、被视为一体的可能，或许也会帮助我们获得某些新的发现。比如在这场长谈中，我们注意到，小说家动用共情、沉思、想象的能力，在一定程度上摆脱了私人经验的束缚，将凝视的目光对准了“人”。他们塑造了多个鲜活的形象，积极建立起个体与群体，与更广泛意义上的环境之间的深刻关联，并对带有普遍性的人的精神难局，以及整个人类的现状、未来加以注目。小说家邀请他的理想读者一道，努力认识和发现文学，而在这一过程中，他们也正在被文学认识和发现。

（《文艺报》2019 年 2 月 20 日第 2 版，收入《2018 中国当代文学年鉴》，长江文艺出版社 2019 年 12 月第 1 版）

关于文学的实用主义问答

先破题。所谓破题，不过是东奔西突，把一个看似遥远、高悬的东西拽到跟前，好让自己有话可说。硬要破题，实在因为面对这样的“作业”，深感应答的艰难。“信息贬值与文学写作对现实经验的处理”，这类表述一出口，实际上就已经包含了某种预设，它潜在地向我们描述着文学表达在发达传媒时代的被动位置——讨论尚未开始，文学就已经被赋予了于瞬息万变的信息流里手足无措的张皇形象。但在我看来，这样的设定却未必牢靠。甚至从某种程度上说，它是一个真话题，却也有可能成为伪命题。

不妨从头开始发问。

文学写作需要信息吗?

答案毋庸置疑。好的作家，尤其是小说家，无一不是找新闻的好手。他们当中的有些人，甚至将翻检社会新闻、市井花边视为写作的必要流程和习惯。凌晨时分穿行在维多利亚时期的伦敦街道，你极有可能与狄更斯擦肩而过，彼时，他正用散步驱散失眠和抑郁，依次经过剧院、大教堂、商店、酒馆、精神病院和监狱，为他的写作和“政治运动新闻业”搜集素材；半个世纪前，倘若亚基马《每日共和报》没有刊登“海明威丛林归来；两架飞机相撞时受了轻伤：小说家结束环球之旅”之类的头条新闻，那位胖胖的、动不动就傻笑的烟民便不会收到“令人陶醉和刺激的兴奋剂”，我们今天也就失去了对雷蒙德·卡福的大作品头论足的机会；如果你恰好在某个机场，或者某个派对上遇见“写作机器”欧茨并闲聊起来，她十有八九会兴致勃勃地向你讲述，她是如何不到现场，仅通过一些报道就将小案件铺陈成那些数量惊人的长篇的。通常，作家们都很擅长从大量的千奇百怪的资讯中，提炼出他们想要的热点、情趣、社会构成乃至文明样态，以构成其写作经验的有机组成部分。这也是为什么高冷如张爱玲，竟也有耐心窝在公寓里，等待她的小报先被开电梯的人“循例过目”，直到十一二点钟才被送来轮到她看。

那么，信息爆棚乃至贬值的时代已经来临？

这问题放在今天，几乎也已经不证自明了。朋友圈很忙，便是一个很好的例证。一夜之间，被微信朋友圈圈起来的那个巨大的“共同体”，忽然投入到了异常忙碌的生产之中——是的，这个“共同体”唯一的共性和缔结原则及关系，就是忙碌。身处于信息洪流中的每一个个体都很忙，大家忙着展示，忙着互动，忙着搜索，忙着分析，忙着站队，忙着表态。时间也快得异于往常，从这一轮意料之外，到下一轮瞠目结舌，从这一番慷慨陈词，到下一番横眉冷对，中间往往只隔着几次深度睡眠。或许正是因为过于快速和忙碌，人们反而变得健忘起来，他们时常忘记，眼下正在讨论的这件事，其实正是此前那件事的变体。于是事物之间的一些必要联系被割裂了，它们成为了漂浮着的分散的版块，分别消耗着人们不同批次、相同性质的激情和热望。对于生产者和消费者来说，旧有的经验，以及经验的累积不再至关重要，接下来的每一天都将是崭新的，是重新开始且转瞬即逝的，是可被覆盖、被格式化的。而与文学密切相关的那些人，那些文学的接受者和创造者，也有很大一部分正在这支大军中辛苦劳作着。

带着两个 YES 进入正题。信息爆棚乃至贬值，对于文学意味着什么？（其上级问题域是，发达传媒时代，文学如何自处？）

显在的经验判断是“被碾压”。在这一判断中，文学伴随着边缘化的背景音乐，和生活站在了同一条起跑线上。于是，老话题重现，文学和生活，究竟哪一个跑在前头。这是一个有趣的现象，一旦将这样的经验判断对象化，其中的矛盾之处便显露出来：人们首先确证了文学的“弱势地位”，他们内心清楚，生活大于想象，实然大于应然，未知大于已知，古已有之，并非发达传媒时代的特殊产物（文章开头指出的伪命题的可能性便在于此）。没人愿意拍着脑门声称，那位开电梯的先生甘心承认，住在楼上的女作家在生活这一事体上比自己知道的更多。但人们仍在不断发问，为何一门以全部人类经验为基础，拥有无上想象空间，甚至能够描摹未来提供幻象的艺术，总是在一次次比照较量中，为生活所戏弄。这种经验判断上的前后矛盾，一方面影响了文学在生活面前充当完美受害者的可能，一方面也从某个侧面暴露出现时代文学的焦虑，一种附着于整个社会通行的中年危机之上的焦虑。必须全力追赶生活！为此，写作者通常给人以这样的印象，一边目不暇接地保持愕然，一边奋力挖掘更加吸引眼球的东西，对着人群大喊，嘿！快看这里！这才是最新鲜的人类经验！这当然是容易理解的，主体关于掌控对象物及其周边的需求永远具备优先级，但有时也不免令人生疑，以非理性的方式去认知一个本身已经足够感性的事物，究竟是不是最明智的办法，我们日夜兼程、奋力追赶的，究竟是饱含了普遍经验和智慧的悬而未决的人类生活现场，还是个体生存境遇中类似噱头的讶异和偶然。

不过，可以肯定的是，掩藏在这焦虑背后的，是实用主义的竞赛思维，是争夺领地、争夺话语权的权力角逐。在全球化的今天，实用主义早已越过了皮尔士、詹姆士、杜威等人的羽翼，在更大范围内铺展开来，实用主义由最初某哲学俱乐部的教义，逐渐衍生为具有普泛意义的思维模式，在大部分国家和地区的法律、政治、经济、教育、社会、宗教，乃至艺术研究领域，产生着至关重要的影响。有用即是真理。在这一思维指引下，能给出什么，能获得什么，正通过各种渠道、各种方式，充当着我们今天行动的出发点和行为指南。这里，先不去讨论“有用”在文学艺术领域的合法性（否则只会迎来连篇累牍的不可证和不可解），而是顺着“有用”的可能性继续深入下去。我不是写作者，无法切身体会对象物可控、不可控时的喜悦或焦灼（不过窃以为，在任何一个行当里，掌控与否所引发的焦虑迟早都是题中之义——现代社会中，人类与对象物之间的关系，终究指向的是人如何在劳作中通过各种形式占有对象物，获得社会美德，进而确证自身的价值），但作为忠实的文学阅读者，我或许可以沿用实用主义的思维，反思一下，在如此这般的生活中，我（们）从文学当中获取了什么。

《性盲症患者的爱情》是我要依托的例子。作者张天翼，发迹于豆瓣，以散文著称，曾用名纳兰妙殊。第一本小说集《黑糖匣》中，作者显示出对暗黑童话的浓厚兴趣，她试图借助童话的纯净，洞穿人们怪癖的想象与隐秘的欲望。从题目上看，《性盲症患者的爱情》仍旧延续了这一路径。但我要谈的是这部小说集中的另外一篇作品——《花与镜》。

收获一，WHAT——情感震颤。

一座荒原，寄生在一个机械人的世界里。《花与镜》的外壳是一份录音供词，彼得在警员先生面前讲述过去的二十四小时他究竟对温蒂做了些什么——人们总是希望从这对父女身上实现关于“亨伯特和洛丽塔”式想象。小说的事实部分则是，被父亲精心呵护的温蒂，对于自己是机械人的事情一无所知，而彼得始终在她身上倾注着全世界最优秀父亲的一切美好品质。故事并没有简单地停留于此。王子与贫儿的设定，让温蒂与和自己有着相同相貌的黛朵过了一天互换角色的生活，黛朵被彼得误抱回家，温蒂则留在了“马蜂窝”的“教堂”里，为前来享乐的人类提供特殊服务。在我看来，彼得压抑着焦灼，驱车前往马蜂窝换回女儿的段落，是整部小说用情最深的章节。自始至终只能依靠自我想象而存活的彼得，终于迎来了一个短暂但却完全自由的倾诉空间，尽管倾听者只是一个机械雏妓，而此时，阅读者在倾诉中也获悉了真相背后的真相——同为机械人的彼得，早在温蒂的上一段生命里就已经占据了无可取代的位置。世界以痛吻我，让我回报以歌。在彼得身上，作者写出了个体在地狱之中、于绝对孤独状态下的善好与自救。她让我看到，复杂境地中的绝对单纯，以及由此生发出的崇高的、带有悲剧色彩的人性的力量，看到一个已经毫无退路的人，如何对信与真保持强大的信念，并高贵地活。

用托马斯·福斯特的话来说，这是一名普通读者，对一部小说产生的情感或本能的反应。

收获二，HOW——在剖析中获取更深刻更广泛的乐趣。

我还有心思再多琢磨一下这篇小说。在下列便条中，我想探寻的是，作者究竟动用了哪些要素，最终达到了效果。

类科幻外壳——这或多或少会对一些读者造成阅读阻碍，但确是现有条件下的最优选择。只有在一个并不十分遥远的虚拟时空里，才有机会创造接近真空的环境，以及一个没有有效交流对象的孤独的个体。

一次追寻——文中的交换情节，本质上是传统文学中追寻模式的变体。追寻者，彼得；目的地，马蜂窝；声称的原因，送回黛朵，接温蒂回家；途中遇到的挑战和考验，密闭空间，此前几乎不曾有过的自述以及“娇美女人雏形”的诱惑；去目的地的真正原因，寻找他的所爱所信并自救。

原型——彼得同时拥有多副面孔，他既是慈父，又是盗取时间者，是推动巨石的西西福斯（温蒂的芯片每隔一段时间需要更换，重启，此前的记忆也无法转存，这意味着，彼得的付出是一个不断重复、没有终结的漫长的消耗过程），同时又是与魔鬼做交易者（黛朵与温蒂完成交换的同时，彼得也在无形中同某种规则达成了契约，他此前对于黛朵的片刻迟疑怜惜，构成了他以无意的行动促成交换的潜意识）。

悲剧感——彼得是典型的悲剧性人物，他的悲剧感集中体现在：他无比了解自己的处境，明确知道自己的来处和去处；不是在混乱中坚守，而是在秩序中坚守，承受极度清醒的痛苦；在井井有条的荒原中，他并不曾分裂出另一个自我以求依赖；他具备施放同情心的感性质素，同时又拥有足够的理智，将同情心控制在一个适当的范围内。

结局——跳出惯常思维，保持人物的善好，是作者的高明之处。

类似的便条还可以无限制地制作下去。之所以将它们罗列在这里，既是想展示文学消费过程中一个有待成熟的案例，也是为了说明，面对有吸引力的作品，每一次阅读，都可能是一场充满乐趣的奇幻漫游。

在这场问答中，许多作家的声音也可以加入进来。福克纳在诺奖演讲词中表示，今天从事写作的年轻人已经忘记了关于人类内心深处的自我斗争的题材，只有它是值得去写的，是值得付出辛劳和汗水的。缺少了这些普遍的真理，任何故事都是短命的、注定要被忘记的——这些真理就是爱与荣誉，怜悯与自尊，同情与牺牲。如果人们不注意这些真理，他们的工作就是无用的。他们不是在写爱情而是在写情欲，在他们描写的失败中没有任何人失去任何有价值的东西；在他们描写的胜利中找不到希望，更糟糕的是找不到怜悯和同情。他们的悲剧没有建立在普遍的基础上，不能留下任何伤痕；他们不是在写心灵，而是在写器官。奥康纳同样对这样的“他们”心怀抱怨：他们关心问题，却不关心人；关心宏大的议题，却不关心每个人存在的肌理；他们关心历史上的案例和所有能引起社会反响的时间，却不关心真正构成人类困境的那些确确实实的生活细节。在E.L.多克托罗看来，眼下人们的生活状况正在不断恶化，“事实”主导着文化，而“讲故事”再也没有任何权威可言了。但真正的事实却并非如此，信息最多只能告诉人们发生了什么，但小说家能够告诉人们，身处过去、身处其中是一种怎样的感受。这是其他任何都无可比拟的。

最后，回到论题，也回到那场竞赛。有限篇幅中的有限论证或可阐明，信息爆棚乃至贬值，对于文学来说，并不必然造成事实层面的碾压。读者对于文学，也并不必然有着翻阅百科全书、奇闻逸事大全类的期待。文学的竞赛对象终归是自己，而非变动不居生活中的光怪陆离。发达传媒时代，在与现实的互动中，文学的样态的确正在发生一定程度的改变，但如果就此将文学处理现实经验时的困难，囿于传媒资讯的蓬勃发达光景里，恐怕暴露的不仅仅是我们的短视，更是文学观念上的偏颇和萎钝。小说中，当黛朵辩解，她和温蒂是一样的，随时可以变成一个刚刚出厂的机械儿童，像任何一个没有记忆的人类婴儿一样，她可以取代温蒂时，彼得的回答是，“这怎么会一样呢？不一样的”。文学也是如此。并不一样。因此，无须自我降格，不必担心被人群抛在身后，或是被时代的巨轮碾压。文学所能做的，是对自身的位置有所信，有所持，择我所需，取我所用。在现实面前，文学非但可以自立，还可以成为能动力量。一些东西在改变，一些东西稳如磐石，正是那些恒定的质素，决定了文学为其本身。

（《福建文学》2018 年第 6 期）

文学生产视野中的纯文学期刊

如果将目光停留在80年代中期，包括七八十年代之交，谈论文学生产与纯文学期刊[①]的关系，是不需要太多辨析的。那一时期，纯文学期刊是文学生产的唯一重要载体，“纯文学”与“文学”之间几乎可以画上等号。它们一方面在人们的文学生活、文艺生活和社会生活中发挥着巨大作用——通过手中的印刷册本即可获得新鲜的文学信息，一览文学生产乃至整个社会文化形态的概貌，另一方面对文学史的书写也产生着至关重要的影响——在纯文学期刊的推动、引领下，当代文学进入新一轮的探索与建构期，彼时的文学观念、审美风貌、文体规范等，至今仍然在一些基础层面上为文学的基本形态立法。大量数据可以为上述景观提供佐证：据统计，1957年，全国有文学艺术刊物八十三种，每月发行三百四十万册，到了80年代中期，文学期刊的种类飞涨到五百五十六种，发行总数接近二亿

① 新时期以来，广义的文学期刊包括传统的专业性的纯文学期刊如《人民文学》《收获》《当代》《十月》等，也包括通俗性文学期刊《读者》《青年文摘》等，此外，偏重知识性、学术性的《译林》《读书》，以及近十年来出现的“70后”“80后”作家创办的新锐期刊《最小说》《鲤》《文艺风赏》等也位列其中。这些期刊面貌各异，在文学生产中发挥着不同的作用。本文着意探讨的是纯文学期刊与文学生产之间的互动关系。

五千万册。其中《人民文学》曾发行一百五十万份,《收获》一百二十万份,《当代》五十五万份。文学史中也辑录着许多纯文学期刊写下的精彩瞬间,如《人民文学》对伤痕文学、反思文学、改革文学、现代派小说的先导,先锋文学因《收获》《北京文学》等刊物大放异彩,《上海文学》以理论栏目推动寻根思潮的发展,《十月》发起“现实主义与现代主义”之争,《钟山》关于“新写实小说大联展”的文学策划,等等。正如冯牧先生在《新的年代赋予我们的庄严使命——对文学期刊的一点希望》中所希冀的:“作为发展文学事业的主要阵地和园地的文学期刊,只有同我们的时代、我们的生活、我们的人民紧密地联系在一起的时候,只有当它们能够尽可能深刻地反映广大人民的思想、感情和心灵,有力地表达了他们的理想和呼声的时候,只有竭尽全力来提高创作的艺术质量的时候,它们才可以说是真正完成了自己的使命。”[1] 志业未改,但那样的文学景观终究要过去。随着文学生态和社会文化形态的变迁,“文学”的外延不断扩充,文学格局、机制日趋庞大复杂,纯文学期刊在整个文学生产中的位置、作用和意义,也相应发生了变化。这种变化,到了资本和技术日渐膨胀的今天,显得尤为明显。

等号的打破

关于当代文坛格局,早在十年前就有学者做出三分天下的论断——几十年来以文学期刊为主导的传统型文学,已逐渐分泌和分离出以商业出版为依托的市场化文学(或大众文学),和以网络媒介为平台的新媒体文学(或网络文学)[2],时至今

① 陈祖君:《论作为文化传播媒介的 1980 年代文学期刊》,《文艺理论与批评》2006 年第 5 期。

② 参见白烨《今日文坛“三分天下”》,《紫光阁》2009 年第 8 期。

日，这一论断依然有效。网络文学自不必说，其庞大的体量、超乎想象的覆盖面和影响力，十多年来持续、深刻地作用于文学生产和人们的社会文化生活，改变了当代文学的基本样貌。隶属于大众文学范畴的畅销书在公众阅读中所占的比重，也从一个侧面印证了文学场域中正在发生的巨大变化。以 2018 年开卷数据统计为例，大冰、六神磊磊、高铭等畅销书作家蝉联历月榜单，而人们通常所理解的纯文学作家作品，却大多以四大名著的面貌出现，这透视出互联网自媒体时代，当代作家的接受层面上存在的“泛文学现象”：文学的“泛化”，已不再囿于文学书写的泛化，而开始向公众阅读接受、期待、需求方面的泛化延伸。

如果说，80 年代后期市场因素的介入，致使“纯文学”在文学场域中的绝对性优势出现松动，那么随着商品经济浪潮和信息化、媒体化浪潮的轮番冲击，和文学“三分天下”“泛化”局面的日渐明晰，连缀在“纯文学”与“文学”之间的等号已被彻底打破。这意味着，同 80 年代相比，如今我们再讨论文学生产的相关问题时，其关涉的范围已远远超出了纯文学期刊可以覆盖的领域。纯文学期刊与总体的文学生产之间开始隔山隔水，较大范围的通识性认知不一定再适用于对较小领域的细致考察，而小领域中原本一些不证自明的特质，也有可能因大的视野和更多的比照对象而得到相应的凸显。纯文学期刊的商品属性问题便是其中之一。

无论在网络文学、大众文学还是新媒体自媒体写作的视域内，文学作品的商品属性都作为一个突出的现象被反复提及，自然而然地，文学期刊的商品属性也就列上了一些讨论的议程。那么纯文学期刊是否具有商品属性？答案大概率是否定的。或者说，当下纯文学期刊所表现出的商品特质，并不以文学消费为根本目的，因此也就不应当作为纯文学期刊的根本质素而给予特殊强调，不宜从特质上升为属性。80 年代末以来，大部分纯文学期刊经历了或者仍在经历市场化转型，从办刊宗旨、实践效果等来看，期刊对于读者需求和大众的阅读现状给予了越来越多的重视，它们所承载的文学作品在某种意义上也具备了商品属性（如被改编、出售 IP 等），但这并不意味着作为载体的纯文学期刊也要在市场的浪潮中以商品自居。事实上，当纯文学从文学中被剥离出来变成单独的一支时，既是一种文学上的区分，也在一定程度上表明，纯文学期刊的价值彰显绝不仅仅体现在出售、购买、交换等行为过程中，不论这一行为过程被附加了多少文化内涵和意义。

大传统、小传统及“期刊诗学”

纯文学期刊首先指向的，是一个纯文学的生产系统，很大程度上也是体制化的文学生产系统。由这一系统所型构的文学空间，生产着至今仍占据主导地位的文化形式，这是其他任何媒介无法替代的。

以严肃母语写就的、规范丰富活跃的文学表达，涌动的文学观念和文学思潮，鲜活的文学史料，以编年史形式存在的文学史初稿等，是存储在这一系统中的重要内容。它们的基础、背景、资源均与新文学以来形成的文学传统相对接，因而具备一条清晰的与史同行的文学脉络。而不同期刊在归属于大传统的同时，又因办刊宗旨相异等因素建构着自身的小传统，如“国刊”《人民文学》作为文学的时代标杆，在强调内容主旋律的同时鼓励艺术的多样化，社办期刊《当代》在现实主义的广阔道路上不断求索、开拓，《收获》将办刊方向同掀起具有鲜明形式探索意味的文学潮涌紧密结合，等等，它们从不同层面、不同角度与当代文学在审美观念、文体规范上深层互动，从而进一步丰富和拓展了所处系统的内涵和空间。

沿着各自的传统谱系，纯文学期刊在发掘新人新作品、引领引导新的创作倾向方面展现出强劲的推力。近年来，《人民文学》“新浪潮”“90后”专栏和“紫金·人民文学之星”文学奖等发现并及时推出了一大批当代文坛的重要新生力量，《收获》每年一度的“青年作家小辑”被视为文坛极具权威的新秀展台，《十月》“小说新干线”将对青年作家的推介坚持了近二十年之久，至今仍在继续，《作品》致力于打造90后作家的“专项成长计划”，《花城》将目光投向传统作家之外的导演、编剧、媒体人等，寻找文学的新力量……《诗刊》《青年文学》《青年作家》《芙蓉》《山花》《天涯》《雨花》《湘江文艺》《山西文学》《西湖》等刊物对青年作家的推介也不遗余力，展现出年轻写作者引人注目的创作才华与精神风貌。此外，发挥与文学体制其他部分的联动效能，也是纯文学期刊的特色和着力点之一。如《收获》杂志社与清华大学文学创作与研究中心联合举办2018清华大学青年作家工作坊即是这方面的适例。

总的来看，新时期以来，凡是在创刊、停刊、复刊、改版等历史变迁过程中保持独立性并延续下来的纯文学期刊，既是新文学传统的守护者，也在彰显自身办刊特色的同时，承担了对纯文学传统的创新和发展。纯文学期刊作为文学生产领域精神层面同社会文化领域精神层面之间的重要联结，其诗学含蕴囊括了新文学传统的延流，同时也秉承了现当代文学一以贯之的文学志向和文学坚守。2018年11月“北京·国际文学期刊高峰论坛”上，法国《现在》杂志主编雷吉尔·加亚尔用“期刊诗学”来形容文学期刊特殊的行为方式、存在方式和思考文学的方式，这正是对纯文学期刊精神生产本质属性的审美化表达。

变通与考验

面对社会文化形态和文学生态的改变，许多纯文学期刊积极应对，一方面打开思路，加强抓稿、看稿、改稿的能力，另一方面不断酝酿新举措，加强自身的产业化发展，自媒体传播即是其一。最初，文学走进微信这类热媒介，主要依靠文化公司（如凤凰读书、单读）和一些自发形成的文学社群（如不存在日报）的信息推送，以及个人在朋友圈里的转发，如今，许多纯文学期刊加入到自媒体的行列当中，开设微信公众号与读者互动，如《人民文学》的醒客，《收获》《十月》等文学杂志的公众号等，以此携多方力量，让作家评论家的作品、文学动态、重大活动和事件在第一时间、以更便捷的方式集中得到展现，打造作者、受众与媒介多赢共赢的良性局面。从实践效果看，对于作家和评论家，尤其是青年作家和评论家而言，无论是新作、专栏写作，还是微信专稿都能够依托自媒体得到及时、有力的推介，同样一篇文章在刊物发表最多逾万册，且阅读对象中常常难以避免消极读者的存在，而在微信的传播中，有效读者的比例大大提升，短时间内的抵达和传播效能都得到了增强；从受众的角度来看，随着公众号和推送的增多，文学的影响力在不可估量地扩大，时时有新读者加入到文学阅读的行列中来；而对于纯文学期刊和地方作协而言，微信号无疑是其工作成果和影响力的一个有效延伸，是新的、更年轻、更活跃的分支。

然而挑战并非只来自外部。一些新变化引发的新问题同时渗透到纯文学生产的内部，对期刊的文学传播效力和组织文学生产的能力提出考验。一个最直观的体验是，写作与公众阅读之间，期刊不再是必经的桥梁。例如近年来，在中短篇创作领域，“直接上市”的现象越来越常见。这些作品集绕开期刊发表、选载、获奖、出版的传统路数，绝大多数作品未经发表便集结问世。它们通常围绕一个主题，由若干短制簇拥而成，本文之间互文互释，最终形成一个结构整饬的整体性言说。类似的现象表明，纯文学生产发表机制的旧有秩序正在悄然发生变化。当纯文学的生产、流通与消费等环节均有新的因素加入进来时，势必要对写作本身，包括刊物的办刊思路在内，构成难以估量的影响。

另外一项考验是，有大量纯文学的新人、新的创作倾向越过文学期刊的助推而野蛮生长。眼下，在青年作家队伍当中，青年作家的来源和身份正在以不可估量的速度扩充和丰富。一方面，传统的、体制内的青年作家层出不穷，另一方面，随着时代的变化，一大批青年作家正在从社会的各个阶层、从各行各业走到文学写作的道路中来。他们当中有记者、商人、医生、警察、画家、科学研究者和金融保险从业者，还有许多体制外的作家和自由职业者。此外，新媒体，包括网络，也提供了大量优秀的文学写作者。从 2017 年期刊发表和传统书榜、媒体书榜关涉青年作家的统计数据对比来看（其中期刊以《人民文学》《收获》为样本，传统书榜包括《收获》文学排行榜专家榜、读者人气榜、中国小说学会年度中国小说排行榜、中国散文学会年度中国散文排行榜，媒体书榜包括新浪好书榜、豆瓣评分榜、“大众喜爱的 50 种图书”文学类、《北京青年报》青阅读年度好书、《南方都市报》年度好书、第三届单向街书店文学奖年度好书、开卷年度最畅销图书七种），在作为基础数据出现的九十四位青年作家中，期刊、传统书榜和媒体书榜“三栖”的作者仅四人，“两栖作者”十六人，其中“期刊 + 传统书榜”计六人，“期刊 + 媒体书榜”计二人，“传统书榜 + 媒体书榜”计八人，文学期刊的作者和传统书榜的相同作者明显多于和媒体书榜的相同作者，而两类书榜之间的相同作者又远高于文学期刊和书榜的相同作者。[①] 这从一个侧面表明，传统专业性文学期刊的选择，同读者阅读（包括专业读者与非专业读者）之间存在着不小的差距，许多文学的新生力量溢出了纯文学期刊的视线和触及范围。纯文学期刊若要把握住文学可持续发展资源，仍需不断扩大视野，延伸手臂，在持守的基础上锐意创新。

2015 年，全国文学报刊联盟成立时表示，文学报刊和文学编辑是中国文学事业中不可或缺的环节，破解当前文学报刊社工作面临的各种困难和挑战，需要冷静应对、智慧应对、实干应对。纯文学期刊作为文学生产的重要关节，须不断摆脱既有文学观念的束缚，以坚持文学基本规律和纯文学价值为基础，对文学信息进行甄别、选择和延展，于寻求多方平衡和实现自我突破的过程中，标定新的书写范式和审美境界，唯有如此，纯文学期刊才能在文学场和文学史的横纵双重标尺下，保有旺盛的生产活力，助推起新一轮的文学探索和文学建构。

（《当代文坛》2019 年第 3 期）

① 参见纳杨、聂梦《当前青年作家生态分布状况分析》，《文艺报》2018 年 9 月 7 日。

身份的犹疑

——“触电”作家的身份认同危机

触电，危险。作家“触电”，却已成时尚。1990年代以来，出售版权、改编小说、加盟剧组、开办影视公司……作家的身份变得越来越复杂，文学创作中“电影化的想象”的痕迹也不断加重。对此，有作家表示，“当下文坛排名前十位的作家，哪一个是没有与影视发生关系的？哪一个不是靠着影视声名远播的？”（刘震云）①，大可不必视其为洪水猛兽，另一些人则忧心忡忡，认为“倘若作家为了获得更大的声望资源和市场份额，低首下心地向影视文化屈膝称臣，亦步亦趋地按照影视文化的模式写作，就必然会导致文学品质的丧失和文学精神的异化”②。不论持有哪种观点，在视觉文化的语境当中，影视大潮已然将许多原本耕耘在“纯文学”土壤中的小说家卷入到了一个充满“电影化的想象”的地带：

刘恒——海马影视中心创办者之一，曾担任《菊豆》（1990，改编自《伏羲伏羲》）、《本命年》（1989，改编自《黑的雪》）、《秋菊打官司》（1993，改编自同名小说）、《没事偷

① 董彦：《让电影给我打工》，http://ent.sina.com.cn/r/m/2004-04-19/0649368454.html，2004年4月19日。

② 李建军：《时代及其文学的敌人》，北京：中国工人出版社2004年版，第150页。

着乐》(1998，改编自《贫嘴张大民的幸福生活》，2000年拍成同名电视剧)等影视剧的编剧，先后将自己的多部文学作品搬上荧幕。此外，《西楚霸王》《漂亮妈妈》《张思德》《云水谣》《集结号》等影片的剧本创作与改编，电视剧《少年天子之顺治王朝》《中国往事》的编剧与导演等，也都与刘恒的名字画上了等号。2007年，刘恒荣获华表奖优秀出品人奖。

莫言——海马影视中心创办者之一。1987年《红高粱》获第四届全国中篇小说奖，根据此小说改编并参加编剧的电影《红高粱》获第38届柏林电影节金熊奖、金鸡奖最佳故事片奖、百花奖最佳故事片奖等八项大奖。1991年为张艺谋新片量身创作中篇小说《白棉花》，后因故搁浅(2001年被台湾广告导演李幼乔改编为同名电影)，还创作过一个名为《英雄·美人·骏马》的历史剧本。1999年发表中篇小说《师傅越来越幽默》，张艺谋以此为梗概创作电影《幸福时光》(2001，鬼子编剧)，小说《白狗秋千架》被霍建起看中，改编为影片《暖》(2003)。

余华——小说《活着》1993年由长江文艺出版社出版，1994年由张艺谋改编为同名电影，并获得戛纳电影节评委会大奖、最佳男演员奖，1995年获得“全美电影评论委员会奖”的“最佳外语片”奖，“英国电影与电视艺术学院奖”的“最佳外语片奖”，并被改编为电视剧《福贵》(朱正，2006)。1993年，余华同吴滨、史铁生、莫言、刘毅然、苏童、贾平凹、格非、杨争光、叶兆言、朱晓平其十一位作家一道，为杨争光创办的长安影视公司创作二十集电视系列剧《中国模特》，但结果不尽如人意。[①]

---

① 杨争光曾经在访谈中谈起《中国模特》的创作过程：搞这个电视剧严格来讲主要是一种商业行为，当时主要考虑想找一个商业卖点，和北京的几个朋友一起聊天时，有人提到了搞模特题材，说既有青春气

苏童——海马影视中心创办者之一。电影《大红灯笼高高挂》(1991，改编自《妻妾成群》)、《大鸿米店》(1995，改编自《米》)编剧。小说《红粉》于1994由范小天等人改编，导演李少红将其拍摄成同名电影。后为张艺谋创作以武则天为题的长篇小说《武则天》(2004年出版)，后因故搁浅。小说《妇女生活》于2006年由侯咏改编为影片《茉莉花开》。

王安忆——小说《长恨歌》分别于2005年和2006年以电影和电视剧的形式再次进入观众视野。其中电影版为杨智深、张叔平捉刀，电视剧版由蒋丽萍改编而来。随后，小说《米尼》被女导演陈苗整合为一部小成本的商业片。

类似的例子还有许多。整体而言，这些从“纯文学”到影视的转型作家，其“触电”行为与程度大体存在着一个由隐到显、由浅入深的发展过程。梁晓声在《中国社会各阶层分析》(1997)中曾将“触电”作家分为两派：“前几代作家们与影视的关系很暧昧。当年流行的话语是‘触电’。十之八九的前几代作家们怕‘触电’，尽管心内未必不向往之。我就知道，很有几位可敬的同行，一方面作家面前强调着真正好的文学，是如何如何地没法儿改编为影视的；另一方面向影视界人士极力自荐着其实也未必真好到哪里去的作品。不被青睐，则便怏怏于偌大中国，竟没有一位识货的导演或投资人。但是‘晚生代’们并不这么做作和暧昧。他们对‘触电’都怀有史无前例的高涨热忱。有时作品被高价买了版权去还不算，还一定要

息，又是当今生活，老百姓应该喜欢。于是当时找到了文坛正在走红的十一个作家，一人负责两集剧本创作。参与者有贾平凹、苏童、叶兆言、格非、余华、刘毅然等作家，每人分开写。但到剧本出来后，风格差异太大。……这个片子不是拍得很好看，但它在制作上、技巧上比较精致，画面感特真特美。参见张英《文学的力量——当代著名作家访谈录》，北京：民族出版社2001年版，第243页。

自己亲笔改编为影视。所谓‘肥水不流外人田’。他们都尽量脚踩两只船，生动地活跃于小说与影视之间。这使他们在名利两方面获得快捷，并且‘受益匪浅’。”① 若以 1997 年为限做切片分析，以上论断言之有据，然而随着作家“触电”现象的“普及发展”，时至今日，梁晓声口中前几代作家的“触电”情态早已从“半遮面”走向了“说亮话”，从以作家知识分子的身份面对影视改编（出卖版权等）升级为以影视工作者的身份参与影视制作工序（目标写作、担纲编剧等）。以北村为例，上世纪 80 年代凭借《逃亡者说》《劫持者说》《披甲者说》《归乡者说》《聒噪者说》等“者说”系列小说跻身中国先锋小说家行列，2002 年因小说《周渔的叫喊》被导演孙周改编为电影《周渔的火车》而名声大噪，不同时期的八部中短篇小说被作家出版社结集为《周渔的火车》出版，首印三万册被一抢而空（其前身《周渔的叫喊》销量未超过三千册），后又参加张艺谋《武则天》的命题作文创作，2005 年，鉴于孙周版本的过大改动，北村躬亲示范，将《周渔的火车》改编成电视剧，并与《望着你》和《云之南》构成“北村情感电视剧三部曲”。

这些转型作家与影视结缘通常有着巧合的“机缘”。

双赢局面的确立是这种机缘得以成型的充分条件。转型作家们经过多年文学实践创作，依靠大量优秀作品与诸多奖项头衔完成了文化资本积累，为其越界影视圈搭建了“绿色通道”，他们在专业领域所取得的成就和声望与其在影视圈中的出镜次数和话语分量形成正比。就影视生产而言，民营电影企业兴起与国有电影企业重组加剧了影视行业的竞争力度，知名

① 徐巍：《视觉文化语境中的八九十年代小说创作》，上海：复旦大学博士学位论文，2004 年，第 30 页。

作家的加盟无疑会在更大程度上提升影视作品的品位格调与文化内涵，争取更多的文学爱好者加入观众的行列，赢得广告商的青睐，为票房与收视率提供更为可靠的保证。另一方面，“触电”对于大部分作家来说，意味着利与名的双丰收——充实荷包的同时可以收获更多的主流文化占有量。余华回忆起《活着》的改编授权费时感慨万千：1993 年张艺谋找到他提出改编《活着》，授权费是两万五千元人民币，这令他大为所惊。因为苏童的《妻妾成群》被改编成《大红灯笼高高挂》以四千元的授权费“狠狠地敲了张艺谋一笔”后，嘴都笑歪了，“所以 2.5 万是我想象力之外的天文数字呀”。作为小说，《活着》于 1993 年由长江文艺出版社出版，推向市场后销量欠佳，发行量始终未能破万。被改编成电影并屡获大奖之后，该小说一版再版，并荣登畅销书排行榜。

亲缘关系的拉拢是机缘成型的必要条件。与“媒介知识分子”的亲缘关系是大部分转型作家试水、畅游并最终顺流而下的救生衣。“媒介知识分子”一词源于《中国传媒报告》2007 年第 4 期发起的关于“媒介知识分子角色”问题的书面讨论，这里特指活跃在当下热门文化职业中的传媒从业人员，如制片人、音乐制作人、文化经纪人、形象设计师、发行人等，他们当中许多人是从最初的知识分子阵营中分化而来，因而亦被一些学者视为“知识分子传媒化的第一股力量”。[①] 有分析指出，知识分子与媒体的合作很大程度上是知识分子与媒体从业者的合作，“知识分子与传媒从业人员在血统上的亲缘性是值得注意的，师生、同学、朋友等社会关系，既有助于温情脉脉的社交氛围，又便于信息资源的沟通与交换。这种血统亲缘性也

① 参见赵勇《大众媒介与文化变迁：中国当代媒介文化的散点透视》，北京：北京大学出版社 2010 年版，第 46—47 页。

导致了双方能够在不同层次上共享某些价值观念，包括对文化的尊崇、对文化资本向经济利益转换的追求等等，这最终导致了双方合作的简便性，因为熟悉游戏规则，大家无须多费口舌就心领神会。这就是捧场与炒作之所以高效率的奥秘所在，这也同样解释了知识分子为什么能如此游刃有余地客串于传媒业之中，而传媒每当困窘技穷之时，为什么总会向知识圈频送秋波”①。这一判断可以在刘震云与冯小刚“结伴去汴梁”的过程中得到充分的印证。关于“触电”缘由，刘震云接受《中国新闻周刊》采访时曾有过形象的介绍：“有一个好朋友是电影界的人，我知道我们会心的程度，他是能把电影做好的。就好像去汴梁，你和书中的一个人投脾气，但到另外的路口又有一个人，也去汴梁，也投脾气，也就结伴往前走了。”② 在为冯小刚的书著《我把青春献给你》作的序中，刘震云这样写道：漫长的时间里，合作有偶然也有必然。当两人因为时间和技术问题发生冲突时，冯导演“你干也得干，不干也得干”的角度在作家看来价值千金。“比这更重要的是，朋友在一起不仅是合作，而是相互提高。”③

有趣的是，许多作家在面对影视招安所表现出的时而亲切时而冷漠的态度却又让人有些捉摸不透。

大部分人对于“触电”这一行为本身选择了理解与认可，认为情有可原，主张适时而动。在余华看来，90年代以来，国家以经济建设为主要目标，其间作家所受到的冲击不亚于“文革”。虽然现在尚有选择的余地，可以下海也可以留在岸

① 包亚明：《警惕传媒》，《南方周末》1997年1月24日。

② 罗雪挥、周月曦、甄宏戈：《刘震云：我离“大家”越来越远了》，《中国新闻周刊》2007年第41期。

③ 刘震云：《我把解闷儿还给你》，见冯小刚《我把青春献给你》，武汉：长江文艺出版社2003年版。

上，但是看到别人悠闲地在市场经济中游泳、玩要仍会感到孤独。排斥经济的诱惑有可能是精神的独立，但也可能是内心焦虑的表现。当精神欲望与物质欲望发生冲突时，作家做出哪种选择都情有可原，“这是他对客观事物的一种反映啊，毫无办法”。刘恒指出，作为一种现代的表达方式，电影已经成为一门十分重要的艺术，作家的声音逐渐变小、传媒工具的影响愈发增大是不可逆转的大趋势，仅仅依靠文字本身来传递信息已经远远不够了，所以“作家没有理由孤芳自赏”[①]。刘震云在为冯小刚《我把青春献给你》、赵赵《动什么，别动感情》等作品作序时均表达出了“不用再装”的想法，文中刘震云将王朔与鲁迅并提，称王朔对中国话语习惯的颠覆一点不亚于鲁迅，“王朔的小说，我读来读去，也读出两个字：别装”。至于赵赵第一部长篇小说即是根据同名电视剧改编而成，刘震云显得极为宽容，甚至有些许赞赏：“由影视作品改为小说，在我们这一代作家里，也是一件有辱门风甚至是男盗女娼的事。……但到了赵赵这里，问题变得十分简单：我得赚钱养车和养家呀。一点看不出丢人的意思。”[②] 在他看来，“一个人的作品由小说改编成电影，就好像良家妇女成了风尘女子一样”，这个事情是到了该倒过来看的时候了。许多作家格外爱惜自己的羽毛，在日常生活里也显示出一种庄严感、神圣感、崇高感，这是“对自己的职业喜欢到了病态的程度”的表现。[③] 时代变了，人们更依赖影视剧而不是小说，如果不能认

---

① 张英：《文学的力量——当代著名作家访谈录》，北京：民族出版社 2001 年版，第 80 页。

② 赵赵：《动什么，别动感情》，武汉：长江文艺出版社 2005 年版。

③ 参见张经武《当下文学的图像化追求》，《东方丛刊》2008 年第 1 期；陈尚荣、王列《直面“触电”——作家、文学与影视》，《电影文学》2007 年第 18 期。

识到这一点恐怕会显得酸腐，作家们应当学会自己的东西自己吆喝。

面对“触电”是否会写坏了手的质疑，作家们的态度较为乐观。苏童坦言，电影和作家之间是一种非常简单的供求关系，供求双方都不可能为对方改变自己的创作生活。[1] 刘震云戏称，写电影与写小说，一个是做木匠，一个是杀猪杀羊，互不妨碍。“电影像一盘菜，端出来时色香味俱全了，而小说是写在厨房里，剥葱、剥蒜一系列的过程，是两回事，不会把手写坏。”电影是他小说创作的另外一个副产品和附加物，是创作表达的另外一个阶段，是暂时不能为大众所理解的华丽的“转身”。[2] 刘恒认为，只要不是大规模机械化地从事剧本创作，是可以保护自己的灵感的，在历史上有很多大作家写过剧本，马尔克斯、福克纳等作家都写过剧本。……实际上剧本创作与小说创作并无高低贵贱之分。

然而，一旦提及“触电”关涉的主体关系以及衍生产品的质量，作家们的态度却骤然冷淡下来，有划清界限，各走各路的嫌疑。莫言是许多导演公认的“很好说话”的作家，面对张艺谋的《幸福时光》将原作改动过大、影片上映后反应平平，霍建起令《白沟秋千架》结尾处的矛盾发展浅尝辄止、距莫言风格相去甚远等状况，莫言同十年前改编《红高粱》时一样淡定：“小说一旦改编成影视剧，就跟原著没多大关系了，电影是导演、演员们集体劳动的结晶，……小说只是给导演提供了思维的材料”，“小说跟电影、电视剧的关系，我认为应该是各走各的路，然后偶然地在某一点上契合，生出一个作

---

① 参见周新民《苏童：打开人生的皱折》，《小说评论》2005 年第 2 期。

② 参见王怀周、张佳敏《刘震云：何以解忧惟有写作》，《中国女性》（中文海外版）2008 年第 1 期。

品。小说家应该千方百计地逃离影视，这时候影视才可能追求你”。[①] 苏童聊起与张艺谋的合作时表示：“张艺谋对我而言只是一个匆匆过客，我俩就像做生意的一样，相互之间只有买卖关系，一手交本子，一手交钱，别无其他。”尽管并不反对联姻，也不认为影视侵犯了文学，但作家仍旧保持着一定的警觉，认为从大量实例看来，作家和影视导演合作，很少有好结果，不少甚至弄到了鸡飞蛋打的地步。双方不是水乳交融，而是水火不相容。对于自己的“买卖”形式，苏童较为满意，认为他的小说永远是他的，一旦改成电影之后，它就不属于自己了，作家和电影之间只属于亲戚关系。脱下羽毛、杀猪做菜的刘震云也曾有过类似观点，称他对影视的介入就是说句话而已，只是同意让他看得上的导演改编其作品，不会给电影打工，但同意让电影给自己打工。[②] 这正如去菜市场买萝卜，成交就拎走，无所谓介入深浅。

与此同时，许多作家对自己的“触电”作品甚至怀有一种排斥的心理。苏童称其命题作文《紫檀木球》《武则天》等吃力不讨好，不愿意提及。刘恒认为剧本文字的含金量与小说不可同日而语。王安忆在担任了陈凯歌电影《风月》的编剧后评价说，《风月》是很奇怪的东西，非要设定两男一女，一定要中间去过上海，她一个星期不到就完成了写作，其余大部分时间是在听陈凯歌导演“啰嗦”。在她看来，剧本需要花费的时间和脑力根本无法与作家创作相提并论，二者的艺术水平高低不言自明。[③] 潘军则说得更直白：电视剧是个破东西，不过很赚钱。

---

① 莫言：《小说创作与影视表现》，《文史哲》2004 年第 2 期。

② 参见罗雪挥、周月曦、甄宏戈《刘震云：我离“大家”越来越远了》，《中国新闻周刊》2007 年第 41 期。

③ 参见简敏《电媒时代作家的双重焦虑》，《长江学术》2007 年第 4 期。

可以说，“触电”作家们这种奇特的心理状态从某种意义上证实了茂莱的判断：小说家常常怀着既恨又爱的心情努力掌握20世纪的“最生动的艺术”的历史。“既恨又爱”，很大程度上反映出了作家“触电”过程当中的身份认同危机，而知识分子传媒化则是危机产生的直接背景。正如我们所悉知的，大众媒介在建立新的社会文化规范的过程中，需要将知识分子异化为媒介工业机器打磨的对象，但凡知识分子试图利用、改造媒体，则首先要接受媒体对其的利用与改造。于是，在安全生产的原则指导下，攻击力低、损害度小的针砭与娱乐被大量炮制出来，精神矮化、犬儒化等危机步步逼近。① 具体到以刘恒、余华、苏童、刘震云等为代表的转型作家身上，他们竭力寻求的是一条中间路线，以便在安全的领域内“控诉”“请愿”，不失时机地抓住大众的眼球，同时背后又依托着曾经令各自登上高位的优秀文学文本。因此，在“触电”的道路上，他们肩上必须同时背负两种身份——知识分子与影视工作者，并承受三重矛盾所引发的张力。

首先一个矛盾，是知识分子与影视工作者两个角色之间的矛盾。前者意味着文化精英、思想先锋，指向一个具有特殊社会地位、荣誉和威望的群体，具体到文学创作领域里，需要作家保有独创性与自律性，不断追求更高的审美境界。后者则归属到集体性工作当中，须遵循一定的技术流程与生产规范，强调“集体意志”，作家参与其中，必须他律地成为一枚优质零件，以能保证整个机器的顺利运行，通俗、效率与增殖是产业运作的价值标尺。关于两者的矛盾与抵触，在许多论述中都有显现，诸如：

---

① 关于知识分子传媒化的问题，赵勇在《大众媒介与文化变迁》一书中已有详尽论述。参见赵勇《大众媒介与文化变迁：中国当代媒介文化的散点透视》，北京：北京大学出版社2010年版，第一章第二节。

> 一次商业的失败不算什么——格雷厄姆·格林（以极高的电影改编素材成活率著称于好莱坞）认为：“〔小说家〕必须更刻苦、更细致地钻研他们的专业，因为他们不比那些演员、导演和摄影师可以不问成品优劣，照拿报酬，并且还是丰厚的报酬。他们出了乱子，可以往别人身上一推了事，而小说家则不行。”①
>
> 一次艺术的失败不算什么——好莱坞导演兼制片人福斯特称：“对于一个导演来说，存在着需要遵循的商业原则，在我们的职业里，一次艺术的失败算不了什么，一次商业的失败则是一个判决。”②

由此，作家“触电”的障碍可想而知：一方面是自主性的丧失，另一方面是文本转换的困难。巴拉兹指出，电影永远不可能像某种其他艺术创作那样，仅仅是一个艺术家的唯一的表现手段，其通俗性必然要求整个小组协同一致产生“其内部结构中已带有超越个体之上的共同特性”③ 的东西。作家从自由创作转为集体协作，枷锁镣铐忽地上身，个中滋味难以言表。2001 年，鬼子将莫言的《师傅越来越幽默》改编为“电影小说”《幸福时光》，作品共分为“电影小说”“拍摄剧本”和“备忘录”三个部分，在第三部分中，作者详细地描述了为拍摄同

---

① ［美］茂莱：《电影化的想象——作家和电影》，邵牧君译，北京：中国电影出版社 1989 年版，第 261 页。

② 黄发有：《挂小说的羊头卖剧本的狗肉——影视时代的小说危机》，《文艺争鸣》2004 年第 1—2 期。

③ ［匈］巴拉兹·贝拉：《可见的人——电影文化、电影精神》，安利译，北京：中国电影出版社 2000 年版，第 296 页。

名电影而痛苦创作六个故事并反复开讨论会的过程。一向排斥历史小说写法的莫言将小说《武则天》的创作过程形容为“吃力不讨好”。较早参与电影创作的张弦称“触电”危险之至：“一曰通过难：一稿二稿改来改去，旷日持久，心惫力竭，兴味索然，结果被种种原因否定。二曰风险大：同一故事的小说能得奖，拍成电影则招来上下一片批评指责。三曰变化多：剧本经导演二度、演员三度创作，往往与作者想象相距甚远，以至于大失所望。四曰格调低：近年的商业化迫使电影降格以求，不俗不卖钱，不卖钱没人拍。”[①] 就文学作品本身而言，以“纯文学”为创作旨归的作品在理性内容及抽象物的表达、深入人物内心的能力以及文字形成的积累性力量等方面有着其他艺术表现形式无法比拟的优越性，而电影作为一种“情绪的媒介”，通过影像实现叙事，其兴趣点在于事件本身而非事件对人物的影响，绝大多数优秀影片都是以非常简单的主题和并不复杂的剧情为特征的，在接受环节上具有不同于文学阅读的一次性特征——小说读者可以把枯燥的地方跳过去，电影观众必须从头看到底——除非中途退场，因而将文学作品转换为影视剧本实非易事。格非的成名作《迷舟》发表之初曾引起张艺谋的极大兴趣，导演通过《收获》第一时间与格非碰面，支付版权定金并洽商改编事宜，后终因“表述上的难度”而放弃。格非称，小说通过文字的中介作用于读者的想象力，有着自己的行文习惯，这一点与电影大相径庭，并非每一位作家的小说都适合改编成为电影。[②] 类似的情况在好莱坞也常常出现。对于改编自乔伊斯作品的影片铩羽而归，一些评论家指出，一部

① 陆毅编：《作家谈艺录》，上海：上海文艺出版社1993年版，第218页。
② 参见周根红《先锋作家的影视转型与价值分化》，《重庆社会科学》2009年第6期。

不超过九十五分钟的影片，是无法指望它能够把“《为芬尼根守灵》的长达600页以上的、在语言结构和智力深度上惊人地复杂的‘基本内容’”表达出来的，再多的尝试最终只能指向一个结论：乔伊斯的作品尽管充满了“电影化的想象”，却是不能拍摄成电影的。①

另外一重矛盾，是知识分子角色内部的矛盾。随着社会变革、文化转型、新规范确立与社会科学崛起，人文知识分子长袖善舞、特立独行的文化土壤被悄悄置换，80年代留存的“解冻”时期的热情逐渐消磨殆尽，许多学者干脆丢掉知识分子的头衔，躲避崇高，放弃启蒙，但返回中心的情结却依旧存在。作家返回中心，看中的不仅仅是图书销量（影视逐渐担负起引领读者阅读文学作品的功能）、博客访问量或是电影票房，更重要的是为在主流意识形态文化层面得到更为理想的“出镜率”，争取更多的公共空间话语权。如今大众文化、消费意识形态凭借大众媒介甚嚣尘上，与媒体合作、与影视联姻无疑是重返舞台的捷径一条。于是，文学与影视的关系也便由“文学驮着影视走”变为了“影视带领文学走”。周梅森曾为其同名小说改编的电视剧《绝对权力》做过统计，它的收视率从5%开始往上走，四川卫视创造的最高收视率达到32%，湖南卫视达到25%。如果说全国的平均收视率为10%，那就意味着有一亿三千万人看他的戏。②“得奖专业户”衣向东认为，其作品能够得到大家的认可，与选材有关，“也许与我有比较多的小说被改编成电视剧也有关”③。另一方面，身为文化精英，经

① 参见［美］茂莱《电影化的想象——作家和电影》，邵牧君译，北京：中国电影出版社1989年版，第146页。

② 参见李彦《我要树立自己的品牌——周梅森访谈》，《大众电影》2004年第4期。

③ 衣向东：《“触电”可以改善生活》，http://culture.163.com/culture/editor/news/050721/050721_153439.html，2005年7月21日。

过多年置自身于事外的“民众”话题讨论，大部分知识分子骨子里还是或多或少流淌着“大众化与精神价值成反比”的血液，在某些文化贵族眼中，“费解的”是其身份与地位的象征，当介入到曾为“末流”的影视创作中时，俯视的心态在所难免。肖伯纳曾认为电影表现“海鸥和悬崖和诸如此类的东西”实在浪费时间；伍尔芙称电影是肤浅可笑的东西，不值得小说家效仿；《了不起的盖茨比》的作者菲茨杰拉尔德对于文学与影视的关联有过这样的评价：

> 在我的壮年时期里，小说是人与人之间传达思想感情的最强有力的最流畅的工具，我发现它后来渐渐变得附属于一种机械的公共艺术了。这种艺术无论在好莱坞的商人们手里，抑或在俄国的理想主义者们手里，都只能反映最平庸的思想和最肤浅的感情而已。这是一种使文字从属于形象、使个性不得不在低档次的协作中消蚀殆尽的艺术，早在1930年时，我已即预感到，对白片将使哪怕是最畅销的小说也变得和默片一样陈旧乏味——当看到文字的力量从属于另一种更耀眼、更粗俗的力量时，我几乎总是难于摆脱一种令人痛心的屈辱感。[①]

关于写作，莫言曾表示，决不向电影电视靠拢，其小说作品中不会出现刻意的通俗性与故事性。王安忆对于当代作家的命令写作——电视电影、广告、市场、消费、需求制造出的一种强迫症也表示出强烈的反感，声称只喜欢有感情的作品。余

---

① ［美］茂莱：《电影化的想象——作家和电影》，邵牧君译，北京：中国电影出版社1989年版，第149、186页。

华在与张艺谋进行了“商业合作”后，仍然坚持“我们给他带来的利益比他带给我们的利益要大得多，要是没有我们，就没有他，要是没有他，我们照样存在”[①]。

最后一重矛盾，是影视工作者角色内部的矛盾。基于愈发严峻的竞争态势、强大的市场需求、观众日渐刁钻的审美趣味以及国内影视编剧行业的“后进”现状，许多传媒从业者进一步坚定了转型作家这一影视制作的利益生长点。以张艺谋为例，他始终将文学置于影视“母体”的位置上，从不讳言自己拍摄的优秀电影都仰赖于文学精品，并自称是中国导演中唯一订阅大量文学期刊并认真阅读的人，他后期渐起的当代文学“没劲”之言论，也是由“部分文学作品脱离人民、忽略文学本质从而牵连影视”而生发的（事实上，当代文学“没劲”局面的出现，影视等传媒力量“功不可没”）。但是对于作家们在影视创作方面的“半路出家”，一些传媒从业者却也给予了足够的明嘲暗讽。影视策划人王斌曾多次声称：“和我们（指张艺谋的创作团队）合作的作家都很愉快，而且都表示以后有机会还希望合作。因为这个过程对作家来说是一个很好玩的过程，也是一个很好的学习机会……参与这样一个转变的过程，对作家未来的文学创作也有着巨大的帮助。”谈及电影《英雄》的编剧创作时，王斌也认为编剧李冯的工作并不是很累，因为“在动笔之前我们把所有的戏，甚至台词都已经谈出来了”。[②]“策划”是作家“触电”过程中最可笑的一个角色，据陈昌本回忆，这种说法的专利权属于参与电视连续剧《渴望》制作的一群作家：在以作家的优势全情投入并进入到后期字幕制作时，作家们不知该为自己编排怎样的头衔，最终商

① 林舟：《影像霸权与小说危机》，《花城》2004 年第 2 期。

② 陈林侠：《二十世纪文学改编与影视编剧的命运》，《理论与创作》，2007 年第 1 期。

议出“策划”这个既不落俗套又不过于文雅的说法，并称其对于该词的用法享有专利。然而，这个作家们引以自豪的发明在他人眼里却不怎么入流，有声音提出，许多作家写剧本由着性子来，不讲究镜头感，写出的东西既非剧本也非小说，许多影视公司不得不另请高明，将夹生饭重新再煮，又不好将请来的作家轻易炒掉，只得为送不走的佛爷们挂上一个新名堂——策划。[①]

就这样，转型作家身处双重身份的夹缝之中，左右为难，无论身为编剧、策划、制片人还是美工（阿城之于《海上花》）、道具制作（阿城之于《小城之春》），他们自认在“触电”过程中的位置始终是边缘的，类似于寄生者。出卖版权当“供货商”，他的作品只是作为素材而不是一个有机的整体；作为编剧，又降格为一个“来样加工的艺匠”，并没有资格对眼前的活计发出疑问；担任制片人，也多是在投资方和创作剧组之间来回协调关系，保证资金到位，敦促影片顺利制作完成。从这个角度出发，便不难理解为什么刘恒以“出卖子宫”[②]来自我解嘲，莫言每次“降低门调”写电视剧本都会觉得受到了“人格的侮辱”[③]，鬼子继《幸福时光》后不想再与张艺谋合作了[④]。

---

① 参见崔斌箴《作家“触电”小心短路》，《大众电影》2004 年第 9 期。

② 刘恒、王斌：《对话：电影、文学及其他》，《电影艺术》1993 年第 1 期。

③ 莫言：《小说创作与影视表现》，《文史哲》2004 年第 2 期。

④ 参见 ZJ《作家李冯：与张艺谋合作很愉快》，《电影文学》2003 年第 2 期。

从小说到剧本
——当下写作文本断裂的一种表征

茂莱将西方作家“触电”的概况评述为：“1922年而后的小说史中，即《尤利西斯》问世以后的小说史，在很大程度上是电影化的想象在小说家头脑里发展的历史。”[①] 这种说法置换到我们的语境中，或许可以改为：20世纪90年代而后的小说史，是“小说性”与“电影化的想象”争夺小说文本场域的历史。

提及“小说性”与“纯文学”，总是要将目光回射到80年代。冰冻过后，各种热潮蜂拥而至，方法观念时时更新，文学论争与文艺思潮此起彼伏，文学艺术家们将尘封多年的热情悉数捐出，建构了一个有理想也有幻想的年代。面对作家们源源不断的激情与创新，有人戏称是“各领风骚三五天”，“被创新之狗追得连在路边撒泡尿都来不及”。时至今日，再回头探究当时的“新启蒙”“思想解放”以及这些运动生发的各种大讨论与眼花缭乱的思潮流派，学界的态度渐趋冷静，更多的是批判性的反思。然而，对于那一时期文学创作领域所取得的成就，却仍旧众口一词，宠爱有加。在接受查建英关于80年代

① ［美］茂莱：《电影化的想象——作家和电影》，邵牧君译，北京：中国电影出版社1989年版，第5页。

话题的访谈时，李陀一针见血地指出：80年代文学和艺术的技术主义倾向需要回顾与检讨。“新启蒙”运动受“思想解放”要求的束缚，更多援引的是西方经典理论，拿着旧地图，并不能在启蒙的路上走很远。但是提到80年代的文学成就，李陀依然坚持当年的看法：“我在《漫说纯文学》那篇对话里，说80年代的文学成就是‘五四’以来最好的，那话是认真的，我现在还这么看，但这一点不影响我对那时候的问题作出批评。”[①]

总体而言，在80年代“真理”“解放”“启蒙”等大的文化语境的熏陶下，作家们在追求文学自律性的创作实践道路上走得着实深远。许多与影视结缘的作家，他们从“寻根”“先锋”“新写实”等思潮中一路走来，其探索性、叛逆性、人文关怀与美学诉求等，必然从不同侧面、在不同层次上浸润着“触电”的作品：如王安忆之于寻根小说——《小鲍庄》等作品以现代意识观照现实和历史，反思传统文化，探寻中国文化重建的可能性，作品题材和文化反思对象呈现出鲜明的地域特点，在表现手段上既有中国传统文学的手法，又融合了现代派象征、抽象、暗示等方法；苏童、余华等之于先锋小说——在文化上表现为对意识形态的回避、反叛与消解，在文学观念上颠覆传统的真实观，放弃对历史本质的追寻和对现实的真实反映，强调文本的自我指涉功能，在文本特征上体现为游戏式的叙述、符号化的人物以及零散的结构；刘震云之于新写实小说——还原生活毛茸茸的原生状态，主题意蕴更多的是表现现实的荒诞、丑恶、灰暗与无奈，大多采用客观化的叙事态度。

不难看出，这些作家的“触电”作品均在不同程度上继承

① 参见查建英主编《八十年代：访谈录》，北京：生活·读书·新知三联书店2006年版，第273—285页。

了其各自的写作“传统”。比如王安忆《长恨歌》中以柔弱女子作为大上海的城市代言人，通过世俗性、民间性的力量累积完成了历史与人性的双重书写，将一切宏大叙事溶化在主人公王琦瑶偏安一隅的安静与细碎中；莫言《白棉花》里暗含着对民族精神状态的伟大与卑微的双重揭示，原生态的描述方式、悲剧与反讽的复合美感以及浪漫富有诗意的幻象清晰可见，女主人公方碧玉浑身上下装着弹簧、周身都是迷人故事，其勇敢和韧性与《红高粱》中“我奶奶”有几分相似；苏童的《武则天》里延续着一贯的浑茫、乱杂的历史和多义性主题，作者以冷郁平静的笔调营造出充满血腥与残酷的沉重氛围，一、三人称交叉叙述的行文方式将命运的不可逆转与生命的脆弱展现得淋漓尽致；余华《活着》中关于暴力、灾难、死亡的冷漠叙述和对传统价值的彻底颠覆等告诉我们，人仅仅是一种存在，与万物一样并无他义，探究本质不过是一个大笑话而已……但是，我们也应当看到，生存在如今一个充满诱惑与考验的时代里，许多作家饱经视觉文化的浸染，其“触电”作品里已然显现出了对于影视召唤的清晰回应。

“外部研究”

从生产传播方式来看，“触电”作品们严格遵守着影视生产流水线的明文规定，按部就班地完成着每一道加工程序。用布尔迪厄的话说，这是商业逻辑所制约的票房 / 收视率的一个严重“内爆”，是传媒化的经济力量渗透到纯粹的艺术领域进而造成了传媒与艺术家“合作”（合谋）来危机艺术的自律性。[①]

① 参见［法］皮埃尔·布尔迪厄《关于电视》，许钧译，沈阳：辽宁教育出版社 2000 年版，第 13 页。

“目标写作”是产业链的重要规则之一，意指以影视改编为目标进行小说创作。这一方面杨争光是适例。他曾不止一次对外宣称：“我写的小说，利用了电影手法，充分地故事化、情节化……我写的小说最能改编成电影。”[①] 李建军在警察题材小说《瓷器》的后记中写道：《瓷器》是警察抓小偷这么一个任何民族任何文化背景的人群都能接受的故事，可以充分展现智慧与勇敢、道德与情操，既现代又极具情节发展空间；中国瓷器有取之不尽的动人史实和传说可供作为故事的背景，仅仅是这背景也能写出感人的小说，拍出美好的电影电视；另外这个故事描写的是国外的江洋大盗在世界多国偷中国瓷器，外国人容易感到身临其境。可见在作者创作伊始，业已明确“改编成电视剧后打入发达国家黄金频道”的目标。“命题作文”同样是批量生产对于产品生成方式的客观要求，指的是根据导演意图创作文学文本，供日后改编拍摄使用。命题作文最为典型的事例当属张艺谋“订购”《武则天》一事，他同时向苏童、北村、格非、赵玫、须兰、钮海燕六位作家“订购”以武则天为题的长篇小说，号称“同题作文，相互竞争，以便于电影改编”，2003 年东方出版社出版北村的电影小说《武则天》时，其宣传广告称“本书是专为名导演张艺谋及名演员巩俐写的电影小说，导演在六位作家的六部作品中指定本作为改编原著”。赵玫、须兰的《武则天》合集的封面上，更是印着“张艺谋为巩俐度身定作拍巨片，两位女性隐逸作家孤注一掷纤手探秘”的广告语。[②]

值得注意的是，应影视生产与传播的宣传需要，“触电”

---

① 高姿英：《论世纪之交文学影像化叙事潮》，武汉：武汉大学硕士学位论文，2004 年，第 15 页。

② 参见黄发有《挂小说的羊头卖剧本的狗肉——影视时代的小说危机》，《文艺争鸣》2004 年第 1—2 期。

作品在流水线上不但可以顺势而下，更可以逆流勇进，甚至反复逆转。“借鸡下蛋”“一鱼两吃”的“影视同期书”便是一例。这是近年来文艺出版社运作较为成功的“捆绑销售”式的营销策略。以影视剧为轴心，“影视同期书”面世的时间或前或后，充当起广告或余音的角色，同时借助影视东风，为自身开拓更广阔的市场。其中，人民文学出版社作为文学出版界的龙头老大，旗下的“影视同期书”运作得有声有色。1999年王海鸰的长篇小说《牵手》创作完成，以此改编的电视连续剧将在中央一套黄金时间播出，人民文学出版社周密计划，五天之内出书，以前所未有的低折扣发货，三天之内全国各大城市同时到书，媒体的宣传战同期打响。此外，现代出版社的“梦剧场”系列（如《刮痧》《大腕》《寻枪》），群众出版社的公安系列（如《黑洞》《黑冰》《重案六组》）等也都取得了不俗的战绩。2000年，作家出版社推出“海岩电视小说书系”，将海岩的作品定位为“一种全新概念的电视小说”，声称“读者既可以从中领略到作者小说中的原汁原味，又能欣赏到本该在电视荧屏上才能欣赏到的精彩画面，可谓一举两得”。[①] 而海岩本人则说：“名字叫‘电视小说书系’，实际上就是剧本。”[②] 转型作家刘震云的《手机》与《我叫刘跃进》小说“原件”亦为同名影片的剧本，且剧本编写在先，小说创作在后。以《手机》为例，小说共分为三个部分：吕桂花；于文娟、沈雪、伍月；严朱氏。冯小刚的同名电影则以第二部分为主，严朱氏一章“连影子也没有”。电影上映后，“《手机》电影不如小说”“《手机》电影糟蹋了小说”的声音不绝于耳，冯小刚辩解道：“这是我欲速则不达导致的。……我让刘老师先写剧本，这就

① 海岩：《玉观音》，封套广告，北京：作家出版社2000年版。

② 营峰：《海岩印象：精神浪漫生活刻板》，http://www.people.com.cn/GB/wenyu/66/134/20020107/642501.html，2002年1月7日。

导致了目前电影不如小说的结果。”另外他还透露：“刘震云感兴趣的、真正要说的是第三部分……这一部分是小说真正要写的核心。”这种剧本加工式的写作方式被冯导形容为“借鸡下蛋”。[①] 有意思的是，池莉小说《生活秀》的同期书加工过程较之旁人更费了些周折——凭借一己之力将产品生产的顺序与倒序连贯起来——先是邀请张欣将小说改编为电视剧，随后又根据电视剧的脚本改编出了署名张欣的电视小说《生活秀》，[②] 大家各取所需，见者有份儿。

在法国，“影视同期书”有着另外一个名字：电影小说。这一形态与一战时期的系列电影即“小说电影”相伴相生。莫尼克等人将这类小说的功用归结如下：一方面，可以促使公众去看电影或买周刊，然后是购买相应的书籍；另一方面，可以使那些仍不习惯于短暂画面的观众自由地重读电影（因为影片经常高速地卷转，有时不能使观众了解所有要表达的细节）；最后，即使电影无法将观众领入画面中所不能到达的遥远乡村，至少相应的文学作品可以做到。[③] 关于电影剧本的出版价值，许多学者已经给予了充分的肯定。巴拉兹认为，电影剧本早已不再是未完成的草图、尚待执行的计划书或一部艺术作品的提纲，它像任何其他艺术形式一样，能够反映现实、独立地描绘出鲜明的生活图景，本身即是一部完整的艺术作品。[④] 相

① 参见梁振华《文学与影视：“暧昧”的遇合——由〈手机〉小说与电影说开去》，《理论与创作》2004 年第 2 期。

② 参见王先霈主编《新世纪以来文学创作若干情况的调查报告》，沈阳：春风文艺出版社 2006 年版，第 165 页。

③ 参见［法］莫尼克·卡尔科 – 马赛尔、［法］让娜 – 玛丽·克莱尔《电影与文学改编》，刘芳译，北京：文化艺术出版社 2005 年版，第 178 页。

④ 参见［匈］巴拉兹《电影美学》，何力译，中国电影出版社 2003 年版，第 265 页。

形之下，影视同期书的角色定位却略显尴尬，跻于小说与电影剧本之间，受市场需求、出版时间等诸多要素限制，既缺乏优秀小说的厚度、纹理、复杂性以及开掘思想情感、捕捉抽象物的能力（或许仅能匆匆一瞥“遥远乡村”的概貌），又难以保留电影剧本之于人物语言的无微不至与情景场面的大量留白。因此，有研究者用这样的语汇评价此类文本的特点：肤浅的性格刻画，截头去尾的场面结构，跳切式的场面转换，旨在补充银幕画面的对白，无须花上千百个字便能在一个画面里面阐明其主题。

“内部研究”

“触电”文本在主题、题材选择方面呈现出较为普遍的模式化特征，与当代电影齐头并进。消解历史、民俗展示类继续走俏，如《红粉》《白棉花》《活着》；“讲述老百姓自己的故事”不断升温，如《贫嘴张大民的幸福生活》《师傅越来越幽默》《我叫刘跃进》；帝王将相红粉佳人层出不穷，如《西楚霸王》《少年天子》；恩怨纠葛儿女情长频繁上演，如《茉莉花开》《长恨歌》……内容方面，审查制度与市场需求的双重标准梳理出了“触电”小说中不温不火的性与暴力。克拉考尔认为，在展现自然灾祸、战争暴行、恐怖和暴力行为、性放纵和死亡等方面，摄影机拥有得天独厚的优势。而票房 / 收视率对“触电”作品的直接作用也体现在对轰动的、耸人听闻的、引人侧目的东西的追求上，血和性，惨剧和罪行总能畅销，这是商业逻辑在文化生产领域的僭越。故此，“触电”作品为向影视靠拢而囊括进更多的暴力、色情、灾变等要素便不足为奇，这种游戏规则甚至在一定程度上规范了精英文学的叙事包装。用学者朱国华的话来说，纳博科夫的《洛丽塔》不是描绘乱伦，刘恒的《伏羲伏羲》也并非展示通奸，但是他们都必须借助于侦探、乱伦或者通奸的叙事框架才能说明其关心的东西与通俗作家在本质上并不相同。然而，无处不在的审查制度又使得上述内容在纸媒和电媒中均不能过分暴露与直白，否则作家和商家共同期待的商业逻辑与公共声望便无从谈起。于是作家们学会了拿捏分寸，半露的香肩与火药的余烟既能安全地通过中国式“海斯法典”的考核，赢得投资方与导演的青睐，又能最大限度地刺激观众的眼球，勾起人们观看和购买的欲望。

受电影影响，强烈的空间感和运动感逐渐成为作家创作中的新的美学追求。打破时间的流动与情节的连贯，以空间场面的并置取代叙事的连续性，使文本统一于空间关系而非时间关系中，此外，这些并置的空间还会随着情节的发展不断交错，“这种运动不是简单的从一点到另一点的移动，而是模糊而复杂的感知。借助主体的运动，客体也活动起来。……由此产生了一种小说笔法，它不再忠实摹仿‘一个固定不变的存在’，而是力求把握事物间这种不断变化的波动关系”。然而，一些学者对这种所谓的空间运动感评价并不高，认为它瓦解了主体“所体现的和用以界定物体的一整套稳定的参照体系”，“主体概念也随之受到损害”。[①] 在这里，小说的时间因素从属于空间因素，读者必须将这些分散而又相互关联的象征、意象单位连缀起来总体参照，才能获得较为完整的意义。但是，从“触电”的角度来看，这种设计却与摄影机的性征保持了一致，小说的一个场景就是电影的一个镜头，作家按照摄影机的角度调整和焦点变化来转换场景，编剧只需将小说按章节拆分进行再加工，一个个分镜头脚本便可新鲜出炉。

① ［法］让·玛·克莱尔克：《小说与电影语言模式：空间的再现》，张新木译，崔君衍校，《世界电影》1997 年第 6 期。

“空档”是这中间值得回味的一个小插曲。它迎合了影视剧本在形式安排方面的具体要求，是作家追求空间运动感的直接产物，并分布于“触电”作品的各个角落。如小说《手机》中即常常出现以“冬天到了”（第2章第16节）、“春天到了”（第2章第24节）之类的表述作为章节全部内容的形式编排，既发挥了预示主要人物之间关系变化的功效，又与影视创作中通过季节性景物切换意指时间流逝、物是人非的表现手法不谋而合。然而对于逆流水线而上的“影视同期书”而言，其前身——电影剧本中过多的空档与留白却与现时小说的身份不甚相符，这就需要作家依照文学的审美标准为其“填空”，用文字来表达非文字所能准确表达的视觉神经。叙述者最常采用的方法是用略带说明性的评论来不断强调插入的话语，试图将对白同时融入故事框架和情感发展当中。据王海鸰介绍，她由剧本改编小说的原则是戏剧的思想、人物、故事不推翻，但文本全面进行格式转换。把小说不需要的戏剧因素大量地删除、小说所需要的心理轨迹尽量丰满。刘震云则干脆在《手机》的剧本基础上再添“吕桂花”和“严朱氏”两大部分内容，顺着电影的台阶往上走，希望借助电影激发出观众第一反应这一平台，将小说推进得更为深入。于是，在一些“影视同期书”的文本之中，出现了空档与大规模说明性评论并存的局面。不可否认，这将在很大程度上增加损害作品纹理与深义的可能性。

另外为了增强小说的可视性，营造最佳画面感，悬念、陡转、扑空等手法被大量使用；色彩、光影以及人物的表情外貌体态等成为作家刻意捕捉的对象；人物对话和自然界的音响也被无限放大。有学者曾对刘震云《手机》的对白密度做过统计:《手机》实际字数117302字，加引号的人物对话1458句，平均每80字中即包含一句人物对话，而《一腔废话》则是每170字包含一句人物对话，核算下来，《手机》的人物对话率是《一腔废话》的 2.08 倍。[①]

需要指出的是，我们在讨论小说中“电影化想象”的痕迹时，应当注意区分“文学化了的电影处理方法”与“电影化了的文学创作方法”。电影美学家 B. 日丹在《影片的美学》中指出：“具有整体与局部新的相互关系的镜头的动态结构、角度和透视、叙事的急剧转换”这一视像原则已稳固地进入现代文学的结构中，现代小说愈加关注造型性、细节、手势和角度，“我们时常见到在时间上彼此相距甚远的场面发生复杂的蒙太奇转换和‘叠化’，见到各种不同的、截然相反的叙事层次富于表现力地交织在一起”。[②] 这是从不同艺术形式之间各取所长的角度进行的正面论述。然而一个小说家为使他的作品在技巧手法上多样化而借助于电影化方法是一回事，如果他把小说和电影搅混到如此程度，以致名为写小说而实际成品是电影剧本，那就是另外一回事了。在格林的小说中，电影化的处理方法始终只是对根本上是小说式的视象起辅助作用而已，“电影化的想象”在他最优秀的作品里是被文学化了的。海明威《乞力马扎罗的雪》当中使用了大量的电影技巧，但由于作者的全部兴趣集中在哈利的心灵旅程上，因而也不是理想的拍片材料。菲茨杰拉尔德在塑造卡拉梅尔这一人物形象时，委婉地表达了对于文学创作电影化以及传媒经济破坏文学规则的焦虑。“在《恶魔般的恋人》出版后的两年里，狄克赚了 2 万 5 千多元，其中绝大部分是后来由于电影界急需故事情节，给小说家的报酬开始空前暴涨才赚到手的。他的每一篇小说可得 700 元……每一篇有足够的电影‘动作’（接吻、开枪和牺牲）的

① 参见王先霈主编《新世纪以来文学创作若干情况的调查报告》，沈阳：春风文艺出版社 2006 年版，第 166—167 页。

② ［苏］B. 日丹：《影片的美学》，北京：中国电影出版社 1992 年版，第 439 页。

小说，还可以多得1千元”，这种成功带给他的另外一个后果是：作品质量显著下降。[①]

案例一种——刘震云与刘跃进

刘震云“触电”历程大致可以从1994年担任电视连续剧《一地鸡毛》的编剧算起；2003年与好友冯小刚结伴去汴梁，为电影《手机》剧本捉刀，影视同期书于2003年12月出版；2004年与王朔搭档，出任《动什么，别动感情》总策划；2007年11月小说《我叫刘跃进》问世，2008年在同名电影中担纲编剧、执行制片人；《温故1942》于2008年底开拍，目前处于改写剧本阶段，同名小说于1992年写就，收录在小说集《官人》当中。除了参与幕后制作，刘震云还喜欢在屏幕前露脸，影片《甲方乙方》中的失恋青年、《我叫刘跃进》中的“麻将男”等均为作家躬亲示范。

诸多的转型作家中，刘震云与导演们的合作愉快和默契程度最高：“（冯小刚）用实践告诉我，客串编剧是个异常轻松的工作，就是在房间里背着手散步。”为好友新书作序时，刘震云详细描绘了个中情境：与冯导的合作大多集中在剧本修改阶段，修改的方式非常简单，冯导演“亲自把着电脑，响应着上帝的召唤，我在房间随着冯导演的自言自语来回散步。修改顺利的时候我不说话，出现困难的时候我还不说话，我唯一的任务就是等待”，只要等，就能等到冯导找到出口。甚至对于冯导打断创作赴饭局之类的恼人行径，作家也选择了忍耐，一个人先玩会儿。[②]

---

① 参见［美］茂莱《电影化的想象——作家和电影》，邵牧君译，北京：中国电影出版社1989年版，第189页。

② 参见刘震云《我把解闷儿还给你》，见冯小刚《我把青春献给你》，武汉：长江文艺出版社2003年版。

对于作家以往文本的“小说性”探寻，许多学者已经给出了较为满意的答案。刘震云的小说中重复着两个相反相成的文化模式：“城门失火，殃及池鱼”；“鹬蚌相争，渔翁得利”。前一种视点来自草民的立场，后一种视点来自争利者的立场，但也可说是草民对争利者争权夺利的规律的认识。[①] “一个来自王楼乡生命深处的泥土、阳光、马粪、红薯和男男女女身上的特殊味道”[②] 将这种立场熏染得愈发醇正。与此同时，悬搁价值，借助物质的拼接、拆卸和重新组装来建构故乡形象，对城市与乡村双重否定，机关小说与历史小说分别有鲁迅“暂时做稳了奴隶的时代”和“想做奴隶而不得的时代”的影子等性征又暴露了其立场背后的知识分子批判情结。[③] 绝望的生存境象，可怕的权力模式与老娘形象（原型力量）[④] 是作家创作的基本思维背景。在狂欢的语言广场上，刘震云将政治话语、行业用语、高雅的、世俗的、逻辑的、非逻辑的语言熔为一炉，酿制出一种“吵架的情绪状态”[⑤]。反讽手法是刘氏招牌动作，作家常在不同场合自我戏谑：“为什么我的眼里常含泪水，因为这玩笑开得过分。”

具体到近作《我叫刘跃进》，其中仍旧保有刘震云作品的

① 参见陈思和、李振声、郜元宝、张新颖《刘震云：当代小说中的讽刺精神到底能坚持多久——关于世纪末小说的多种可能性对话之四》，《作家》1994 年第 10 期。

② 程光炜：《在故乡的神话坍塌之后——论刘震云九十年代的小说创作》，《文学评论》1999 年第 5 期。

③ 参见摩罗、杨帆《刘震云：奴隶的痛苦与耻辱》，《当代作家评论》1998 年第 4 期。

④ 参见梁鸿《论刘震云小说的思维背景》，《中国青年政治学院学报》2004 年第 4 期。

⑤ 周罡、刘震云：《在虚拟与真实间沉思——刘震云访谈录》，《小说评论》2003 年第 3 期。

一贯风貌。小说讲述了一出羊闯进狼群、羊找狼、狼找羊的“不可掌控”的闹剧。刘跃进是北京一建筑工地的民工，上街时被人抢了包，里面装着他全部的财产。找包的过程中，又捡到一个包，其中藏着天大的秘密，牵涉到上层社会的几条人命。于是几拨找这个包的人马，又开始找寻刘跃进……在接受采访时，刘震云声称试图通过这个“拧巴”故事来表现一种“极致”的状态。[①] 主人公刘跃进既朴实又狡黠的性格特点与处事方式展现了作家口中“半羊半狼”的草民心态；通篇没有一个彻底的“好人”——城里人终日周旋于钱、权、色，乡下人原本是“阿Q的外甥”却不肯承认——进一步延续了作家“否定”的人物塑造路线；讽刺讥笑随处可见，用刘震云话说正是“所有的悲剧都经不起推敲，悲剧之中，一地喜剧”。[②]

但这部小说又绝非猫鼠游戏那么简单。同名电影推向市场时还有另外一个响亮的名号——“中国首部作家电影”。这一概念由中国电影集团公司首次提出，指作家拥有导演的推荐权、资金的使用权以及介入发行权的新制作模式的电影。这将作家在电影制作过程中的地位抬至前所未有的高度。据了解，中影重金打造“作家电影”，是为了给“内容贫血”的中国电影市场注入新活力，在制片人中心制和导演中心制之外开创一条新路。中影集团董事长韩三平指出，作家电影应当避开法国“作家电影”的晦涩难懂，抛弃上世纪80年代中国电影中残缺的民族元素，绕过唐朝和秦朝，从当代出发，从观众出发，树立起典型人物。在这部影片的制作期间，作家刘震云除了提供蓝本，还出任编剧兼执行制片人，在投资方中影、橙天娱乐和

---

① 参见罗雪挥、周月曦、甄宏戈《刘震云：我离“大家”越来越远了》，《中国新闻周刊》2007年第41期。

② 楚狼：《刘震云打响作家电影第一炮》，http://www.xici.net/b658398/d5153 9298.htm，2007年4月23日。

创作剧组之间来回协调关系，保证资金到位，敦促影片顺利制作完成。同名小说《我叫刘跃进》一上市便狂销四十万册，一举获得《当代》杂志评选的“2007年度最佳长篇小说”。[①]

同《手机》一样，《我叫刘跃进》亦是先有剧本后有小说，刘震云称要对得起投资方的“真金白银”和工作人员的心血，剧本前后修正了十五遍，希望营造出“小人物，大感觉”。题材选择方面，集民工、黑帮、侦探、反腐等热门题材于一身，惯有的思维背景与泥土气息为“羊”与“狼”之间的周旋所取代，为了保证票房，刘震云还特别强调大家不要误以为《我叫刘跃进》是农民工题材，“不然大家就不进电影院了”——“工地没什么好看的，街上找贼才好看”。在具体的行文过程中，作家一句话一个段落类似于场景交代；章与章之间小段重复仿佛上集回放；巧合俯拾即是，一波未平一波又起（丢包再捡包，U盘过后是孙悟空卡）；叙事节奏快之又快，被冠以“D字头小说”之美誉。

小说共分为四十三章，每一标题都以本章涉及的主要人物的名字来命名，如第1章“青面兽杨志”、第2章“任保良”、第3章“韩胜利”、第4章“刘鹏举”、第5章“严格”等，并且同一名字根据情节需要还兼任着不同章节的题目，其中“青面兽杨志”便分别出现在1、8、14、15、21、23章节的开头，这不禁让人联想起导演拍片时集中拍摄某一演员戏份儿的情形。小说第5章中有这样一段情节：女歌星因对外宣称厌食症又在街边大啃红薯，被小报记者抓个正着，偏偏刊登出来的照片将同行的大老板严格暴露了出来，严格为了逃过老婆的追查又重返现场与手下工头任保良商量对策。

---

① 参见高桥《制片人刘震云与〈我叫刘跃进〉》，《大众电影》2007年第19期；杨柳《〈我叫刘跃进〉：作家和电影谁主沉浮？》，《电影》2008年第3期。

一番话说完，把严格累着了，任保良也听明白了。但任保良怀疑：

“她要是看不到这报纸呢？我们不白张罗了？”

严格：

“她看不到，别人也会告诉她；她身边，都是大胖子。”

大胖子没好人的理论，严格也对任保良说过，任保良能听懂。但他又感叹：

“多费劲呀，如是我，早跟她离了，一了百了。”

严格瞪了任保良一眼：

“事情没你想得那么简单。如能离，我早离了。”

又说：

“电视上，每天不都在演戏？一个人去视察，周围都得布置成假的，和对付我老婆一样。各人有各人的难处。”

任保良明白了，这戏是非演不可了；但他搔头：

“可要说装假，你算找错了地方。工地几百号人，从娘肚子里爬出来，真的还顾不住，来不及装假。”

严格的手机响了，但他看了看屏幕，没接；端详任保良：

“我看你就行。”

任保良跳了起来，似受了多大的委屈：

“我咋给你这印象？剥了皮，世上最老实的是我。”

……

任保良一怔，正要说什么，小院的门被“哐当”一声撞开，刘跃进进来了。[①]

---

① 刘震云：《我叫刘跃进》，武汉：长江文艺出版社2007年版，第22页。

这段描写共389个字，其中人物对话占去215字（55.3%）；43字用于场景交代（11.1%），如“严格累着了”“刘跃进进来了”等；动作及情绪提示88字（22.6%），如任保良“怀疑”“感叹”“搔头”“跳了起来”“一怔”等；仅有43字涉及人物心理（11.1%）。但由于“大胖子没好人”一句兼职背景交代，因此可以勉强归为“分析力、内涵力和理智力”[①]的文字，仅剩下“任保良明白了，这戏是非演不可了”一句。事实上，刘震云对于大段人物对话的热爱于早期作品已有所展现，《一地鸡毛》中，作者开篇便安排小林与老婆因一斤馊豆腐而开战，二人你来我往的唇枪舌剑里隐约可见各自的内心活动与全知全能叙述者的善意嘲讽。时至今日，此对话已非彼对话，当年小说中对话、心理及叙事者点评并驾齐驱的情形在如今的“触电”文本里已是芳踪难觅。

总的来说，从“触电”的角度看，刘震云等“转型”作家之所以会在新的时代语境与文化景观中产生身份危机与文本断裂等状况，本质上是商业逻辑僭越文化生产领域、新型消费意识形态借助传媒化的经济力量向旧有文化、文学传统发起猛攻的结果。作家们在人文批判与娱乐至死两股反向拉力的作用下，歪歪扭扭地走出一条“之”字形路线，在哲学探索、人文关怀、审美诉求、乌托邦冲动与被影视电流麻醉的快感之间摇摆不定。他们对于影视询唤的若即若离导致其文本中“小说性”与“电影化”拼接的痕迹比比皆是。

面对愈演愈烈的作家“触电”现象（尤其是“纯文学”路

① 茂莱在评价爱森斯坦“轻视”文学的言论时曾提到：电影在文字语言的分析力、内涵力和理智力方面都是无法与之相比的。参见［美］茂莱《电影化的想象——作家和电影》，邵牧君译，北京：中国电影出版社1989年版，第188页。

数的作家向影视示好），一些学者抛出了文学终结论。是否真的就此“终结”，或许还有待进一步商榷。倘若指塑造民众的文化心理、振臂一呼创病皆起，今日之文学的确不再具有这样的神功伟绩。但若从文学本身的存在意义出发，其作为人类最重要表述方式之一必将与理想、思想和情感同在。这样，终结说便转移到功用变化的问题之上。关于这一点，许多作家明确表示，在一个健全、健康发展的社会，文学不应当承担太多历史与社会责任（莫言），小说在过去膨胀得太厉害，现在终于回到了应有的状态（刘震云）。尽管类似的表述中不乏文学边缘化的强颜欢笑，却也从一个侧面反映出作家对自身位置的理性思考。撇下清高，在大众文化的涡流中拼搏，文学未必会生机尽失。接下来又引出另一个话题，“触电”是否会导致文学边缘化的程度加剧？这需要从两个层面来辩证考虑，影视等新兴媒介的蓬勃发展的确是文学退出舞台中心的“罪魁”之一，但另一方面，文学与影视的联姻又必将促使更多受众的目光重新聚焦到文学文本上，如何令作品中的电影手法更好地文学化、如何将“影视同期书”与影视剧本区分开来并提升其审美境界与艺术含量，恐怕应该是文学工作者的当务之急。另外，若能将文学与影视的金玉良缘（不可否认，作家“触电”文本中存在一些优秀作品）看作是文学生命力在其他领域的延伸，也未尝不是一件宽心之事。

但是，在摒弃盲目悲观心理的同时，也应当清醒地认识到影视化可能对某些急切想改善生活质量的作家所造成的损害。作家杨争光曾经表示，长期从事电影、电视职业编剧的工作习惯特点对他小说语言的锤炼很有帮助，在写小说时作者尽量让人物说话，减少人物心理和环境的描写，通过人物的言谈举止来展现一种环境的存在。[①] 这样的文学创作态度不禁令人感到担忧。为金钱和既定的创作规范所累并耗尽精力，思维桎梏于僵化的模式之中，心灵喧嚣、对生活的感悟力不断下降，知识分子的人文精神、批判意识、社会责任感与历史使命感纷纷撤退，文本中深义丧失，叙事热情降低，对存在、人生真谛、生命奥秘等探寻逐渐消隐……这些逐渐成为作家在“触电”途中遗失的珍宝。与此同时，转型作家的成功案例，一边进一步坚定着后来者“触电”的决心，一边也为他们的“出镜攻略”补充了新鲜思路——一个新人如若不先在文学上树点名声，几乎是不可能成为一个电影剧作家或电影导演的（至少不可能在地上，而在地下是无利可图的）。

在西方，福克纳、菲茨杰拉尔德、格林等人亦曾于好莱坞叱咤风云，到头来终究难以排遣心中的“罪恶感”。[②] 自 1932 年以来，格林的小说几乎成为世界上成活率最高的电影改编素材（其中十三部被搬上银幕，一部作品被先后改编了二次），然而当谈到为电影所做的实际工作时，格林承认，将作品分为严肃小说和大众娱乐品，其界限并不总是那么清楚或贯彻始终，一个作家不应受雇于任何人，“如果你在一个行当里利用文字谋私，你就不可能不在另一个行当里以遵命写作来糟蹋文字”。茂莱指出，在美国，天才毁于成功的，非仅一例，而宠

---

① 参见张英《文学的力量——当代著名作家访谈录》，北京：民族出版社 2001 年版，第 251 页。

② 当菲茨杰拉尔德根据格里菲斯的具体要求写就一个电影剧本提纲后，写信给他的姨母和姨父：“我对于我能从电影那里捞到的所有钱财，都觉得心安理得。我要把他们搓成快乐丸子，直到世界末日，因为我总能说，‘啊，他们拍成的影片和我原来写的东西在精神上是不同的！’”［美］茂莱：《电影化的想象——作家和电影》，邵牧君译，北京：中国电影出版社 1989 年版，第 188 页。

坏天才的祸首，莫过于好莱坞。在小说中使用电影技巧并不一定会对一位小说家起有害作用（哪怕他早有把小说卖给电影界的打算），但有一个前提：他必须知道他在写小说，知道小说和电影的区别何在，要让借来的手法服务于本质上是文学的目的。一旦试图避开人的内心的复杂性和当代理性世界的挑战，满足于从外部或从摄影机眼睛的视点来看世界和陈腐的道德说教，那便是对自己作为一位严肃艺术家所应承担的责任的一种逃避。

回过头看当下文坛，面对影视的招安，一些作家始终采取坚决抵制的态度，比如张炜的义愤填膺，比如刘绍棠“我不触电”的谢客牌。“触电”与否固然由作家自行选择，然而一旦踏入影视圈，作家们恐怕还须念念不忘那些坚守者的决绝姿态，继续写出昆德拉、成一等人主张的“不可改编的小说”。

图书在版编目（CIP）数据

小说的年轮 / 聂梦著. -- 北京：作家出版社，2020. 8
（2023.1重印）
（21世纪文学之星丛书·2019年卷）
ISBN 978-7-5212-0935-8

Ⅰ. ①小… Ⅱ. ①聂… Ⅲ. ①中国文学－当代文学－文学评论－文集 Ⅳ. ①I206.7-53

中国版本图书馆CIP数据核字（2020）第069021号

小说的年轮

作　　者： 聂　梦
责任编辑： 史佳丽　李亚梓
特约编辑： 赵　蓉　王锦方
装帧设计： 守义盛创·段领君
封面摄影： 闫振霖
出版发行： 作家出版社有限公司
社　　址： 北京农展馆南里10号　　**邮　　编：** 100125
电话传真： 86-10-65067186（发行中心及邮购部）
86-10-65004079（总编室）
E-mail:zuojia@zuojia.net.cn
http://www.zuojiachubanshe.com
印　　刷： 中煤（北京）印务有限公司
成品尺寸： 142×210
字　　数： 184千
印　　张： 7.75
版　　次： 2020年8月第1版
印　　次： 2023年1月第2次印刷
ISBN 978-7-5212-0935-8
定　　价： 40.00元
